밤은 이야기하기 좋은 시간이니까요

이도우 산문집

밤은 이야기하기 좋은 시간이니까요

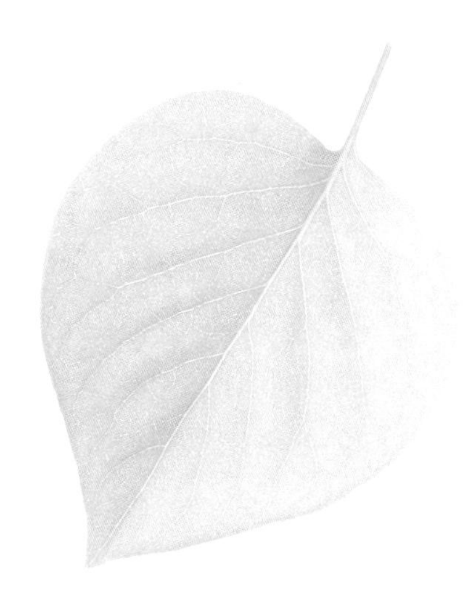

위즈덤하우스

序

수많은 그 밤에 굿나잇

'굿나잇' 하고 건네는 밤 인사를 좋아한다. 어릴 때부터 잠자는 일이 고달프기도 했고 밤에 더 정신이 맑아지는 야행성인 탓도 있겠지만, 밤 인사의 판타지를 처음 싹틔운 건 아마도 내 인생 최초의 미드 「월튼네 사람들」이었을 거다. 버지니아주 시골 농가에서 넉넉하진 않아도 화목하게 살아가는 한 가족과 마을 사람들 이야기. 우리나라로 치면 오래전 방영됐던 「전원일기」의 미국판 같은 드라마였다.

아주 어렸을 때라 몇몇 장면이 스치듯 기억날 뿐이어도 매회 한결같던 엔딩 장면은 눈에 선하다. 하루 일과를 마치고 월튼네 집 창문마다 하나둘 불이 꺼지면, 카메라가 밤하늘을 비추며 그들의 목소리가 총총한 별들 위로 들려온다.

"안녕히 주무세요, 할아버지."

"잘 자라, 얘들아."

"안녕히 주무세요, 어머니."

"잘 자, 오빠."

"잘 자, 메리."

내일 또 하루치의 고단함과 기쁨, 슬픔이 찾아오겠지만 지금 이 순간은 모두가 잠자리에 든 채 서로에게 잘 자라고 인사하는 엔딩이 왜 그렇게 좋았는지 모르겠다. 안심이 되면서도 왠지 모르게 쓸쓸하기도 했고.

세월이 흐르는 동안 나는 밤늦게까지 깨어 있으면서 원고를 쓰는 일을 갖게 되었고, 한 지붕 아래 잠든 이들이 깨지 않도록 조용조용 움직이곤 했다. 그럴 때면 내가 파수꾼이나 모닥불가의 불침번이 된 듯한 느낌이 들어서 좋았다. 사랑하는 사람들이 편안하게 자고 있을 때, 창문마다 불이 꺼지고 사위가 고요해지면 다락방 쪽창에서 새어 나오는 불빛이 비로소 보이듯이, 나는 그 다락방에 있기를 원하는구나 싶기도 했다.

다만 내 마음을 멈칫하게 만든 건, 밤에 쓴 글에서는 촛불 냄새가 난다는 말이었다. 어둠과 불빛은 예상보다 더 감정을 건드려서 햇살 환한 낮에 다시 읽으면 부끄러워 외면하고 싶어지니까. 지난밤의 글을 번번이 지우다가, 문득 어느 날 그게 무슨 상관일까 싶었다. 밤에 쓴 글은 다음 날 밤에 읽으면 되는 것을. 언제나 밤에 읽으면. 새삼 촛불 냄새를 부끄러워하고 싶지 않다고 생각했다.

그래서 소설 『날씨가 좋으면 찾아가겠어요』를 썼을 때 등장인물인 책방지기 은섭에게 그 마음을 많이 실어 보냈다. 그가 소설 속에서 하는 말과 글을 빌려서 내 안에 차곡차곡 누적된 이야기도 꺼내고 싶었던 것 같다. 특히 굿나잇클럽에 관한 부분이 그랬다.

어느 밤, 새벽이 올 때까지 잠 못 들고 서성이다 문득 생각했어. 이렇게 밤에 자주 깨어 있는 이들이 모여 굿나잇클럽을 만들면 좋겠다고. 서로 흩어져 사는 야행성 점조직이지만, 한 번쯤 땅끝 같은 곳에 모여 함께 맥주를 마셔도 좋겠지. 그런 가상의 공동체가 있다고 상상하면 즐거워졌어. 누구에게도 해롭지 않고 그 안에서 같이 따뜻해지는. 하루 일과를 마치고 서로에게 굿나잇, 인사를 보내는 걸 허황되게 꿈꾸었다고.

은섭이 블로그에 비공개로 쓰는 책방일지는 나 역시 누군가에게 허공을 가로질러 전하고 싶던 말들이었다. 굳이 가까운 친구나 지인이 아니더라도, 눈앞에 보이지 않는 어딘가 먼 곳, 랜선이거나 SNS 계정 너머 아이디만 아는 존재들일지라도. 그렇게 귀 기울여주는 이들을 책방 블로그의 독자로 떠올리며, 오래 상상해온 굿나잇클럽을 이야기할 수 있어서 쓰는 동안 행복했다.

물론… 알고 있다. 이것은 진짜 구성원을 가진 실재가 아니며, 한 시절 그 소설을 읽어준 사람들만이 기억했다가 천천히 잊어버릴 달그림자 같은 것. 언젠가 책 속의 스토리는 잊히고 그들에게 '굿나잇' 하고 전했던 인사도 사라지겠지만, 그래도 괜찮다.

이 산문집을 엮기까지 오래 걸렸다. 몇 년 동안 원고는 노트북에 들어 있었지만 선뜻 책으로 묶어도 될까 망설였다. 그리 중요한 담론과 통찰이 있는 것도 아닌데. 어쩌면 소소하고 개인적인 기록에 불과한데, 하고.

그러다 여기 실린 글들을 '나뭇잎에 쓴 이야기'라 생각하니까 편해졌다. 진심을 쓴다는 마음은 여전해도, 그 마음이 무게와 가치를 지니고 오래 남아야 하는지는 내가 헤아릴 일이 아니었다. 나뭇잎에 한 장씩 쓴 이야기가 누군가의 책갈피에 끼워졌다가 바람을 타고 날아가도 상관없지 않을까.

이름 모를 굿나잇클럽 회원들에게 무전 같은 일지를 쓴 책방지기처럼, 나 또한 이 책의 글들을 저 너머 어딘가에 있을 독자들에게 전해본다. 편안히 귀 기울여 들어주는 이들이 있다면 더 바랄 게 없다. 지금은 깊은 밤이고… 밤은 이야기하기 좋은 시간이니까.

posted by 이도우

2장 평행사변형 모양의 슬픔

3장 거미줄 서재

4장 추억이 없는 따뜻한 곳

미처 쓸쓸할 새도 없이 살아낸 비어 있는 날짜들을 기억해주기로 한다. 기록하지 않았던 이름표 없는 보통의 날들. 여리고 풋풋했던, 인생이 평탄하고 버드나무 말고는 아무도 눈물짓지 않았던, 베개 옆에 꿈이 있어 고마웠던 그날들을.

1장

쓸쓸함은 기록되어야 한다

민들레의 상실

그때부터였다. 그 간판을 보았을 때부터. 버스 의자에 앉아 무심코 차창 밖을 내다보는데, 정류장에서 좀 떨어진 길가 작은 가게의 간판이 눈에 들어왔다.

민들레의 상실

평범하고 모나지 않은 심심한 명조체 느낌으로, 그 간판은 읍내의 먼지 날리는 거리 한 풍경을 차지하고 있었다. 나도 모르게 아- 탄성에 가까운 혼잣말로 따라 중얼거렸다. 민들레의 상실. 아무런 의심 없이 첫눈에 그렇게 읽었고, 순간 무슨 말인지 알 것 같았다. 아니, 실은 아무것도 몰랐지만 좀 더 골똘히 생각해보면, 하루든 이틀이든 내 속에서 그 말들을 굴려보노라면, 민들레가 무엇을 상실했으며 영영 잃었는지 알게 될 거라고 느꼈다.

그러나 첫눈에 반해버린 마법 같은 순간이 지나고 곧 깨달았다. 간판은 '민들레 의상실', 좁은 가게 쇼윈도에는 만든 지 오래된 듯한 꽃무늬 원피스와 블라우스가 낡은 마네킹에 입혀져 있었다.

버스는 금세 정류장을 떠났고 나는 어이없는 착각에 혼자 웃었지만, 그래도 그날 그 간판은 내겐 '민들레의 상실'이었다. 몇 해 전 봄날의 일이었으니 그 후로도 민들레는 내 안에 황금빛 꽃으로 조용히 머물러서 사라지지 않는 이미지로 남은 셈이다.

버스를 타고 읍내를 지날 때나 봄이 와 길섶에 노란 꽃이 필 때, 문득 그날의 질문이 떠오르곤 한다. 민들레는 과연 무엇을 잃어버렸을까 하고. 하지만 답이 있을 리 없다. 골똘히 생각해보면 알 것도 같다고 여겼지만, 애초에 알 수 없는 것을 아무리 생각해본들 모르는 건 모르는 거니까.

다만 이렇게 말하고 싶다. 세상에는 영영 모르고 마는 일들이 있다고…. 완전했던 민들레의 시절이 얼마나 아름다웠는지 나는 본 적이 없고, 그 꽃이 잃어버린 무엇도 영원히 모른 채 살아가겠지만, 오래 고개 숙여 애달파하지는 않겠다고. 스쳐가는 시간 속에 머물며 우연처럼 인연처럼 만나는 심상들이 건네는 대답으로 족하겠다고.

살아가다 보면 그 아련한 상실에 관해 허공에 보낸 내 물음의 답장이 날아올 때가 있겠지 생각하기로 했다. 그러다 어느 완연한 봄날, 주머니에 두 손을 넣은 채 무심히 걷다가 길가에 피어난 노란 민들레를 보고 빙그레 웃고 싶다.

쓸쓸함은 기록되어야 한다

관계와 소통에 대해 가끔 생각한다. 나는 친구나 지인이 많은 편은 아니지만 대신 깊고 오래 사귀는 편이고, 금세 가까워지는 건 어려워해도 한번 마음을 열면 잘 변하지 않는 편이다.

인터넷 세상이 되면서 트위터와 인스타그램 같은 SNS 계정에서도 어떤 인연들을 만났다. 비슷한 일을 하는 작가들이나 편집자들과도 십여 년 넘게 온라인 소통이 이어지는데, 저마다 마음이 복잡해지는 시기에 한 번씩 계정을 닫고 잠수를 할 때가 있다. 나도 그렇고, 아마 SNS를 하는 이들은 대부분 마찬가지일 거다.

누군가 한동안 보이지 않으면 근황이 궁금해지지만 그렇다고 따로 개인적인 연락을 해보지는 않는다. 상황이 정리되고 마음이 내키면 다시 돌아오겠지… 기다리지 않으면서 기다리는 마음이 된다.

더 어리고 젊었던 나날에는 주로 전화 때문에 티격태격할 일들이 생기곤 했다. 가까웠던 친구들 중엔 더러 전화를 받지 않거나 오래 연락이 끊겨 다른 친구들을 서운하게 만드는 이들이 있었던 탓이다.

언젠가 같이 만나기로 했던 날, K가 연락도 없이 나타나지 않았고 휴대폰을 걸어봐도 받지를 않았다. 그런 일이 자주 반복되던 무렵이었다. 늘 구심점 역할을 하던 친구 L이 몇 번 통화를 시도하다 실패하고는 내 앞에 마주 앉아 울컥 소리치듯 말했다.

"아, 왜 너희들은 툭하면 전화를 안 받니!"

누군가 잠수를 타도 으레 그러겠거니 하는 나는 피식거리며 L에게 대답했다.

"그러니 이제 그만 너도 K를 버려."

대학로에서 밥을 먹고 약간의 술을 마시고 또 자리를 옮겨 차를 마시는 동안 우리는 조금 쓸쓸해졌다. 그날 앉아 있던 카페 이름이 '햇살돛단배'였다는 것이 기억난다. 문득 L이 중얼거렸다.

"그 애는 왜 우릴 이렇게 쓸쓸하게 만드니?"

그런가… 쓸쓸한가. 새삼 삶에서 찾아오는 쓸쓸함에 대해 돌아본다. 어차피 가까운 이들과 무관하게 인생은 쓸쓸함이 기본값 아닐까. 나는 솔직히 말했다.

"그래서 한 글자라도 더 쓰고 싶나 봐. 뭐라도 써놓아야 덜 쓸쓸하고 살아 있는 것 같고, 나중에 떠날 때 덜 억울할 것 같아서."

L은 가만히 생각하더니 웃으며 말했다.

"이제 알았어, 나는 왜 뭘 쓰고 싶은 마음이 없는지. 난 쓸쓸했다가, 그 순간이 지나면 내가 쓸쓸했다는 걸 잊어버려."

L은 잘 잊어버린다. 그래서 내가 그녀의 외장 하드디스크 노릇을 했는데 이를테면 '몇 년 전 그날, 나는 그 사건에 대해 뭐라고 말했었니?'라고 물으면 '너는 이렇게 저렇게 말했어'라고 대답해주는 식이었다. 뭐랄까, L의 그런 심플함을 나는 좋아했다. 내가 연연해하고 잘 버리지 못할 때 그 친구는 쉽게 잊어버리고 내려놓고 손을 털곤 하는 모습을.

우리가 웹에 만든 카페 게시판에서 몇 년 동안 저마다 수많은 글을 남겼다. 누구한테나 결코 말하지 못하는 결정적인 것은 있기에 모든 걸 고백하지는 않았겠지만, 살면서 만나는 크고 작은 순간들을 일기처럼 기록했었다. L은 그 공간이 있어서 그나마 자신이 쓸쓸했음을 기억할 수 있노라고 했다. 지나간 글을 뒤적이며 낯설고도 낯익은 제목을 눌러보면, 어느 해 몇 월 며칠 무슨 까닭에 불현듯 쓸쓸함이 찾아와 몇 마디 남기게 되었는지 확인하게 된다고.

생각해보면 그 게시판은 기쁠 때와 즐거울 때보다 쓸쓸할 때 많이 찾았던 것 같다. 더 이상 올라오지 않는 근황도, 지금은 링크가 끊긴 노래도, 더 앳되고 건강해 보이는 얼굴의 사진도 그때의 이야기들과 함께 다 멈춰져 있다.

관계와 소통은 이어졌다가 끊어지고, 끊어진 줄 알았다가도 연약하게 연결되는 미세신경 같기만 하다. 계정을 닫고 사라졌다가 돌아오는 이들도 일상의 쓸쓸함을 남길 곳이 그곳이니까 다시 오는 게 아닐까. 타인에 대한 호기심보다 스스로의 이야기를 하고 싶어서. 결국은 쓸쓸한 순간을 견디기 위해 돌아오는 사람들. 행복한 사람은 글 같은 건 쓰지 않는다던 낡은 명언이 있지만, 우리는 이미 안다. 늘 행복한 사람은 세상에 단 한 명도 없다는 것을. 과거에도 없었고 지금도, 앞으로도 없을 거란 걸.

이제는 아무도 찾지 않는 게시판에 1년에 두어 번 혼자 들어가 볼 때가 있다. 버려진 것처럼 남겨진 제목들을 눌러 물끄러미 읽으며 비로소 깨닫는다. 쓸쓸함은 기록되어야 한다고.

기록하지 않은 날이 기록한 날보다는 훨씬 많고, 아이러니하게도 그렇다면 그 많은 날은 쓸쓸하지 않았던 날들이니까.

미처 쓸쓸할 새도 없이 살아낸 비어 있는 날짜들을 기억해주기로 한다. 기록하지 않았던 이름표 없는 보통의 날들. 여리고 풋풋했던, *인생이 평탄하고 버드나무 말고는 아무도 눈물짓지 않았던, 베개 옆에 꿈이 있어 고마웠던 그날들을.

---

*브라더스 포 「Try to Remember」에서

낮과 밤의 산책로

파주에서 10년째 살고 있다. 들판에 지어진 아파트인데 남쪽 발코니로는 야산이, 북쪽 창으로는 논밭이 내다보인다. 봄가을은 짧고 겨울은 긴 곳. 추위를 많이 타면서도 겨울을 좋아하는 나는 영하로 떨어질 때마다 이 마을에 나타나는 논두렁 스케이트장이 반갑다.

추수가 끝난 논에 물을 채우면 겨우내 꽝꽝 얼어붙어 마을 꼬마들의 놀이터가 된다. 외투와 털모자로 감싼 아이들이 서툴게 스케이트를 타는 너머로 하얀 마시멜로 같은 곤포들이 들판 여기저기 뒹군다. 소설 속 굿나잇책방이 있던 북현리 풍경은 대부분 지금 사는 곳에서 만난 모습들이었다.

산책길에 지나치는 집들과 낯을 익히다 나도 모르게 혼자 정이 든다. 어느 꽃나무 가득한 집 창가에는 빛바랜 조화 꽃병이 놓였는데, 마당에 꽃이 저리 많건만 굳이 조화가 필요할까 괜히 궁금해한다. 그러다 아- 조화의 기능이 그런 거구나, 먼지 쌓이고 햇볕에 바랠 때까지 창가에 놓여 있는 것. 가족이 별일 없이 평온하게 살고 있다는 신호 같은 거구나 싶어진다.

더 인상적인 건 역시 버려진 빈집들이다. 담장이 내려앉고 창문 귀퉁이가 깨지기도 했지만, 누군가 조용히 살고 있나 착각할 만큼 온전해 보이는 집도 남아 있다. 어떤 빈집에 마음이 꽂혀서 자주 그 앞을 들러보다 그곳을 배경으로 이야기를 상상하기도 하고….

신기한 건 모든 풍경이 낮에 볼 때와 밤에 볼 때 너무나 다르게 다가온다는 점이다. 빛바랜 조화 또한 해가 진 뒤 산책하면 창가에 어른거리는 그림자일 뿐. 같은 길을 걸었지만 낮의 산책과 밤의 산책은 전혀 다른 모습으로 익숙하면서도 새롭다.

내 인생 가장 기억에 남는 낮과 밤의 풍경이 떠오른다. 스물한 살 때 전라북도 진안으로 풍물을 배우러 갔던 날이었다. 동아리 회원들과 기차와 버스를 갈아타고 깊은 산골로 찾아갔는데, 마지막 버스에서 내릴 땐 칠흑같이 어두운 밤이었고 부슬부슬 비까지 오고 있었다. 정류장에 우리를 내려놓고 버스가 떠나자 말 그대로 '한 치 앞도 보이지 않는 어둠'을 온몸으로 실감했다. 만약 눈동자가 사라진다면 세상이 이럴까 싶게 하늘도 산도 땅도 캄캄한 검은색이었다.

바로 옆에 친구가 보이지 않았기 때문에, 아니 자기 손과 발도 보이지 않았기 때문에 논두렁이 있는지 낭떠러지가 있는지 아무것도 알 수 없어 우리는 동요했다. 내린 곳에서 한 발자국도 움직이지 못하고 악기를 끌어안은 채 서 있기를 십 분쯤. 부슬부슬 떨어지는 빗방울 사이로 멀리 희미한 불빛이 움직이며 다가왔다. 마중 나온 마을 아주머니였다.

작은 손전등 불빛에 의지해 아주머니를 따라가다 더러는 비틀거리고 돌부리에 걸려 넘어지곤 했다. 한참 더듬으며 걸으니 비로소 하나둘 불빛들이 보였다. 마을에 들어온 것이다. 그 순간의 기묘함이 잊히지 않는다. 현실인지 피안인지 통 알 수 없는 느낌.

이튿날 날이 밝자 마을은 얼마나 눈부시게 환하고 아름답던지. 군데군데 얼음이 언 냇물은 뼈가 시리게 차가웠고, 논밭 사이 엎드린 집들과 굴뚝에서 모락모락 피어오르는 연기. 어젯밤 그렇게 불안하게 짚어온 마을이 맞나 싶을 만큼 전혀 다른 세상이 눈앞에 펼쳐졌다. 그때 '햇빛 아래서 역사가 되고, 달빛 아래서 전설이 된다'는 명언이 온전히 이해되었다. 어떤 장소에 밤에 도착하는 것과 낮에 도착하는 것은 완전히 다른 여행의 시작이라는 사실도.

그날의 경험 탓인지 같은 풍경을 다른 버전으로 다시 바라보는 일을 좋아한다. 다양한 사람과 번갈아 나누는 대화보다 한 사람과 여러 번 반복해서 나누는 대화가 그렇지 않을까. 같은 위치와 각도에서 낮과 밤 사진을, 여름과 겨울 사진을 꾸준히 찍다 보면 어느새 그 대상을 사랑하게 된다.

소설을 쓰는 건 그래서인 것 같다. 정든 대상을 혼자서 보고 느끼기엔 아쉬워 누군가에게 들려주고 싶은 마음. 기왕 들려준다면 뼈대를 세우고 살을 붙여 '우리 마을에 작고 아담한, 무슨 사연이 숨은 듯한 폐가가 있습니다. 그 폐가를 어떤 청년이 빌려서 책방을 열었습니다.'라고 쓰고 싶었다.

내게 살아가는 일은 늘 혼자 정드는 과정인지도 모르겠다. 빈 시골집과 사귀고 영하로 떨어지면 나타나는 논두렁 스케이트장과 사귀지만, 그들은 나를 알 리 없고 인식조차 하지 않는 존재들이라 실연당할 일도 없다. 아무도 모르는 그 짝사랑을 글로 옮겨서 고백하는 건 역시 같이 정들었으면 하는 마음 탓인가 보다.

그래서 이야기를 듣고 읽어주는 이들이 소중하고 고맙다.

혼자서만 정들지 않아도 되니까. 당분간은 더 시골에 살면서 사랑하는 풍경의 여러 모습을 천천히 오래 알아가고 싶다.

달찻집의 행방

여러 번 찾아간 같은 장소여도 어느 방향에서 가느냐에 따라 몹시 새로운 장소로 보이는 마법을 경험하곤 한다. 길눈이 어둡기 때문이다. 반대편 정류장에서 버스를 기다리다 거꾸로 한참을 가는 경우는 부지기수. 아무 정류장에나 내려 한참 걸어 다녔던 예전의 취미생활도, 실은 그렇게 잘못 탔을 때 마음을 비워버려 생긴 버릇이기도 했다.

오래전 만화가 강경옥의 단편 중에 「달의 찻집」이란 만화가 있었다. 긴 시리즈 작품 마지막 권에 실린 부록이었는데, 몇 페이지에 불과한 짧은 이야기인데도 선명한 이미지로 남아 있다.

한적한 동네, 어느 여학생이 매일 밤 독서실에서 공부하다 바람을 쐬러 나온다. 대부분 셔터가 내려진 어두운 길을 걷다가 혼자만 불이 켜진 낯선 제과점 '달의 찻집'을 발견한다. 쇼윈도를 기웃거리자 주인아주머니가 웃으면서 들어오라 권하고, 지갑을 안 가지고 왔다니까 아주머니는 괜찮다며 따뜻한 우유 한 잔을 대접해준다. 여학생은 우유를 마시고 따스해진 마음으로 독서실로 돌아오던 길에, 어쩐지 뭔가를 빠뜨린 듯한 기분이 든다. 오늘 밤 뭔가… 있어야 할 것이 없다는 느낌. 이튿날 낮에 학교에서 곰곰 생각해보다 깨닫는다. 간밤에 달이 없었다는 것을.

딱 그런 느낌을 받았던 날들이 내게도 있었다. 고교 2학년 겨울방학이었나 보다. 문예부가 맡은 교지 편집을 하러 부산 중앙동 언덕의 인쇄소를 보름쯤 들락거렸을 때였다. 하루치 교정을 보고 언덕을 내려와 복잡한 시장통 골목을 걸어오면, 그 길이 끝나는 즈음에 '돌고래 빵집'이 있었다. 그리고 오른쪽 골목으로 꺾어 조금 더 걸으면 버스 정류장이 나왔다.

그런데 어느 날 기이하게도 돌고래 빵집이 없었다. 어제만 해도 있었는데 하루 만에 가게가 이사를 갔나 싶었지만, 다음 날 아무 일도 없었다는 듯이 천연덕스럽게 나타나 나를 당황하게 했다. 졸업 시즌에 맞춰 교지가 인쇄돼 나올 때까지 그 언덕길을 오갔던 겨울날, 돌고래 빵집은 같은 자리에 나타났다가 사라지길 반복했고 그때마다 내가 어느 길로 왔기 때문인지 도무지 알 수가 없었다. 그저 똑바로 언덕을 내려오기만 했다고 늘 생각했을 뿐.

그런 기분이 다시 찾아오는 밤이면 왠지 미야자와 겐지를 읽고 싶어진다. 『주문이 많은 요리점』이나 『첼로 켜는 고슈』 같은 짧은 이야기들. 뜬금없이 나타났다 사라지며 내게 말을 거는 이상한 존재들을.

여행을 가도 관광지보다는 좁고 긴 뒷골목을 서성이고 싶은 까닭도 그 때문이다. 걷다 보면 해가 지고 달이 뜨고, 이상한 요리 이름이 적힌 메뉴판과 간판이 걸린 심야 점포가 나타날 듯한 기분이 된다. 한적한 가게 구석에 앉아 어두운 창밖을 올려다보면, 저 멀리 마젤란은하행 열차가 둥실 정차하고 있을지도. 객실 차창마다 노란 불빛을 밝힌 채 돌아오지 않을 편도행 기차가 밤하늘을 가로지르는 모습을 멍하니 상상해보는 것이다.

… 나뭇잎 소설 …

봄날의 랜드마크

#

"눈에 띄는 랜드마크가 있으면 설명해주세요."

전화기 너머 배달 기사가 말했다.

"랜드마크?"

"잘 보이는 큰 건물이나 이정표 말입니다."

아아. 하지만 이 달동네 건물들이야 모두 엇비슷하게 생겼고, 이젠 엇비슷하게 무너지고 있는걸.

"큰 나무라면 한 그루 있는데요. 언덕 갈림길에서 높이 보이는 나무예요. 여보세요?"

대답이 없다. 내 설명이 이상해서 그냥 끊어버린 걸까. 더

들을 필요도 없다 싶어서?

산책 삼아 나갔다가 마음에 쏙 드는 화분을 본 게 아까 낮이었다.

"남천나무네요. 배달이 되겠지요?"

그녀는 나뭇값을 지불하며 오늘 꼭 와주세요 하고 말한다. 어서 그 남천 화분을 집에 들여놓고 싶었다. 그런 마음이 드는 날, 말하자면 봄이니까.

전화 속 목소리는 의외로 젊다. 아니, 앳되다고 할까. 낮고 차분한 목소리인데도 그렇게 느껴진다.

"말씀하신 나무를 찾은 것 같아요. 근데 여기 골목이 꽤 많은데요?"

오래된 동네. 당연히 골목이 많을 수밖에.

"내비게이션을 찍고 오시는 것 아닌가요?"

"아뇨. 마을버스 정류장에 내려서 화분 안고 걸어가는 중입니다."

아니, 무슨 그런…. 집 앞까지 차로 가져다달라고 배송비를 따로 낸 것이 아닌가. 꽤 무거울 텐데? 그녀는 마음이 약간 불편해진다.

"…그 나무 앞에 서서 바라보면, 아홉 시 십 분 같은 느낌으로 뻗은 굵은 가지가 있거든요. 그러니까 나뭇가지가 분침이라고 상상하면, 그 십 분을 가리키는 쪽의 골목으로 들어

오세요."

"아홉 시 십 분 방향 나뭇가지요?"

그는 황당해하는 것 같다. 이상하게 들렸나? 그녀는 한숨을 감춘다. 나를 어리숙한 여자로 생각하겠지. 길눈 어둡고 안내도 잘 못 하는. 그건 사실이지만, 누구에게나 약점은 있는 거잖아? 그가 뭐라고 한 것도 아닌데 그녀는 미리 방어적으로 생각한다.

"그럼, 골목으로 들어가서 그다음은요?"

그다음? 기억을 더듬는다. 또 뭐가 있더라, 오는 길목의 랜드마크.

"낡은 트럭이 한 대 있는데. 골목을 따라오다 보면 허물어진 집터가 나올 거예요. 거기 청색 트럭이 서 있어요. 번호판은 오래된 녹색이고요."

"트럭이요? 지금도 있을까요?"

물론… 차는 움직이는 것이다. 바퀴 달린 사물이 랜드마크가 될 수는 없겠지. 하지만 그 낡은 트럭은 그녀가 지나갈 때마다 붙박이로 존재했다.

"이동했을 리 없어요. 늘 거기 서 있는 트럭이거든요."

"고장 난 차인가…."

혼잣말이 들리더니 알았습니다 하고 전화는 끊겼다. 한숨을 쉬는 것 같았는데, 착각일까? 그녀는 의자에 쿠션을 대고 가만히 허리를 기대어 앉았다. 원치 않게 누군가를 고생시키는 것 같다. 트럭은 당연히 고장 났겠지. 전에 살던 사람이 망가진 걸 버리고 갔을 거야, 폐차장에 끌고 가기도 귀찮아서. 그보다 요즘 젊은 사람들은 전화기로 길도 잘 찾고 지도도 잘 본다는데. 왜 내게 이런 신경을 쓰게 할까.

어느새 저녁 무렵. 산 그림자 짙어지는 마당을 내다보며 그녀는 멍하니 후회하기 시작했다. 괜히 화분을 샀어. 올해 이사 나가야 하는데 쓸데없이 짐만 늘린 거지. 나도 참. 몇십 년째 맞는 봄, 그게 뭐라고.

#

그녀는 길눈이 심각하게 어두웠다. 어릴 때 친구 따라 성당이란 데를 가보고 싶어 나섰다가, 집으로 돌아오는데 도무지 길을 찾을 수가 없었다. 저만치 감색 단화를 신은 여중생이 걸어가길래 뒤따라갔다. 옆집 언니랑 똑같은 신발을 신은 걸 보니 같은 중학교에 다닐 테고, 그럼 우리 동네 사는 사람일 거야 라고 생각했었다.

모르는 언덕길을 올라 학생은 낯선 집으로 들어가고, 혼자 늦도록 헤매다 날이 컴컴해져서야 돌아올 수 있었다. 어린 마음에 열한 살이나 되어 집도 못 찾았다는 게 부끄러워서 길을 잃었다는 말도 하지 않았다.

어른이 되고서도 여전해서 버스를 반대 방향으로 타는 일은 다반사였고, 약속에 늦을까 불안해 낯선 곳에 갈 때는 한 시간씩 미리 출발하곤 했는데.

#

전화벨이 다시 울렸지만 그녀는 받고 싶지 않아 그저 쳐다보기만 한다. 마음 같아선 화분을 도로 갖고 가라고 하고 싶다. 필요 없어졌다고. 푸릇푸릇한 나뭇잎을 만날 설렘은 사라져버렸고 벨은 저 혼자 끊어진다.

길눈 밝은 이들을 보면 저 사람들은 나침반을 갖고 태어났구나 싶었다. 타고난 내비게이션이라 할까. 그리고 자신은 나침반이 없는 사람이라고 생각해왔다. 평범하고 일상적인 공간에서 홀로 조난을 당하는 기분일 때면, 그런 씁쓸함이 들었다.

문자 메시지가 날아와 화면을 내려다본다.

'찾아가고 있습니다. 조금 더 기다려주세요.'

아마도 골목길에 화분을 내려놓고 땀을 닦으며 보낸 문자겠지. 그 모습을 떠올리다 문득 이 사람도 나침반 없이 태어난 사람인 걸까? 그녀는 생각한다. 손에 지도가 있어도 암호문처럼 읽기 어려워하는, 내가 속한 범주 안에 같이 서 있는 사람.

"말도 안 되지."

픗— 새어 나오는 웃음 끝에 그녀는 소리 내어 중얼거린다. 요즘 혼잣말하는 버릇을 고치려고 애쓰는 중이었는데 결국 또 하고 말았다.

"나뭇가지에 고장 난 트럭이라니, 그게 뭐람."

바람 불면 사라지고 다른 곳에 다시 생기는 사막의 모래언덕을 그에게 랜드마크로 가르쳐준 것만 같다. 길눈이 어두운 건 평생 그렇게 어설픈 것들을 이정표 삼아 걸어왔기 때문일까. 매사에 그랬는지도 몰라… 나는 도대체 어떻게 살아온 걸까.

카디건을 걸친 그녀는 현관에서 단화를 찾아 신고 마당으로 내려간다. 불안해하지 말고 진작 마중 나갔으면 좋았으리라. 화분은 그 사람이 들고, 나는 집까지 같이 걸어오면 됐을 걸, 왜 이제야 그 생각을.

금이 가고 모퉁이가 삭아버린 마당 계단을 내려가는데, 반쯤 열린 대문으로 쑥 들어오는 커다란 나뭇가지에 그만 멈춰 섰다. 땀이 송글송글 맺힌 청년이 화분을 안고 숨을 몰아쉬며 그녀를 쳐다보고 있다.

"이 집이 맞나요? 저랑 통화하신 분이…."

금방 말이 안 나와서 물끄러미 바라본다.

"아닌가…."

그가 돌아서려 하자 그녀는 대답한다.

"맞아요."

남천나무 잎사귀가 흔들린다.

"이 집이 맞아요."

청년은 비로소 웃으며 화분을 계단 아래 내려놓았다. 이제 스물한두 살일까.

"알려주신 랜드마크들이 정확하던데요? 잘 찾았습니다."

왜 글썽해지는 기분일까. 입을 열면 목소리가 이상하게 나올 것 같다. 발그레해진 눈가가 티가 났는지 청년은 당황한다.

"어디 불편하세요?"

그녀는 천천히 고개를 저었다.

"아니에요. 그냥, 길을 참 잘 찾아와서."

그는 가만히 보고 서 있다. 그녀는 눈을 깜빡거려 물기를 말리고 긴 숨을 내보내며 화분 잎사귀를 들여다본다. 예쁘고 푸르다. 하얀 꽃봉오리들이 맺혀 있다. 이사를 나갈 가을쯤엔 앵두 같은 열매가 열리겠지.

초조해하던 심장이 지금은 익숙한 박자로 온화하게 뛰고 있다. 그녀는 환하게 웃어 보였다.

"잘 찾아와줘서 고마워요. 마음에 쏙 드는 나무였거든요."

있어도 그만, 없어도 그만인 것들에 대하여

고교 때 선생님은 종종 이런 이야기를 했다. '사람은 세 종류가 있어. 꼭 필요한 사람, 있어도 그만 없어도 그만인 사람, 없어야 할 사람. 그러니 이 사회에 꼭 필요한 인재가 되어라.' 얼핏 그럴듯했지만 묘하게 듣기가 불편했었다. 우월한 자를 높이 쳐주는 가치관이 싫었다기보다는 그냥 내가 '있어도 그만 없어도 그만'이란 표현을 좋아했기 때문이다.

어떻게 보면 '뭐, 포도가 높이 매달려서 포기하는 게 아냐. 신맛이라 굳이 먹을 필요가 없어서 그렇지.' 같은 여우의 회피 심리처럼 보여도, 있어도 좋고 없어도 괜찮다는 태도는 험한 생존경쟁에서 슬쩍 빠져나와 몇 발자국 떨어진 궤도를 서성거려도 좋다는 뜻이니까. 그렇게 생각하고 살면 마음이 편하기도 했다.

내가 다닌 대학의 캠퍼스는 시골 들판에 지어져서, 친구들과 논밭길과 도서관, 과수원길을 오가며 한 시절을 보냈다. 먼동이 트는 새벽, 동기 R은 자취방에서 기숙사까지 하늘하늘 걸어 올라와 현관문이 열리길 기다려 내 방으로 들어와서는, 침대 발치나 창가 스팀에 걸터앉아 있곤 했다. 인기척을 느끼고 눈을 뜨면 그 아이는 소리 없이 웃으며 중얼거리듯 말했다.

"오늘 장날이야. 있어도 그만 없어도 그만인 것들 사러 가자."

아침잠이 많은 내가 다시 눈을 감으면 R은 서두르는 법 없이 책장을 천천히 넘겨보거나, 깜짝 놀라 잠에서 깬 내 룸메이트에게 말을 걸기도 하며 기다렸다.

읍내 장에서 파는 있어도 그만 없어도 그만인 것들은 작고 가벼운 소품의 얼굴을 하고 있었다. 냄비 손잡이나 접시 받침대, 방문 손잡이에 끼울 헝겊 주머니, 손거울, 향기 야릇한 방향제 같은 것들. 그렇게 한 바퀴 장터를 돌며 자질구레한 사물들을 손에 쥐면 기분이 좋아졌다.

이웃 도시에 함께 나갔던 날은 R이 철물점에서 꼬마전구를 대여섯 개 샀다. 스탠드에 취침용 보조 조명으로 끼우려고 색깔별 골고루 샀는데, 밤에 빨강 전구를 켜면 무섭지 않겠냐 했더니 상관없다고, 그 위에 파란 손수건을 덮으면 보라색 불빛이 될 것 같다며 웃기도 했다. 그걸 봉투에 담아 오다가 다른 가게에 들렀을 때 잠시 내려놓고는 잊어버렸다. 돌아오는 버스를 타고 몇 정거장 지나서야 아차, 꼬마전구! 했고, 다시 돌아갈까? 했더니 R은 아쉬운 표정이면서도 금세 어깨를 으쓱하며 됐어, 없어도 그만이지 뭐 했다.

그러니 있어도 그만 없어도 그만인 것들은 처음 쉽게 내 손에 쥐는 즐거움도 있지만, 실수로 잃어버리거나 망가져도 살짝 혀를 차고 나면 곧 잊어버릴 수 있는 것들이다. 언젠가 사라져도 크게 아쉽지 않아 더 좋은.

하지만 나는 몰랐다. 한 해 휴학했다가 동기들보다 늦게 졸업하고 서울에서 자취를 시작했을 때, 나는 많이 외로웠고 힘든 나날을 보냈다. 그러다 우연히 R이 전철 세 정거장쯤 떨어진 동네에 살고 있다는 소식을 듣고는 몹시 반가웠다. 서울 하늘 아래 가까운 곳에 그 친구가 있다는 것이. 수소문해서 전화를 걸었다. 몰랐지? 나 여기 살아. 삼십 분도 안 걸리는 거리에. 주말에 만날까? 그러자 건너편에서 희미한 한

숨 같은 웃음소리가 들려왔다. R은 작게 천천히 말했다.

"그냥… 오다가다 길에서 우연히 만나자."

순간 조용하게, 이상하리만치 차분히 가라앉던 내 마음이 지금도 느껴진다. 한 해 먼저 졸업한 R은 지난 잡다한 인연들과 이별하고 싶어 한다는 걸 알았고 그 대상은 나 또한 예외는 아니었다는 것을. 길에서 우연히 만나게 되면 반갑게 인사하고, 아니면 그만인.

나는 R에게 '있어도 그만 없어도 그만'인 친구였던 셈이다. 내가 한순간 예뻐하며 쓰고 이별했으나 한 번도 그렇게 버려진 사물의 마음이 되어보지는 않았던 것처럼. 새삼 그 마음을 알아버리니 서글프기보다는 그저 담담해졌다.

그래, 그러자… 대답하고 전화를 끊었다. 언젠가는 우연히 만나겠지 생각했다. 그런데 이상하게도 오랜 시간이 흐른 지금까지 나는 R을 스치듯 만난 적이 없다. 다른 동창들과는 대형서점과 영화관에서, 인사동이나 홍대 거리에서 불쑥 복병처럼 마주치기도 했고, 어떤 친구는 내가 탄 택시 옆으로 지나가는 걸 보고 차창을 내려 불러 세운 적도 있었건만 R은 한 번도 마주친 적이 없었다.

있어도 그만 없어도 그만인 관계의 끝은 그런 걸까. 마음이 묶이지 않으면 우연을 빙자한 인연은 더 이상 계속되지 않는 걸까. 아직은 더 살아봐야 하기 때문에 결론 내리지는 못하겠지만, 언젠가부터 '있어도 그만 없어도 그만'이라는 말을 아무렇지 않게 애정할 수는 없게 되었다. 그 또한 약간은 서글픈 일.

157번 종점의 좀머 씨

작은 광고회사 카피라이터로 처음 일을 시작했던 해, 동대문 쪽에 얻었던 자취방 생활을 1년도 채우지 못하고 경기도 외곽에 방을 알아보기 시작했다. 나름 대도시 삶에 적응하려 해보았지만 아무래도 잘 맞지 않았고, 퇴근 후에는 지붕이 낮은 마을에서 살고 싶었다. 직장을 그만둘 수는 없으니 서울 출퇴근이 가능한 곳, 통일로 가는 길목이 어떨까 생각했다.

조촐한 짐을 싣고 이사한 곳은 종로에서 경기 북부까지 오가는 157번 버스 종점 동네였다. 차고지에서 골목을 따라 올라가면 내 자취방이 있고, 한참 떨어진 곳에 쌀과 연탄을 파는 가겟집이 있었다. 노모와 장성한 두 아들이 살았는데 가게 운영은 작은아들이 도맡아 했다. 반면 큰아들은 평소 아무하고도 눈을 마주치지 않고 혼자서 골목길을 빠른 속도로 걸어 다니는 사람이었다. 온종일 가게 앞을 동쪽으로 열 걸음, 획 뒤돌아 서쪽으로 열 걸음, 다시 획 동쪽으로… 괘종시계 추처럼 규칙적으로 오가는 게 그의 일과였다.

여름이나 겨울이나 매일 그 자리 십 미터 반경 제자리걸음을 하던, 햇볕에 까맣게 그을리고 어지간한 눈비는 그냥 맞는 그를 나는 마음속으로 '좀머 씨'라고 불렀다. 그 무렵 베스트셀러였던 쥐스킨트의 『좀머 씨 이야기』에서 만난, 마을 사람들을 피해 '제발 날 좀 내버려둬' 중얼거리며 독일의 시골을 정처 없이 걸어 다녔던 그 좀머 씨.

이듬해 겨울 어느 밤. 늦게 퇴근해 돌아오니 역시나 연탄불이 꺼져 있었다. 주인집은 기름보일러를 썼지만 뒤쪽에 붙은 월세 단칸방은 여전히 연탄보일러였는데, 준비성 없는 나는 연탄이 떨어질 때가 되어간다 싶으면서도 미리 들여놓지 않아 그날따라 한 장도 남은 게 없었다.

방바닥은 냉골이고 얼어 죽기는 싫어서 그 밤에 가겟집 닫힌 문을 두드렸다. 파마머리 희끗한 노모가 나와보더니 '지금 둘째아들이 어디 가고 없어서 배달해줄 사람이 없어요'라고 했다. 나는 날이 밝으면 천천히 배달해주셔도 되니까 지금 일단 두 장이라도 내가 먼저 들고 가겠다고 했다. 방으로 돌아가 아궁이에 기대놓은 연탄집게를 들고 다시 가게로 가려던 나는 너무 놀랐다. 저 골목길 어둠 속 가로등 불빛 아래서, 연탄 네 장을 커다란 갈고리에 끼워 씩씩거리며 들고 오는 사람은 좀머 씨였다.

그는 무서운 속도로 빨리빨리 걸어 내가 서 있는 곳까지 오더니, 연탄을 내려놓고는 거칠게 뒤돌아 다시 굉장한 속도로 빨리빨리 걸어서 돌아갔다. 나는 그 마을에서 3년을 살았지만 좀머 씨가 동쪽과 서쪽이 아닌, 북쪽과 남쪽 방향으로 걷는 것을 그때 처음이자 마지막으로 보았다.

그는 그렇게 연탄을 주고 돌아가서는 마치 있을 수 없는 일을 했다는 것처럼, 가게 앞길을 동쪽으로 휙 서쪽으로 휙 초조하게 왔다 갔다 하기 시작했다. 평소보다 더 어쩔 줄 몰라 하며. 메트로놈으로 치자면 3분의 1 박자는 빠르게.

번개탄에 불을 붙여 연탄불을 살리고, 가스가 빠져나올 때까지 문을 열어놓은 채 나는 부엌 앞 골목길에 쪼그리고 앉아 좀머 씨의 퍼포먼스를 먼발치에서 바라보았다. 이상한 말이지만, 참 고마웠다. 그가 북쪽으로 걸어주다니. 내게 연탄을 주기 위해서.

그 종점 동네의 풍경은 고스란히 좀머 씨와 함께 남아 있다. 거기서 이사 나온 뒤로 꽤 세월이 지났지만 종로에서 157번 버스를 보면, 그 종점의 좀머 씨 하루가 오늘도 무사한지, 여전히 아무하고도 눈을 마주치지 않고 동쪽과 서쪽으로 휙, 휙 걷고 또 걷는지 궁금해지고 만다.

우는 모래

이십 대 중반 즈음 의아한 일이 있었다. 다름 아니라 내가 2년 가까이 한 번도 울지 않았다는 사실이었다. 별일 아니고 중요한 문제는 더욱 아니었지만, 짧지 않은 동안 전혀 눈물을 흘리지 않았다는 게 기이했다. 울 일이 없었던 걸까? 아니, 딱히 그렇지는 않았다.

고향을 떠나와 몇 해가 지나도록 나는 사투리를 고치지 못했는데, 굳이 고칠 마음이 없기도 했지만 어설프게나마 서울말씨를 흉내 내기도 어려웠다. 그러다 직장생활 반년 만에 거의 완벽한 서울말을 쓰고 있는 자신을 발견했다. 낯선 환경과 사람들 사이에서 말투가 깨끗이 변해버린 것이다.

뭔가 이상하다고 느껴 몇 번인가 울어보려고 시도했다. 빽빽한 안구로 거울을 쳐다보며 '자, 울어보자. 이제 울자.' 하고 감정을 잡아봤지만 영 멀뚱멀뚱한 거다. 가슴속에 덜컥 걸린 슬픔 하나가 탈출할 길을 못 찾고 굴러다니는 기분. 슬픈 상상을 해보고, 청각을 자극하면 눈물이 나올지 모른다 싶어 '엉엉'이랄지 '흑흑'이랄지 마른 울음소리를 내보기도 했다. 거울 속에서 눈이 마주치면 피식 웃음이 나왔다. 너 지금 뭐 하는 거냐.

어느 겨울밤, 퇴근길 비디오 가게에 들러 「그랑블루」를 빌렸다. 보일러를 틀어서 씻고 옷을 갈아입고는 자취방 비디오 데크에 테이프를 넣었다. 그리고 마침내 그 장면이 나왔다. 잠수부 둘이서 물이 가득한 풀장 바닥에 앉아 와인을 마시는 장면. 서로 더 오래 잠수하겠다고 버티다 졸도 직전 구출돼 옮겨지는데, 젖은 몸을 부축해 침대로 옮겨주는 여자한테 그 남자 자크는 웃으며 말한다.

"이봐요, 내 가족사진 볼래요?"

젖은 수첩에서 나온 사진 속엔 돌고래 두 마리가 웃고 있다. 문득 그의 웃음이 울음으로 바뀐다. 돌고래를 향해 웃더니 가슴을 억누르며 숨죽여 우는 거다. 어이없게도 내 눈에

서 갑자기 눈물이 툭 떨어졌다. 드디어 때가 왔다 생각하며 펑펑 울기 시작했다. 화면에선 배우가 울고 나는 방바닥에서 따라 울고. 장면이 불과 일 분 정도였기 때문에 그 와중에도 되감기 버튼을 계속 눌렀다. 위이이잉- 이봐요, 내 가족사진 볼래요? 위이이잉- 이봐요, 내 가족사진 볼래요? 위이이잉- 이봐요, 이봐요.

그날 밤 되감기를 몇 번이나 했던 걸까. 백 번도 더 했던 것 같다. 누가 창문으로 들여다보았으면 가관이었을 텐데. 한 손에 리모컨을 들고 버튼 눌러가며 방바닥을 홍수로 만들었으니, 「그랑블루」는 내 인생의 영화까지는 아니어도 어느 하루의 영화쯤은 될 것 같다.

아시하라 히나코의 『모래시계』는 잊을 만하면 책장에서 꺼내 보는 만화인데, 고향 친구들이 십 대에서 이십 대로 성장하는 과정을 그려낸 작품이다. 스무 살 겨울, 눈물이 많은 주인공 안은 좋아하는 소꿉친구 다이고와 함께 니마 모래박물관 근처 바닷가에 간다. 그 모래밭은 걸을 때마다 우는 듯한 소리가 들려 별명이 '우는 모래'. 다만 날씨가 좋지 않거나 환경오염이 심해지면 소리를 내지 않아, 그렇게 안 울게 된 모래를 killed sand, 죽은 모래라 한다고. 다시 한번 그와 잘해보고 싶어 하는 안에게 언제나 강하고 반듯한 다이고는 결정적인 충고를 한다.

"돗토리 사구에 가본 적 있냐? 난 어제 혼자 갔었어. 눈발이 흩날리고, 사구 한가운데 서 있으려니까 굉장히 불안해졌어. 안은 아마도 쭉 이런 상태였겠구나. 그렇게 생각하니까 견딜 수가 없어서, 무거운 짐을 반만이라도 대신 져주고 싶어지지만, 하지만 넌 짐을 꽉 쥐고 놓지 않아. 안 놓는 게 아니라 못 놓는 거겠지."

"……."

"원하든 원치 않든 짐은 분명 죽을 때까지 혼자 지고 가야 할 거야. 이제 달콤한 말은 안 해. 그 순간만 모면할 뿐인 상냥함도 도움이 안 돼. 널 행복하게 해주는 건 나도 후지도, 다른 누구도 아냐. 바로 너 자신이야. 힘내. 지지 마. 내가 좋아한 여자는 그렇게 약하지 않아. 언젠가 서로 좋아하는 사람이 생기고, 결혼해서 아이가 생기고, '아아 그런 일도 있었지'라고 웃으면서 얘기하자."

시간은 6년을 점프한다. 스물여섯 살의 안은 인정받는 회사원이다. 까다로운 상사가 그녀를 신뢰하는 이유는 '절대 울지 않고 감정을 컨트롤할 줄 아는 사람'이기 때문이다. 안은 유능한 남자에게 프러포즈를 받는데 그가 청혼한 이유도 크게 다르지 않다. '당신은 툭하면 울거나 어리광부리는 유치한 부분이 없다'고.

하지만 결혼을 앞둔 안은 직장을 무단결근하고, 언젠가 다이고와 헤어졌던 바닷가로 가는 밤기차를 탄다. 그저 바다를 보고 싶을 뿐이었는데, 함부로 버려진 유리 조각에 발을 찔리자 충동적으로 그걸 주워 손목을 긋는다. 편안해진 마음으로 모래밭에 누워 하늘을 올려다보다, 안은 방금 저지른 일을 자각하고 손목을 감싸 쥔 채 살려달라 소리친다. 그리고 다시 눈을 떴을 때 마침내 여섯 해 만에 처음으로 울 수 있게 된다.

나는 안이 다시 울게 되는 장면에서 꼭 따라 울고 만다. 그 장면은 오래전 리모컨을 손에 쥐고 끝도 없이 울었던 그날 밤을 생각나게 한다. 우리는 살아가면서 열심히 해보겠다고 자주 결심한다. 잘해보겠다고, 애써보겠다고. 그건 그대로 좋은 태도겠지만, 그렇다고 울지 않겠다거나 강인하겠다, 슬픔을 이기겠다고까지 굳게 마음먹을 필요는 없다.

다이고의 말은 다 옳다. 무거운 짐을 반만이라도 대신 져주겠다 해도, 우리는 짐을 꽉 쥐고 놓지 않는다. 안 놓는 게 아니라 못 놓는 거다. 자신의 짐은 죽을 때까지 혼자 지고 가는 것이고, 아무리 사랑해도 남이 타고난 짐을 대신 질 수는 없다. 그러니 그 순간만 모면할 뿐인 달콤한 말이나 상냥함은 이제 그만두겠다는 다이고의 마음도 알겠지만, 그렇다고 해서 '지지 마. 울지 마. 넌 약하지 않아. 행복해져야 해. 언젠가 웃으면서 얘기하자.'라는 말까지 상대의 마음에 얹어줄 필요는 없다.

사회초년병 시절 내 사투리가 저절로 사라지고 2년 동안 눈물 한 번 흘린 적 없던 날들을 생각하면, 애써 울지 않는 닮은 사람들이 떠오른다. 죽은 모래 같은 마음으로 강하게 서 있기보다는 방황하는 우는 모래가 차라리 자연스럽다. 굳이 힘내라고 말하지 않아도 묵묵히 바라보고 있노라면, 그게 응원이라는 걸 안다.

얼음처녀의 라면

미야자와 겐지 『은하철도의 밤』을 원작으로 우주적인 세계관을 갖고 뻗어간 애니메이션 「은하철도 999」. 그 TV 판에서 가장 기억에 남는 에피소드는 이거였다.

열차가 정차한 어느 행성에 철이와 메텔이 내린다. 눈보라가 몹시 날리던 밤. 두 여행자는 허름한 라면 가게에 들어가 따뜻한 김이 모락모락 피어오르는 라면을 한 그릇씩 먹는다. 메텔은 우아하게, 철이는 후루룩 냠냠.

알다시피 이 애니메이션의 등장인물들은 크게 두 타입으로 나뉜다. 메텔 같은 8등신 캐릭터와 철이 같은 3등신 캐릭터. 라면 가게 주인 부부는 철이 타입의 짤막한 체형으로 수

더분하게 생긴 늙수그레한 사람들이었다. 휘잉 눈보라가 몰아치고 문은 덜컹덜컹 흔들리고 가게 앞에 걸린 천 조각 노렌은 마구 나부끼는데, 문득 문이 열리면서 하얗고 투명한 여자가 들어선다.

그녀는 메텔 타입의 길고 호리호리한 체형으로 온몸이 투명한 얼음처녀였다. 긴 머리카락 끝까지 크리스털처럼 빛나고, 눈동자는 보이지 않지만 아름답다. 아마 입도 없었던 것 같다. 그런 캐릭터들이 그랬듯이 영생을 얻기 위해 원래 몸을 버리고 기계인간이 된 탓이었다.

얼음처녀는 떨리는 목소리로 주문한다.

"라면 한 그릇만 주세요."

주인 부부는 '네, 네' 하며 라면을 끓여 불안하게 탁자에 내놓는다. 그녀가 나무젓가락을 그릇에 넣었을 때, 라면은 쩍 소리와 함께 국물까지 꽁꽁 얼어붙었다. 아… 얼음처녀는 한탄하며 젓가락을 조용히 내려놓고 가게를 떠난다.

행성에서의 둘째 날 밤도 철이와 메텔은 라면 가게를 찾았다. 휘잉 눈보라가 치고 얼음처녀가 노렌을 걷으며 들어온다.

"라면 한 그릇만 주세요."

주인 부부는 '네, 네' 하며 또 라면을 끓여 내놓고, 그녀가 젓가락을 그릇에 넣자마자 라면은 역시 국물까지 꽁꽁 얼어붙는다. 보다 못한 철이가 묻는다.

"아니 왜… 라면이 얼어붙는 거죠?"

얼음처녀는 비록 입이 없지만 씁쓸히 웃으면서 말한다.

"영원한 생명을 얻은 대가지요. 내 몸은 차가운 얼음. 뜨거운 라면은 먹을 수가 없답니다. 그래도 꼭 한 번만, 예전에 먹던 라면 맛을 잊지 못해… 이렇게 가게를 찾아오지만 역시 난 먹지 못해요."

철이는 불끈 주먹을 쥔다. 어서 이 기나긴 여정을 끝내고 얼음처녀가 다시 라면을 먹게 될 날을 되찾겠다고.

뭐랄까. 아, 이런 게 좋다. 그 상황 속, 서사 속에서의 현실. 세상에, 라면을 못 먹어 슬픈 영생의 처녀라니. 그냥 들으면 이런 웃기는 이야기가 있나 싶지만 「은하철도 999」 안에선 얼마나 아름답고 고요하고 슬픈 겨울밤이었는지 모른다. 이다지도 사소한 일에 목숨 거는 듯 보여도 그게 그 인물을 둘러싼 세계의 전부라면 비장하지 못할 이유가 뭐가 있을까.

눈발이 흩날리다 사라지는 겨울날이면 가끔 얼음처녀의 라면이 생각난다. 허름한 가게 귀퉁이, 그녀가 먹지 못한 라면 한 그릇.

고장 난 시계

어릴 때 남동생은 장난꾸러기여서 지금 몇 시야? 물으면 항상 세 시 오 분! 하고 대답했죠. 낮에 물어도 밤에 물어도 일 초의 망설임도 없이 3시 5분. 그러다 아버지한테 된통 혼난 뒤 한동안 그 소리를 그만뒀어요. 녀석이 제대로 대답을 하니 이상하게 아쉬웠는데, 이듬해 무심코 몇 시야? 물었더니 다시 세 시 오 분! 하길래 웃었던 기억이 납니다. 왜 하필 그 시각에 꽂혔는지는 모르겠지만 나비 따라다니다 꽃 구경하다 개미 떼를 좇아가다 '넉 점 반, 넉 점 반' 했다는 동시 속의 아이처럼 뭐 그랬겠지요.

고장 난 시계에 판타지가 있나 봐요. 학교 근처 카페 '동인' 벽에 걸려 있던 언제나 12시 5분 전을 가리키던 시계도 생각납니다. 웬 신데렐라의 시간인지는 몰라도 그 카페를 떠올리면 가장 먼저 그려지는 모습이에요.

나는 건전지가 떨어진 시계는 빨리 갈아 끼우지 않고 몇 날 며칠 내버려두곤 합니다. 게을러 그렇기도 하지만 멈춰 선 시계를 보는 게 그리 나쁘지 않거든요. 똑딱똑딱 쉬지 않고 돌아가는 흐름이 당연하다가도 가끔은 어지러워요.

한때 갖고 있던 벽시계는 작은 토끼 두 마리가 시소를 타는 장식이 있었습니다. 매초마다 시소가 오르내렸지요. 올라가면 푸른 하늘, 내려오면 꽃동산. 처음엔 귀여웠는데 점점 보기가 딱한 거예요. 피곤하겠다 싶고 덧없어 보이기도 하고. 다행히 언젠가부터 고장 나버려 토끼들은 시소를 타지 않고 내 마음도 편해졌습니다.

놋쇠 추가 똑딱이는 시계를 선물받았을 때는 살며시 추를 떼어내기도 했어요. 멈추지 않는 진동이 고단해서, 세 개의 바늘이 규칙적으로 돌아가는 것만으로도 노동은 충분해 보였다고 할까요.

무엇이든 고장 나면 빨리빨리 수리하는 사람과 한동안 내버려두는 사람이 있겠지요. 몇 달이고 몇 년이고 내버려두는 버릇에 핑계를 대는지도 모르지만, 고장 났으니 그래 좀 쉬어라 싶어집니다. 스물네 시간 환히 전등을 밝힌 편의점을 보면 때때로 셔터를 내려주고 싶고요. 1년에 한 번이라도, 아니 3년에 한 번이라도.

일생 한 번도 쉬지 않는 건 심장이 하는 일과 같을 텐데, 그러고 보면 우리의 '하트'는 얼마나 성실하고 고단한 걸까요. 처음 쉬는 순간이 모든 일을 끝낼 때라니 새삼 왼쪽 가슴에 손을 얹고 고마워, 속삭이고 싶습니다.

나는 밤이 끝나가고 희미하게 여명이 틀 무렵, 어둠이 청회색으로 묽어지며 오늘의 빛이 서서히 스며드는 시간대를 하루에서 가장 좋아합니다. 그 광경을 목격하려면 밤을 새워야 하니 매일 조우할 수는 없지만 그래서 더 좋은지도 모르겠어요.

하루 마흔네 번까지 저녁노을을 지켜보았던 소행성의 소년은 그 시간대가 제일 행복했겠지요. 여행에서 돌아와 자기 집 현관문을 열 때가 가장 행복한 사람은 그 순간이, 하루 일을 마치고 폭신한 베개에 머리를 기대며 안도하는 사람은 또 그때가.

사랑하는 시간대를 만나기까지 하루를 건너가며 일상은 펼쳐집니다. 바쁘게 일하고 사람을 만나고 식사를 하고, 버스와 전철과 택시를 타고 때로는 걷고 뛰면서. 그동안 소행성의 소년은 바오밥나무 뿌리를 잘라주고 장미에 물을 주겠죠. 나는 노트북을 열어 하루치 글을 쓰고 다 지웠다가 또 후회하고.

그렇게 건너가는 과정 없이 사랑하는 시간대에만 머무르는 건 생활이 아니라 판타지겠지요. 멈춰버린 시계를 갖고 있으면, 박제되고픈 순간의 미로에 빠져버리면 길을 되짚어 나오기 어려워요.

하지만 고장 난 시계 하나쯤 누구나 서랍 속에 넣어두고 살 테니까, 엉뚱한 시간대를 방황하는 사람도 너무 걱정하지는 말자 생각합니다. 돌아올 기회는 있으니 잠시 헤매다녀도 괜찮을 거라고. 고장 난 시계도 하루 두 번은 맞으니까요. 그렇게 겹쳐지는 찰나가 출구라서 재빨리 선택해야 하는지도 모릅니다. 언제까지나 3시 5분 같은 순간에 머무를지 현실로 돌아올지를. 그저 기다려주는 거지요, 그들이 다시 제시간에 올라타는 때를요.

사물의 꽃말 사전

#

소설 『날씨가 좋으면 찾아가겠어요』를 쓸 때 굿나잇책방 일지에 가상으로 입고 서적을 기록했는데, 실제로 있다면 읽고 싶다고 독자 리뷰에 종종 언급됐던 책이 『사물의 꽃말 사전』이었다. 물망초 꽃말이 '나를 잊지 말아요'인 것처럼 사물에도 어울리는 말을 붙일 수 있다면 어떨까 하는 호기심. 예를 들어 카메라의 꽃말이 '찰나'라면 동네책방의 꽃말은 '아지트'가 될 수도 있으리라.

식당에서 일하며 손님들이 물을 찾을 때마다 '물은 셀프입니다'를 수천 번 대답했다면 그에게 물의 꽃말은 '셀프'일지도 모른다. 편의점의 꽃말은 밤새 거기서 일하는 누군가에겐 고단한 '아르바이트'일 것이고, 매일 같은 시간 그 앞에서 애인을 기다리던 이에겐 '밤 10시'가 되기도 하겠다.

내게 편의점의 꽃말은 '심지 못한 조롱박'이다. 첫 직장이 있던 종로 5가, 지금은 사라진 훼미리마트에서 물건을 사면 주인은 다양한 씨앗 봉지를 사은품으로 주었다. 봉지에 그려진 조롱박이 탐스러워 나는 항상 조롱박 씨앗을 골랐다. 화분을 베란다에 내놓을 만한 집으로 이사 가면 심어야지 하고 잘 보관해두었지만, 몇 년 뒤 막상 베란다 있는 집으로 이사해 꺼내보니 씨앗은 이미 생기 없이 말라 있었다. 혹시나 화분에 심고 물을 줘봤으나 싹이 트지는 않더라.

소설 속 책방일지를 읽은 독자가 SNS 댓글에 남긴 함박눈의 꽃말도 마음에 남는다. 그녀는 함박눈 꽃말이 '보리'라고 했다. 반려견 보리가 무지개다리를 건넌 뒤로, 눈이 펑펑 오면 함께 산책 나가 뛰어다녔던 기억이 나기 때문이라고.

말로 하기 힘든 고백을 같은 의미의 꽃말을 지닌 꽃으로 대신하듯, 사람들은 알게 모르게 사물에도 마음을 기대어 표현하는 것 같다. 사물과 맺은 인연의 모습을 어떤 낱말로 치환하는 것이니, 내가 붙인 사물의 꽃말은 내 거울이기도 하겠다.

#

세상 별의별 직업 가운데 도대체 꽃말은 누가 정하는 걸까 늘 궁금했다. 노벨상, 아카데미상 위원회처럼 '꽃말 편찬 위원회'가 있어서 매년 특정한 날 원탁에 둘러앉아 회의라도 하는 걸까. 낡아버린 꽃말을 수정하고 신품종 꽃이 개량되면 새로운 꽃말을 창작하면서? 애초 가장 먼저 꽃들에게 의미를 붙인 사람은 또 누구였을까.

꽃말 편찬 위원회가 정말로 존재한다면 소속 위원의 자격은 어때야 하는지 궁금해진다. 식물학과 인문학에 두루 정통해야 하려나. 아니면 꽃과 텔레파시를 주고받는 초능력? 한없이 까다로울 것만 같다.

실은 긴 시간에 걸쳐 나도 지어놓은 꽃말이 하나 있다. 모든 잎이 떨어진 '잎이 없는 클로버'의 꽃말이다.

나는 밴드 메탈리카에게 의리를 지키는 30년 팬이기도 한데 그들의 S&M 앨범에 실린 곡 「No Leaf Clover」를 처음 들었을 때 왠지 깊이, 마치 긁힌 자국처럼 그 제목이 가슴에 새겨진 탓이다. 잎이 없는 클로버라니 무슨 뜻일까. 그 꽃말이 있다면 또 무엇일까. 네잎클로버는 행운, 세잎클로버는 행복이라는데 모든 잎이 떨어져 하나도 안 남게 된다면?

그렇다고 그 대척점인 불운이나 불행으로 꽃말을 붙이고

싶지는 않았다. 아마도 잎이 없는 클로버는 '미련 없는, 후회 없고 뉘우침 없는'이란 꽃말이 가장 어울리지 않을까. 빛나는 행운과 행복은 너무나 한순간. 잎이 차례로 떨어질 때는 두렵고 불안하겠지만, 마침내 사라지고 나면 차라리 초조함은 끝나고 미련 없이 놓아버릴 것만 같다.

그건 마치 웃음을 터뜨리며 그 자리를 떠나는 이의 뒷모습 같은 것. 간절히 기다렸고 지키려 애썼던 갈망이 내 안에서 끝나버렸을 때, 그 마음을 '클로버 잎이 다 떨어졌다'고 표현하고 싶다.

그러니 진정 이 세상에 꽃말 편찬 위원회가 있다면 펜을 들어 정중하게 편지를 쓰려 한다.

수신_ 꽃말 편찬 위원회

새해 발간 예정인 개정판 꽃말 사전을 편찬하면서, 추가 등재될 식물과 그 꽃말을 수집한다는 공고를 보았습니다. 세부 항목 가운데 쌍떡잎식물 장미목 콩과의 여러해살이풀 '잎이 없는 클로버'에 대한 꽃말을 접수하고자 합니다.

식물명_ 잎이 없는 클로버

학명_ No Trifolium

꽃말_ 미련 없는, 후회 없는

모쪼록 선정되어 개정판 꽃말 사전에 수록된다면 무한한 영광이겠습니다. 편찬 위원회의 건재와 번영을 바라며 서신을 마칩니다. 그럼 이만 총총.

오늘의 부피

예전에 일했던 라디오방송국 스튜디오에는 작은 탁상 달력이 놓여 있었다. 지난 백 년간 같은 날짜에 일어난 굵직한 일화를 기록해놓은 '오늘 날짜의 세계적인 사건' 달력이었다. 그날 분량 원고를 다 소화했는데 멘트 시간이 애매하게 남아버릴 때, 교양프로 진행자들은 이 달력을 손에 들고 잠깐씩 여백을 메꾸곤 했다. 이를테면 아래와 같이.

"벚꽃이 환한 봄, 4월 19일입니다. 오늘 날짜엔 과연 어떤 기록들이 남아 있을까요? 우선 1956년 4월 19일 할리우드 배우 그레이스 켈리가 모나코의 레니에 3세와 결혼해 왕비가 되었구요.

1960년 대한민국에서 4·19혁명이 일어났죠. 1964년 같은 날짜에 스포츠카 머스탱이 첫선을 보였구요, 영국 시인 바이런과 프랑스 물리학자 피에르 퀴리가 1824년과 1906년 오늘, 세상을 떠나기도 했습니다…."

그런 멘트를 듣다 보면 '오늘의 부피'라 할까, 페이스트리 빵의 결처럼 겹겹이 포개진 날짜에 미묘한 느낌을 받곤 했다.

달력에 기념할 만한 일은 아니었지만, 우리 가족에게도 4월 19일의 부피가 있었다. 아버지는 한때 소설가를 꿈꾸던 '문청'이었는데 단편소설이 모 일간지에 당선되어 꿈을 이루나 싶었으나, 후속으로 열심히 써낸 장편소설을 아무 데서도 받아주지 않아 그만 접어버린 사연이 있었다. 늦은 결혼을 하고 생활 전선에 뛰어든 뒤로는 펜을 잡지 않았지만, 못다 이룬 꿈의 아쉬움을 술 한잔과 회고로 풀었는데 그 정점이 매년 4월 19일이었다.

"뿌우- 뱃고동이 울리는 부산 영도 항구에서 그들은 자랐다. 서면 하야리아 부대 앞에서 돌을 던지던 친구들은 기차를 타고 수도 서울로 상경했고, 어깨 스크럼을 짜고 행진하던 그들을 향해 총탄이 발사되었다. 곁에서 쓰러지던 친구의 마지막 순간을 어떻게 잊을 수 있으랴."

해마다 그날이 되면 술에 취해 귀가해 반쯤 눈을 감고서는 그의 장편소설『뿌리 깊은 사철나무』한 대목을 자고 있던 어린 삼 남매를 깨워 낭송해주곤 했다.

"지금도 우리 집 다락에 원고 뭉치가 있지. 너희들은 아직 읽을 수 없겠지만 머리가 굵어지면, 아마도 중학생쯤 되면 이해할 수 있을 것이다…."

내가 중학생이 되자 멘트는 업그레이드되었다.

"아직도 다락에 그 원고가 있다. 너희가 고등학생이 된다면 좀 더 가슴 깊이 그 소설을 이해할 수 있을 것이다."

베개를 끌어안고 꾸벅꾸벅 졸면서 과연 다락에 원고지 수천 매라는『뿌리 깊은 사철나무』가 있기는 한 걸까, 먼지 쌓이는 걸 싫어하는 엄마가 진작 버리지 않았을까, 그 출판사들은 왜 아버지의 원고를 거절해 우리를 이렇게 괴롭게 하는가 꿈결처럼 생각했다.

캠퍼스의 4월 19일은 진입로 아래 학생들과 전경들 사이 날아다니는 돌과 최루탄, 화염병으로 하루가 저물었다. 어느 해 그날 해 질 무렵, 나는 한바탕 어지럽혀진 진입로를 터벅터벅 걸어 내려왔다. 가슴이 답답했고 무작정 걷고 싶어 국도를 따라 한 시간을 걸었다.

어느새 밤이 되어 허공에 밴 매운 냄새는 희미해지고, 맑은 밤바람 속에서 '만가대'라는 이름의 버스 정류장을 발견했다. 정류장 뒤편으로는 온통 배나무밭이었고, 4월 배꽃이 하얗게 피어 있었다. 과수원으로 들어가는 좁은 오솔길에 나뭇가지마다 반짝이는 꼬마전구들을 달아놓아서, 마치 이 오솔길 안에는 신기한 것이 숨겨져 있지요 하고 부르는 것 같았다. 그 길을 들어가 볼까 망설이는데 누군가 버스에서 내리더니 말을 걸었다.

"어? 네가 여기 웬일이야?"

"아, 지나가다가 우연히. 너네 여기서 살아?"

"응. 과수원 안에 우리가 자취하는 집이 있어. 따라와, 같이 딸기 먹자."

그들은 내가 한때 가입만 해놓고 잘 나가지 않던 동아리 회원들이었다. 오솔길이 끝나는 곳에 아담한 이층집이 있었는데, 2층은 과수원 주인 가족이 살고 1층은 학생들 자취방이 대여섯 개 있다고 했다. 마당 커다란 나무 아래는 평상이 놓여서 아무나 자유롭게 썼다.

그들은 과수원 근처 밭에서 딸기를 잔뜩 사온 길이었고 나도 평상에 끼어 앉아 함께 봄 딸기를 먹었다. 배꽃이 환하게 피어 방범등 불빛뿐이었어도 전혀 어둡지 않았다. 배나무밭의 봄밤이 그렇게 밝다는 걸 처음 알았다. 딸기 바구니는 금세 바닥을 드러내고 평상 한쪽에 초록 꼭지들이 수북이 쌓였다. 누군가 담배를 그 꼭지에 거꾸로 꽂아 끄고는 다른 친구의 이름을 대며 농담처럼 말했다.

"아무개, 여기 잠들다."

우리는 웃음을 터뜨렸다. 그건 정말 초록 무덤에 꽂힌 흰 묘비명 같았고, 나는 그 순간 만가대 과수원을 사랑하게 되리라는 걸 알았다.

충동적인 시절이라, 그날 밤 뭔가에 홀린 듯 화물차를 불러 다른 마을에 있던 내 자취방으로 가 짐을 꾸렸다. 그들도 같이 와서 도와주었고 두 시간 뒤엔 만가대로 이사가 끝나 있었다. 빈방 하나에 짐을 풀고는 이튿날 날이 밝자 2층에 올라가 간밤에 이사 온 학생입니다, 꾸벅 인사했다. 주인 부부가 엉? 놀라다가 허허, 잘했네 웃으시던 모습.

그때부터 4월 19일의 부피는 결이 달라졌다. 그 날짜는 만가대를 만난 날로 바뀌었고, 배나무 과수원 바깥으로 나가고 싶지 않았던 나는 친구들이 학교 다녀올 때까지 틀어박혀 책을 읽거나 음악을 듣고 어설픈 소설을 썼다.

이상한 청춘의 열기로 우리는 마치 의형제자매라도 맺은 양 서로의 생활비를 한 군데 서랍에 모아놓고는 필요할 때 누구든 꺼내 장을 보거나 요긴하게 썼다. 넉넉한 친구는 많이 내고 사정이 어려운 친구는 적게 냈지만 아무도 불만이 없었다. 당번을 정해 공동 취사와 청소도 하며 한 학기를 살았다.

무슨 해방된 코뮌처럼 자유를 느꼈던 것도 딱 반년. 예상할 수 있듯이 그 시절은 더 오래가진 못했다. 견고했던 관계는 조금씩 삐걱이기 시작하고, 개인 생활비를 따로 아껴 미래를 위해 무언가를 해야 하는 친구도 생겼다. 반짝이는 시절은 언제나 짧으니까 서로는 이해했다. 더러는 만가대를 떠나 일찌감치 서울로 올라갔고 나는 졸업할 때까지 그곳에 살았다.

우리가 그해 즐겨 들었던 015B 음반엔 「5월 12일」이란 노래도 있었다. '그 시절엔 우린 몰랐었지. 이렇게도 그리운 기억 가질 줄.' 같은 노랫말이 흘러나오던. 그러게, 그땐 정말 몰랐었다. 시간이 흘러 또 다른 5월 12일의 부피가 쌓이는 어느 날, 세상에 태어난 내 아이와 만나게 되리라는 것도.

…언제부턴가 나는 10월 마지막 날의 부피를 기록하고 있다. 오래전 닫아버린 블로그를 매년 그 날짜에 로그인해 들어가 본다. 내가 쓴 글이지만 이제 다시 읽으면 그 마음인 듯 아닌 듯 유효기간이 지나버린 글들. 어느 해 10월 31일 자 페이지에 흑백사진과 음악 링크가 남아 있다. 멀리 안개 낀 철길에서 뒤돌아보는 한 소년의 흐린 사진. 그리고 '푸딩'의 허밍 같은 노래 「If I Could Meet Again」.

낯익은 흑백사진과 노래를 만나면 한 해를 또 무사히 건너왔구나 하는 안도감과 서글픔이 함께 밀려온다. 그 아래 내가 남겨놓은 댓글들을 읽어본다.

그 후로도 만 3년이 지나도록 아무 일도 일어나지 않았다. 얼마나 감사한가. _2011. 10. 31
다시 4년이 흘렀다. 많은 일이 있었지만, 또 아무 일도 없었다. _2015. 10. 31
올해도 열어본 페이지. 너는 계속 철길 위에 서 있구나. 잘 있어줘서 고맙다. _2018. 10. 31

그 블로그 페이지를 열어보는 순간만은 온전히 혼자 있고 싶다. 내년 이맘때쯤 또 한 겹 시간의 부피를 쌓을 때까지, 다시 돌아오는 오늘을 만날 때까지, 부디 잘 건너갈 수 있기를 바라면서.

그날은 어디 있었나요?

한참 안부를 모르다가 오랜만에 만난 지인들에게 종종 물어보던 말이 있었다. '김일성 죽었을 때 어디 있었어요?'라고. 정확하게는 김일성이 사망했다는 속보가 방송되던 때일 텐데, 누구는 지리산에 있었다고 했고 누구는 버스를 타고 가다 들었다 했고 누구는 군대에서 막 제대한 뒤라 비상근무를 서지 않아도 돼 안도의 한숨을 쉬었다고 했다.

나는 그때 마포의 한 식당에 있었다. 밥을 먹던 손님들이 동시에 수저를 멈추고 속보가 나오는 벽걸이 티브이를 쳐다보았다. 김일성이 죽었다고? 설마. 웅성웅성 다들 믿을 수 없어 했다. 어째서, 김일성은 죽으면 안 되나. 그는 마치 천년

만년 사는 존재인 이미지로 한 시절 군림했던 탓에, 이제 현대사의 한 단락이 마감되고 새 장이 펼쳐지려나 싶은 기대와 긴장감이 그 속보에 담겨 있었다.

서먹서먹한 이에게 그런 질문을 건넸던 까닭은, 서로가 모르는 그동안의 시간을 어디서 물꼬를 틔워 나눠야 할지 난감했기 때문이다. 지나간 날들 가운데 어느 하루를 공유함으로써 간극을 메워보려는 마음. 그 질문은 나중에 소설 『사서함 110호의 우편물』에서 낯을 가리던 공진솔이 이건 피디에게 꺼낸 대사가 되었다.

> "누군가랑 친해지고 싶은데 낯가림 때문에 잘 안 될 때, 난 그렇게 가끔 물어봐요. 김일성 죽었을 때 어디서 뭐 하고 있었느냐고…. 나도 상대방 옛날을 모르고 그 사람도 내 옛날을 모르지만, 동시에 같은 날 무슨 일을 하고 있었는지 알게 되면 좀 가까운 느낌이 들더라고요. 그러려면 대부분 다 기억할 수 있는 날을 대야 하잖아요."

책이 나오고 한동안 독자들로부터 '그날 김일성 속보 나왔을 때 나는 어디서 무엇을 하고 있었어요' 하고 쓴 메일을 받곤 했다. 등장인물의 대화에 공감하며 자신의 이야기를 전해주는 것이 무척 감사하고 기뻤다. 뜻하지 않게 많은 이들과 한날한시를 공유하게 되었구나 생각했기에.

고전 소설을 읽을 때 책 뒤편에 수록된 '연표'를 재미있게 본다. 이 또한 한날한시의 매력을 담고 있는데, 작가의 일생과 나란히 당시 사회 모습과 다른 작가의 활동을 비교해보게 된다. 그 작품이 쓰일 무렵 세상은 어떻게 돌아가고 있었는지. 인물과 세계가 서로 영향을 주고받기도 하고 때로는 고립된 거처에서 살았던 것처럼 전혀 무관해 보이기도 해 아이러니를 느끼게 한다.

동시대를 살면서도 저마다 환경이 너무나 다른 점도 흥미롭다. 언젠가 다이 시지에 소설 『발자크와 바느질하는 중국 소녀』를 읽던 날이었다. 주인공 산골 소년이 협동농장에서 일하며 몰래 발자크의 소설을 읽고 금지된 책과 문화에 목말라 하던 때가 1971년. 그때 나는 두 돌 무렵 장생포 둑방길을 아장아장 다니며 포경선이 드나드는 항구 옆에서 자라고 있었다. 마침 책상에 스티븐 킹의 『유혹하는 글쓰기』가 놓여 있었는데, 그는 뭘 했나 궁금해서 펼쳐보니 같은 시기 킹은 세탁소 아르바이트를 하면서 소스가 잔뜩 묻은 테이블보를 끝도 없이 빨았다고 써놓았다.

책과 영화를 보며 끝없이 타인의 삶과 만나는 건 이런 간접경험에 대한 욕구가 아닐까. 르 클레지오의 말처럼 '나는 나의 인간성과 나의 육체를 떠나본 적이 없'기 때문에, 가보지 않은 길에 대한 동경과 호기심이 우리를 끊임없이 타인의 삶과 고백 속으로 탐험하도록 밀어 넣는 것 같다.

오늘의 부피가 한 사람에게 포개지는 날짜의 순환이라면, 그날 다들 어디 있었을까 하는 질문은 곳곳에 흩어져 사는 이들이 겪은 시간의 총합적 부피일 기다. 때로는 다른 사람들과 같이 어떤 부피를 쌓아간다고 생각하면, 지구별에서 살아가는 이번 생이 조금은 덜 외롭다.

시간은 빠르게 흐르고, 한동안은 2002년 월드컵이 한창일 때 어디 있었느냐고 묻는 게 더 편한 공감대를 만들기도 했다. 다만, 차마 쉽게 물어볼 수 없는 기억의 날짜들이 있다. 한 사회 거의 모든 이들에게 슬픔으로 남은 집단기억의 경험도 존재하니까. 그때를 질문하는 건 너무 마음 아프니까. 슬펐던 순간의 기억으로 서로가 그때 어디서 무얼 하고 있었는지 소환할 일이 부디 생기지 않기를, 허망할지라도 진심으로 바라게 된다.

어떤 레시피

오래전 「부리부리 박사」라는 TV 인형극이 방영된 적이 있었다. 놀이공원에서 손을 흔드는 캐릭터 인형처럼 연기자가 커다란 탈을 쓰고 움직인, 당시로서는 신선했던 '과학 뮤지컬' 어린이 시트콤이었다. 발명가 부엉이 박사는 연구실 기구로 여러 가지 재료를 섞으며 그 무렵 아이들의 골목 떼창곡이었던 이 노래를 불렀다.

나는야 부리부리 부리부리 박사
도토리 세 알에다 장미꽃 한 송이
달님 속 계수나무 별똥별 하나

가만히 귀 기울여보면 박사의 발명 노하우인 레시피가 그 속에 들어 있었다. 도토리 몇 알과 장미꽃, 계수나무 토막들과 별똥별 가루를 적절히 배합하면 날마다 전혀 다른 것들이 뚝딱 만들어졌다. 재료는 같은데 기계에서 튀어나오는 발명품은 달랐으니, 어린 마음에도 재료를 다양하게 바꿔줘야 옳은 것 같아서 '그 부분 가사를 다르게 부르면 될 텐데 방송국에 편지를 쓸까?' 은근히 고민했던 노래였다.

쉽게 짐작할 수 없는 신비한 레시피에 대해 가끔 상상한다. 어린 시절 나는 한때 외가에서 컸는데 외할머니는 습관처럼 기침약 '용각산'을 드셨다. 은색 동그란 약통 위로 풀썩 피어오르던 쌉싸름한 가루. 그걸 조그마한 스푼으로 떠서 혀에 올려놓고는 천천히 녹여 드시곤 했다.

뚜껑에 새겨진 한자 '龍角散'을 풀이하면 용의 뿔을 갈아서 만든 가루라는 뜻이니 놀랍기만 했다. 마치 신선이 만든 것처럼 태연하고 포스 있는 이름. 외할머니가 어쩌다 곁에서 쳐다보던 내 입에 한 스푼 넣어주면 쿡 사레가 들리며 딸꾹질이 쏟아졌던 기억이 선하다.

지금은 약상자에 포함된 설명서를 읽어보는 게 상식이지

만 예전 노인들은 그런 종이쯤은 무시하고 그저 믿는 마음으로 약을 먹곤 했다. 시력이 좋지 않아 깨알 같은 글씨를 읽기도 어렵고, 몸이 아픈 느낌에 따라 어림짐작 복용한 셈이다.

설명서에 적힌 수많은 성분들은 레시피나 마찬가지여서 효과와 부작용, 알레르기를 경고하는 글귀들로 빼곡하다. 저마다 체질이 다르니 같은 처방을 받아도 효과가 달라져 어느 의사가 유명하고 어디 약이 잘 듣는다 칭찬해도, 다른 이는 그렇지 않다고 생각하기도 한다. 노인들이 종종 엉터리 약장수에게 깜빡 속는 이유도 세상에 질병이 존재하는 한, 명약에 대한 환상이 사라지지 않기 때문일 거다.

그러니 어쩌면… 유사 이래 인간이 살아오며 가장 간절했던 품목은 모든 자에게 유효한 '만병통치약'이 아니었을까. 걸어 다니는 약방 같은 할머니들을 만날 때면 더 그렇다. 문갑엔 없는 약이 없고, 어지간하면 민간요법으로 손수 다스리고, 마치 치유의 약손을 가진 듯 약초 달인 물을 이웃에게 나눠주길 좋아하는 분들 말이다. 고대에 태어났다면 부락의 신성한 주술사나 의녀가 되었을 텐데 너무 늦게 태어나 안타까운. 나는 그분들이 만병통치약을 만들고자 했던 옛사람들의 후예인 것만 같다.

고백하자면 나도 약에 관한 판타지가 있었다. 소설 『잠옷을 입으렴』은 어린 사촌 자매들이 시골 외가에서 함께 성장하는 이야기였는데, 내 유년기를 사로잡은 이미지가 많이 녹아든 책이다.

화자인 소녀 둘녕은 만병통치약을 만들고 싶은 꿈이 있었고 막연히 그런 놀이를 하는 아이였다. 뒷산에서 꽃과 열매, 나뭇잎을 따다 냄비에 끓이고는 동글동글 환을 빚어 약병에 담으면, 같은 방을 쓰던 이종사촌 소녀가 그걸 소중하게 간직하곤 했다. 사랑하는 이의 아픔을 낫게 해주고 싶다는 어떤 간절함이 둘녕에겐 있었다. 하지만 어른들은 그 어설프고 비현실적인 놀이를 좋게 여기지 않고 허락하지 않는다.

현실도 맥락은 다르지 않다. 아무리 의학이 발달해도 자연의 섭리에서 영원한 생명과 건강은 결코 허락되지 않으니까. 그 한계를 인정하는 것. 사랑하는 이들이 결정적으로 아플 때 내가 진짜로 해줄 수 있는 일은 많지 않다는 걸 깨닫는 순간에 관해 쓰고 싶었다. 그럼에도 또한 온전히 사랑할 수 있는 마음에 대해서.

그 소녀에게 말해주고 싶다. '나도 중세에 태어났다면 연금술보다는 만병통치약을 만든다는 주술사에게 깜빡 속았을 것 같아. 평생 들판에서 풀을 뜯으며 조수 노릇을 했을지도 몰라. 이상하지. 연금술은 남자들의 마법이었고 만병통치약은 여자들의 마법이기도 했는데. 마녀로 몰려 화형당했던 걸

보면, 금을 만드는 건 괜찮고 약을 만드는 건 안 되었나. 그럴 바엔 차라리 맥베스에 등장하는 황야의 진짜 마녀들이 되는 게 나았겠어. 그치?'

들을 수 있다면 둘녕이가 웃었으면 좋겠다. 그리고 같이 커다란 가마솥에 온갖 신묘한 것을 끓여 마법의 약을 만들고 싶다.

시간이 지나 나 역시 만병통치약에 대한 환상은 사라지고, 대신 아놀드 로벨 『집에 있는 부엉이』의 「눈물차」 이야기를 좋아하게 되었다. 슬픈 생각을 하며 흘린 눈물을 주전자에 담아 차를 끓여 마시면 슬픔이 사라진다는 이야기. 그 책을 굿나잇책방 꼬마 손님이던 승호의 아홉 살 인생 책으로 만들어주었다.

모든 마법 같은 약에 대한 소망은 언젠가 끝날 생을 살아가는 인간의 환상일 뿐. 어린 날 처음으로 외운 부리부리 박사의 레시피부터 집에 있는 부엉이의 눈물차 레시피까지, 숲속에 차곡차곡 양식을 쌓아두고 겨울을 나는 부엉이들처럼 서로에게 따뜻한 레시피를 건네며 살고 싶다. 황금비율의 명약은 이번 생에선 배합할 수 없을지라도, 여전히 나눌 수 있는 작고 다정한 것들이 있다. 긴 겨울밤 추운 눈밭을 걸어와 난롯가에 마주 앉아 마시는 우리들의 눈물차처럼.

그를 위한 블렌딩

지난 5개월 동안 오직 T를 생각하며 보냈다. 아침에 눈을 떠 밤에 잠들 때까지 그의 이미지가 머릿속에서 떠나지 않았다. 우리 회사가 입주한 건물 3층과 1층 티룸에도 '라이징 루키 배우' T의 매력적인 포스터가 걸려 있었지만, 로비에서 살짝 떼온 포스터 한 장과 함께 인터넷에서 찾은 스틸 사진 수십 장도 내 방 벽에 붙여놓고 지냈다.

영화 장면과 각종 화보에서 그가 입은 의상들을 보며 느낀 건, 그에겐 짙은 푸른색이 어울린다는 것이었다. 새로 태어난 뜨겁고 젊은 별들이 내는 자외선 때문에 그 성운은 푸른색으로 관찰되는 것처럼.

"그러다 스토커 되겠다."

친구 J가 카페 테이블에 무심코 올려놓은 나의 레시피북을 넘겨보며 쯧쯧 혀를 찼다. 온통 T의 사진과 메모로 가득 찬 페이지들. 평소 배우나 셀럽에 별 관심 없는 J는 대신 프로야구 시즌 일정을 훤하게 꿰고 선수들을 응원하는 타입이었다.

"그래서, 이 남자는 알파벳으로 뭔데? 에스? 브이? 아니면 이름대로 티?"

나는 여름 한정으로 나온 난꽃향 냉침차를 사이에 두고 피식 웃는다. J는 생각날 때마다 그걸로 놀리고 나는 이제 그렇지 않다는 듯이 피식 웃지만, 실은 지금도 그렇다.

고교 때 어느 날의 일이었다.

"그… 아마도 2학년 가르치시는 호리호리한 여자 선생님인데요. 무슨 과목인지는 모르겠지만 안경 쓰시고…."

복도 유리창을 청소하는데 그 선생님이 가까이 있던 내게 심부름을 시켰다. 교재와 문서를 건네주며, 교무실에 가서 모 선생님에게 전해드리라고.

"내가 보냈다고 하면 아실 거야."

평소 무채색 정장을 자주 입고 머리를 깔끔하게 빗어 하나로 묶어 다니는 그녀가 우리 학교 선생님인 줄은 알았지만, 직접 배운 적은 없어 이름은 몰랐다. 막상 '내가 보냈다'

고 전하라는 말에 '선생님 이름이 뭔데요?'라고 되묻지 못한 게 실수라면 실수. 모 선생님을 찾아 전달은 했으나 누가 보냈는지를 설명하지 못해 애먹던 참이었다. 답답한 학생 보듯 이맛살을 슬쩍 찌푸리는 모습에, 나는 그만 속에 있던 말이 불쑥 튀어나왔다.

"그러니까, 알파벳 에프처럼 긷는 선생님이요."

모 선생님 이맛살이 '무슨 소리야?' 한층 더 깊어지는 찰나, 가까이 교무실 청소 중이던 한 아이가 수수께끼 정답을 맞히듯 큰 소리로 말했다.

"아! 알겠다. 김화영 선생님인가 보다!"

그게 J였다.

"그때 딱 한 번이었어. 그 후로 너랑 텔레파시가 통한 적은 없으니까. 애초에 나는 사람을 그런 걸로 느끼지 않는데 그날은 왜 딱 알아들었는지 모르겠다니까?"

둘이 친해지고서 나는 J도 나 같은 줄 알고 '저 선생님은 엠이야. 저 아이는 색깔로 치면 보라색 같아.' 조곤조곤 수다를 떨었다. 처음엔 J도 으응, 애매하게 동의했지만 나중엔 정신 차리라는 듯이 내 등짝을 한 대 퍼억 치더니 상황을 정리해버렸다.

"그냥 너랑 친해지는 게 좋아서 끄덕끄덕했던 거야. 무슨 색깔이니 알파벳이니 나는 하나도 모르겠어. 그날이 이상했던 거라고!"

그 후로는 그런 말을 J에게 하지 않았지만, 그래도 우리는 여전히 좋은 친구로 지낸다.

어른이 되고 내 취향과 관심사가 어디에 있는지 차츰 더 구체적으로 깨닫게 되었다. 어떤 이미지와 맛과 향을 어울리게 조합하고, 거기에 자그마한 스토리를 입히는 작업이 너무나 좋았다. 'Tea & Life Style'을 슬로건으로 내걸고 블렌딩 차와 향수를 개발하는 회사에 들어온 뒤로는, 미묘한 재료 차이로 분위기가 확 달라지는 차 맛에도 매혹되었다.

오늘은 전 직원이 한 시간 일찍 출근해 행사 준비에 여념이 없다. 몇 개월간 공들여 준비한 '잉크 스페이스 티' 론칭일. 이제 갓 신인을 벗어나 놀랄 만큼 팬덤이 커진 배우 T를 테마로 한 블렌딩 차를 선보이는 날이다.

높은 경쟁률을 뚫고 입장권을 확보한 팬들이 일찌감치 도착해 기다리다 차례로 입장했다. 배우 포스터와 신제품 사진으로 도배된 티룸에서, 팬들과 기자들은 오늘의 주인공을 기다린다. 이윽고 T를 태운 차가 건물 앞에 도착하고 그가 매니저들과 행사장에 들어가는 모습을 나는 로비 계단 위에서 지켜보고 있다.

"미리 보내준 차를 마셔보고는 마음에 든다고 했대. 진심인 것 같더라는데?"

곁에서 낙천적인 선배가 함께 아래층을 내려다보며 말한다. 로비에서 보이는 티룸의 통유리벽은 먼지 한 점 없이 깨끗하게 닦여 이벤트 현장이 고스란히 눈에 들어온다. 박수와 환호 소리. 마이크 음향으로 새어 나오는 T의 부드럽고 낮은 목소리. 정말 그랬어야 할 텐데. 나는 생각한다. 매일 그에 대해 더 알아가고, 찾을 수 있는 정보는 다 모아 한 남자의 취향을 구현하려고 애썼는데.

은하수 중심에선 포름산에틸 때문에 파인애플 향이 난다고 했다. 푸른 별들의 성운처럼 그의 스페이스 티는 잉크색이길 바랐다. 차 색깔로는 쉽게 만나기 어려운, 그래서 처음엔 마실 수 없는 음료인 듯 멈칫하다가 조심스레 맛을 보고 향과 컬러의 매력에 빠지게 만드는 짙은 잉크빛 티. 블루멜로와 캐모마일, 페퍼민트, 천연 파인애플향이 내가 선택한 최종 레시피였다.

팬들에게 차를 준비해주는 그의 표정은 다정하고 친절하다. 옷깃에 꽂은 소형 마이크로 그는 재치 있는 말을 건네며 팬들을 웃게 한다. 오늘 태어난 블렌딩 차가 세상 속에 떠도는 그의 이미지를 옮겨온 것에 불과할지도 모르지만, 그렇다고 그와 닮지 않은 건 아닐 거라고 생각하기로 한다. 그토록 오래 누군가를 들여다보았다면 한 조각 진짜 모습과 만날 수 있었을 거라고. 티룸 벽에 걸린 푸른 현수막이 비로소 눈에 들어온다. 그를 위한 차. 그와 당신을 위한 차.

Tea for T & Tea for Two

프리미엄 블렌딩 'Ink Space Tea'

그가 웃는 모습은 미디어에서 보는 것보다 훨씬 생동감 있고, 구김 없이 환하다. 내 입가에도 웃음이 스민다. 이제 방에서 그의 사진들을 떼어낼 때가 되었음을 깨닫는다. 여기까지만 몰입해야 하니까. 더 당신을 생각하고 지내다가는 혼자 사랑에 빠질지도 모르겠으니까. To know him is to love him. 여기서 그만.

고마워요, T.

어둠 속 한 점 불빛들이 어느 가족의 단란한 집이었든 케이블카 매표소의 하얀 조명이거나 작은 암자의 희미한 연등이었든, 모두가 같은 불빛이었고 다른 불빛이었습니다. 살아오면서 희망처럼 만난, '여기까지 오면 돼. 이 불빛을 찾아오면 돼.'라고 말해주는 것 같았던, 다정하고 쓸쓸했던 불빛들이 고맙습니다.

2장

평행사변형 모양의 슬픔

평행사변형 모양의 슬픔

사위가 캄캄한 밤, 멀리서 빛나는 한 점 불빛은 쓸쓸하면서도 다정합니다. 나는 비록 밤배를 타본 적은 없지만 검은 바다에서 아득히 등대를 바라보듯 기억 속의 먼 불빛 몇 개를 간직하고 있습니다.

내 유년이 시작된 산 중턱 집을 떠올립니다. 세상 물정 잘 모르던 부모님이 얼떨결에 사기를 당하듯이 하여 그린벨트나 다름없는 산에 작은 땅을 사서 집을 지으셨죠. 심하게 높은 곳이라 연탄 배달을 안 해줘 부부가 손수 연탄을 사다 나르고, 가뭄이 들면 제일 먼저 수돗물이 끊겨 고생했지만 나는 그런 사연을 알기엔 어렸으니 대문 밖에 펼쳐진 산이 좋기만 했어요.

엄마는 시장에 가려면 비탈진 언덕길을 한참 걸어 평지로 내려가야 했는데, 집 보고 있을 내게 '뭐 사다 줄까?' 묻곤 했습니다. 스케치북과 크레용이란 대답을 자주 했어요. 엄마는 스케치북을 항상 같은 가게에서 샀는지, 다 쓰고 새로 사다 줄 때마다 번번이 똑같은 표지였습니다. 녹색 바탕에 검은 화살표 횃대, 거기 올라앉은 붉은 벼슬을 가진 닭. 그 그림을 물끄러미 들여다보다가 표지를 넘기고 흰 도화지에 크레용을 칠하곤 했습니다. 머리가 좀 굵어진 뒤 문득 궁금했죠. 대체 그건 뭐였을까. 흔한 만화 주인공이나 로봇도 아니고, 왜 하필 닭이었을까. 그것도 화살표 위에.

나중에서야 그게 풍향계라는 걸 알았어요. 주로 유럽이 배경인 책에서 수탉 풍향계 삽화를 발견했던 것이었습니다. 가톨릭과 관련 있는 조형물임을 알게 되었지만, 그때는 아무것도 몰랐으니 수탉과 바람이 무슨 상관이길래 그 위에 올라가 있나 싶었습니다. 스케치북의 표지 그림을 보며 혼자 궁금했던 마음은, 먼 곳으로 불어가는 바람의 방향을 알고 싶은 마음과 다르지도 않았습니다. 풍향계에 올라앉은 수탉은 아득하게 먼 곳을 보고 있어서 북쪽보다 더 북쪽을, 남쪽보다 더 남쪽을 보고 있는 것만 같았거든요.

집 앞에 앉아 시가지 건너 멀리 맞은편 산을 바라보면, 그곳 산 중턱에도 어느 집이 있었습니다. 우리 집보다 훨씬 커 보였고 초록색 슬레이트 지붕은 평행사변형 모양이었어요. 밤이 되면 하얀 불빛이 켜졌습니다. 나는 어떤 가족이 우리처럼 산에 집을 짓고 살고 있는지 궁금했고, 그 길쭉하고 비스듬한 초록 지붕이 좋아서 언젠가는 그 집에 꼭 한번 가보리라 마음먹었습니다.

몇 해 뒤 가족은 다른 동네 평지로 이사했고 나는 중학생이 되었어요. 맞은편 산으로 매년 소풍을 갔는데 유원지나 식물원, 산성으로 하염없이 줄을 지어 등산하는 소풍이라 딱히 설렐 일도 없었습니다. 장기자랑이 지루해진 나는 몰래 대열을 이탈해 숲길을 올라갔습니다. 식물원 뒤편으로 한참 걸었을 때 눈앞에 나타난 것은 뜻밖에도 평행사변형 모양을 한 초록색 지붕이었습니다. 마치 복병을 만난 것처럼, 기습을 당한 느낌. 그건 케이블카 매표소였습니다.

뭐라 정확히 설명할 수 없이 슬퍼져서, 소풍에서 돌아온 뒤로 며칠 마음이 그랬습니다. 집이 아니라 케이블카였다니. 어느 단란한 한 가족이 밤에 흰 불빛을 밝힌 게 아니었다니. 산 중턱 집은 내 유년의 8할이었고, 맞은편 흰 불빛의 집 또한 그 8할 가운데 하나였는데. 유년의 나는 심정적으로 그들과 한 가족이었거든요. 부끄럽게 들릴 줄 압니다만, 그랬어요.

시간이 흘러 다시 산 중턱의 불빛과 만난 것은, 삼십 대 초반 몹시 아프고 우울했을 때였습니다. 몸과 마음의 건강을 잃어 직장도 그만두고 해야 할 일에서 도망쳐, 서울 변두리 아파트에 틀어박혀 지낸 적이 있었어요. 그때 뒷방 창을 열고 망원경으로 지상 전철역 건너 멀리 산을 바라보곤 했습니다.

그곳에 작은 암자가 있었는데 암자까지 올라가는 길이 호젓했어요. 한참 바라보고 있노라면 먹물 옷을 입은 사람들이 올라가기도 하고 내려가기도 하고. 방문이 열리고 스님이 나와 마당에서 무얼 하다가 들어가기도 하고. 부처님 오신 날 분홍색 연등이 처마 밑에 걸리기도 했습니다.

밤이 되면 암자에 노란 불빛이 켜졌습니다. 그러면 또 나는 아무리 바라봐야 검고 검은 산과, 형체를 알아볼 수 없는 바위밖에 없는 그 산에 또 망원경을 갖다 대고는 기껏 노란 불빛 하나만 퍼져 보이는 렌즈 속에서 길을 잃곤 했습니다.

시간이 약이라 이듬해 천천히 건강을 회복했고, 길을 잃었던 산골짝에서 세상 밖으로 나왔다고 느꼈습니다. 흐릿하지만 따뜻한 등불을 따라 더듬더듬 숲을 헤치고 나온 것처럼. 어둠 속 한 점 불빛들이 어느 가족의 단란한 집이었든 케이블카 매표소의 하얀 조명이거나 작은 암자의 희미한 연등이었든, 모두가 같은 불빛이었고 다른 불빛이었습니다. 살아오면서 희망처럼 만난, '여기까지 오면 돼. 이 불빛을 찾아오면 돼.'라고 말해주는 것 같았던, 다정하고 쓸쓸했던 불빛들이 고맙습니다.

그때마다 생각나네

열한 살 겨울이었던가. 학교 앞 리어카에서 어묵을 사 먹고 있었네. 꼬치어묵 하나에 50원 했나 100원 했나 모르겠네. 간장에 찍어서 먹고 있는데 천막을 젖히고 행상 아주머니가 들어와 같이 어묵을 먹기 시작했네. 난전을 펴놓고 야채를 파는 아주머니였는데 소매엔 낡은 토시를, 허드렛바지엔 흙 묻은 앞치마와 전대를 차고 있었네. 아주머니는 돈을 아끼려고, 하지만 배는 고프니까 어묵은 한두 개만 먹고 국물을 우려내려 넣어둔 푹 익은 무 토막을 꼬치 끝으로 찔러 건져내 후후 불며 먹었네. 국물에 둥둥 떠다니는 파 건더기도 열심히 건져 먹었네.

포장마차 주인아주머니의 낯빛이 변했네. 싫은 기색이 역력했지만 그 시절만 해도 인정이 그래서, 대놓고 먹지 말란 말은 못했네. 행상 아주머니는 뻔뻔해서라기보다는 국물용으로 넣은 야채는 먹는 게 경우가 아니란 걸 생각 못하는 것 같았네. 다만 돈을 내는 꼬치어묵이 아니니까 야채를 좀 더 먹으면 되겠구나 싶은 것 같았네. 그녀들 사이에서 괜히 내가 어색하고 몸 둘 바 몰라 묵묵히 내 어묵을 간장에 찍어 먹었네. 천막 밖은 바람이 쌀쌀했고 어묵은 뜨거웠네. 나는 지금도 어묵을 사거나 무를 잘라 국물로 우려낼 때 그날 포장마차에서의 한순간이, 그 야릇하던 분위기와 침묵이 떠오르네. 어묵을 볼 때마다 생각나네, 볼 때마다 생각나.

고교 땐 미남형에 좋은 언변을 가진 수학 선생님이 있었네. 글쓰기에도 재능이 있어 『학원』이란 청소년 잡지에 소설이 실리기도 했고, 일본 서적 두어 권을 번역한 적도 있는 삼십 대 초반의 남자였네. 그의 별명은 세상에, '로미오'였네. 지나간 20세기 여고에는 게슈타포 하나, 로미오 하나쯤은 있기 마련이었네. 어느 토요일 오후였나. 문예부 학생들끼리 학교에 남아 무슨 시를 쓴다고 낑낑대는데 그가 지나가다 보았네. 단편소설을 발표한 선생님답게 그는 교실에 들어와 잠시 문학을 논했네. 그러고는 제자들에게 빵을 사주겠노라 했네. 제법 근사한 간판을 달고 있는 제과점에 함께 갔네. 스물 한두 살쯤의 점원이 주문을 받으러 왔네. 로미오는 그녀를 향해 음절 하나하나 힘을 주어 말했네.

"여기 우유 여섯 잔과 달지 않은 빵!"

점원은 약간 움찔하며 로미오를 내려다보았네. 그는 엄숙하게 되풀이했네. 달지, 않은, 빵으로 가져와요. 그건 단지 달달한 빵이 싫어서가 아니라 옹기종기 앉은 여고생들이 엄연한 그의 제자들이라는, 그리하여 건전한 빵을 먹이겠노라는 선언과도 같은 느낌이었네.

앳된 점원은 집게를 손에 들고 선반 앞에서 한참을 서성거렸네. 로미오의 강의가 계속될 때 나는 집중하지 못하고 그녀가 쥔 집게의 향방을 기웃거리고 있었네. 도대체 뭘 집어야 하나. 달지 않은 빵. 지금처럼 담백한 통곡물 빵을 팔지도 않던 시절이었네. 한참이 지나 점원은 긴장한 표정으로 쟁반을 들고 왔네. 우유 여섯 잔과 접시엔 감자 고로케 몇 개만이 조심스레 얹혀 있었네. 그녀의 달지 않은 빵은 고로케였던 것이네.

지금도 고로케를 보면 그날의 앳된 점원이 떠오르네. 그녀는 학창시절 착한 학생이었을 것이네. 사회인이 되고서도 학생들을 몰고 온 선생님 아우라를 풍기는 손님에게 잔뜩 주눅 들 만큼. 고로케를 볼 때마다 생각나네, 볼 때마다 생각나.

이제는 아득한 전설이 된 「E.T」가 한국에 들어와 대대적으로 화제였었네. 나도 부산 온천극장에 혼자 앉아 영화가 시작되기를 기다렸네. 뒷좌석엔 내 또래 중학생 두 녀석이 앉아 있었네. 애국가가 끝나고 에코 풍부한 극장 광고도 끝나고, 스크린에 '감독 - 스티븐 스필버그'라는 노란 글자가 떴네. 순간 뒷좌석에서 뭔가 중요한 것을 발견한 외마디 외침이 들려왔네.

"아앗!"

"와?"

"아니, 스티븐 스필버-그?"

"그게 와?"

"점마 저거… 세상에 스티븐 스필버-그?"

"유명한 사람이가!"

"이야… 저, 저, 점마 저거. 이야… 세상에." (절레절레)

"와 그라는데? 아는 사람이가!" (답답한 친구)

"스티븐 스필… 점마 저, 이야… 스티븐 스필버-그!"

끝내 녀석은 친구에게 스티븐 스필버그가 누구인지 설명해주지 못했네. 계속 쏟아지던 '점마 저거(그리고 말을 잇지 못함)'의 감탄사를 듣다가 나는 슬그머니 뒤를 돌아보았네. 까까머리 두 소년이 진지한 눈을 빛내며 스크린을 쳐다보고 있었네. 스티븐 스필버그가 누군들 무슨 상관이랴. 소년은 그때 분명히 심정적 영화인이자 할리우드 키드이며 스필버그와 막역한 사이였네. 스필버그는 지금도 끝없이 영화를 만들고 세상에, 무슨 전성기가 50년이네. 그의 새 영화가 개봉될 때마다 녀석들이 생각나네, 녀석들이 생각나.

대학 시절 자취할 때 청바지 단추가 툭 떨어졌네. 단춧구멍 없이 머리만 달랑거리는 카우보이 놋쇠 단추 말이네. 읍내 시장으로 옷수선집을 찾아갔네. 늠름하고 호탕하게 생긴 아주머니는 비닐봉지에서 카우보이 단추를 꺼내 바지에 망치로 두들겨 박았네. 쾅! 그 손놀림은 몹시 씩씩했네. 단추는 옷감에 박히지 않고 찌그러져 구석으로 튕겨 달아났네. 아, 아까워라. 나도 모르게 중얼거렸지만 아주머니는 껄껄 웃었네. 까짓것 뭘, 이런 단추는 망치로 세게 두들겨야 돼. 다시 쾅! 쇠 단추는 또 찌그러져 구석으로 날아갔네. 껄껄 그래도 아주머니는 웃었네.

쾅! 휙-

쾅! 휙-

쾅! 휙-

그러나 횟수를 거듭하면서 아주머니 얼굴에선 웃음기가 사라졌네. 놋쇠 단추는 자꾸 찌그러지기만 하고 벌써 예닐곱 개를 버렸네. 나는 민망해져 '그만 됐어요. 잘 안 박히나 봐요.'라고 했지만 아주머니는 대답하지 않았네. 누가 이기나 보자는 표정으로 망치질을 계속했네.

쾅! 휙-

쾅! 휙-

열 번째쯤에 성공했네. 카우보이 단추가 겨우 청바지에 박혔네. 단춧값을 얼마나 드려야 할지 알 수가 없었네. 에… 한 다섯 개 값쯤은 내야 하지 않을까. 아주머니는 무뚝뚝하게 '500원'이라 말했네. 한 개 값이네. 이만저만 손해 본 장사가 아니었네. 단춧값을 더 주겠단 말을 꺼낼 분위기도 아니었네. 꺼내면 소리 지를 것 같았네. 나는 500원을 내고 청바지를 안고 도망치듯 옷수선집을 나왔네. 아아, 카우보이 단추를 볼 때마다 생각나네, 볼 때마다 생각나.

작은 기획사에 디자이너 광옥 씨가 있었네. 통통하고 건강하고 활기찬 아가씨였네. 뺨엔 여드름 자국이 남아 있었지만 활짝 웃는 모습이 친근했었네. 곱슬거리는 숱 많은 머리카락을 길게 길러서 묶어 다녔네. 그녀에겐 극진히 사랑하는 남자친구가 있었네. 가끔 원고 넘기러 가면 짧은 만남에도 남자친구 이야기를 꼭 듣고 왔었네. 한번은 왜 내가 된장찌개를 끓이면 맛이 없을까 투덜댔더니 광옥 씨는 내게 조언을 해주었네.

"거품을 싹 걷어내야 돼요. 그러면 잡맛이 없어지거든."

그리고 자기가 끓인 된장찌개를 남자친구가 참 좋아한다고 환하게 웃었네. 그래서 그런 줄 알았네. 이듬해 그 회사에 갔더니 광옥 씨가 없었네. 남자친구가 그녀의 가장 친한 여자친구와 사랑에 빠져 배신했다고 했네. 잘못된 만남이었던 것이네. 광옥 씨는 울다가 울다가 약을 먹고 세상을 버렸다고 했네. 그녀의 자리는 비어 있었네. 말도 안 돼, 말도. 그렇다고 왜 죽어요. 참 스산했네. 세월이 흘러 나도 된장찌개를 끓일 때마다 숟가락으로 거품을 걷고 거품을 걷어내면 잡맛이 없어지네. 그때마다 광옥 씨가 생각나네, 광옥 씨가 생각나.

…이젠 그만 생각하고 싶네. 슬쩍 지치기도 하네. 기억 속엔 잡다한 순간이 넘쳐나 때로는 괴롭네. 살다 보면 기억을 포맷까지는 아니라도 파일 조각모음도 디스크 정리도 해야 하건만, 자질구레한 조각들 속에서 허우적대다 정작 중요한 생각을 못 하네. 그럴 공간이 없네.

다행인 것은 인젠가 동생이 이렇게 말했네. 난 손톱 깎을 때마다 옛날이야기가 자꾸 떠올라. 쥐가 물어가서 그 사람으로 둔갑했다는. 깎을 때마다 떠오른단 말이야, 신경 쓰이게. 그러고 보니 한 친구도 말했네. 난 시금치 데칠 때마다 엄마가 생각나. 1분 이상 데치면 영양소가 파괴된단다. 괜히 마음이 바빠진다니까?

그렇군. 다행스럽네. 다들 그러리라 믿네. 그랬으면 좋겠네. 위안이 되네, 위안이 돼.

최초의 알파벳

산 중턱에 살았던 시절 우리 집 마당엔 독일 셰퍼드가 있었다. 이름은 댄디. 아버지가 목재를 잘라 개집을 만들고, 하늘색 페인트로 지붕을 칠하고, 멋들어진 필기체로 문패까지 달아주었다.

Dandy

내가 태어나서 최초로 구경한 알파벳이었다.

아버지는 댄디를 가리켜 툭하면 '김지미의 셰퍼드'라고 불렀다. 김지미, 그녀는 누구인가. 한국의 엘리자베스 테일러라 불리며 한 시대를 풍미했던 원로배우로서 요즘도 부산국제 영화제 레드카펫에 우아하게 등장하는 분이기도 하다.

사연은 이러했다. 당시 아버지가 근무하던 회사 사장님이 대한셰퍼드협회장이었는데, 독일 셰퍼드에 심취한 터라 자택에 족보 훌륭한 셰퍼드가 있었던 건 당연한 일. 마침 배우 김지미 씨도 셰퍼드 애호가라 레이디 셰퍼드를 키우고 있었고, 두 집안 반려견들 사이에 '혼인'이 이루어져 새끼들이 태어났다. 그 가운데 한 녀석이 협회장의 자택으로 보내졌는데 협회장은 우리 아버지에게 '이 과장, 평소 수고가 많네. 셰퍼드 한 놈을 키워볼 텐가?' 하고 선물로 주었다는 어메이징한 스토리였다. 그러니 젊은 날의 아버지가 행복에 겨워 데려온 어린 강아지는 무릇 '김지미의 셰퍼드'가 아닐 수 없었고, 이름도 맵시 있고 근사한 댄디가 되었던 거였다.

댄디가 산동네 주민들에게 공포의 대상이 되는 건 그리 오랜 시간이 걸리지 않았다. 아버지가 댄디의 목줄을 풀어 함께 산을 뛰어다니며 운동하는 시간엔 아무도 언덕으로 올라오지 않았다. 송아지만 한 독일 셰퍼드가 산을 뛰어다니는데 누가 올라오겠나. 지금 같으면 당장 경찰에 신고가 들어갈 일이지만, 그때만 해도 참 마음씨 좋은 이웃 사람들이었다.

실은 엄마와 우리 삼 남매도 댄디가 무서웠다. 일곱 살, 다섯 살, 세 살짜리 남매들한테 꼬리 한번 흔들지 않고 태연히 응시하던 크고 날렵한 개. 산에서 놀다가 집으로 돌아가면 대문을 살그머니 열고, 댄디가 묶여 있는 개집에서 최대한 멀리 떨어진 동선으로 벽에 찰싹 달라붙어 마루로 올라가곤 했다. 그렇다고 댄디가 으르렁대거나 우리에게 해를 끼치려 한 적도 없었다. 지금 생각하면 녀석은 그냥 덤덤하게 식구들을 바라보았을 뿐인데 어린 남매들이 지레 놀라곤 했다.

아버지는 회사에서 시키는 일을 처리하러 가끔 사장의 부친 댁, 그러니까 '회장님' 댁에 갈 일이 있었는데 그때마다 댄디를 데리고 갔다. 그럼 늙은 할아버지인 회장은 댄디가 당신 아들이 키우는 셰퍼드인 줄 착각하고 사골국을 한 대접씩 먹이게 했다고 한다. '이 녀석은 왜 데리고 왔나?' 의아해하면서. 아버지는 시침 뚝 떼고, 그렇게 댄디에게 영양 보충을 시키고 싶었던 거다.

댄디의 아빠 개가 처음 부산항으로 들어오던 날의 이야기를 우리는 아버지로부터 몇 번이나 들었다. 뿌앙- 커다란 배가 들어오는 항구. 협회장과 훈련사가 독일에서 오는 족보 훌륭한 셰퍼드를 기다리며 서 있다. 바바리코트가 바람에 날리는 분위기. 서서히 철창이 내려지고 셰퍼드가 모습을 드러낸다. 몇 날 며칠 파도에 실려 바다를 건너오느라 셰퍼드는 신경이 날카롭다.

주인이 될 협회장은 녀석의 모습에 가슴이 두근거리고, 훈련사는 뭔가 보여주려는 듯 '앉아!' 짧게 명령했다. 순간 셰퍼드의 눈빛이 스윽 달라졌다. 녀석은 으르릉… 잘생긴 귀를 곤두세우며 천천히 훈련사에게 다가온다. 훈련사는 자신의 실수를 깨닫고, 전문가답게 순순히 한쪽 팔을 내밀었다. 셰퍼드는 와락 달려들어 그 팔을 물었다. 소매는 곧 벌건 피로 물들지만 훈련사는 꾹 참고 견딘다. 이윽고 녀석이 진정하고 팔을 놓아주자, 훈련사는 전혀 고통스러운 기색 없이 감동적인 목소리로 이렇게 환영한다. '녀석, 참 영리하게 생겼구나….'

"우와, 아빠가 직접 봤어요?"
"아니, 내가 본 건 아니고. 얘길 들었지!"

그날이 기억난다. 동생들과 집을 보고 있던 오후. 낯선 사내 둘이 우리 집 대문을 열고 슬그머니 댄디를 바라보던 날. 통 짖지 않는 댄디가 낮게 으르렁거렸고 그들은 '저 개, 아버지가 판다고 안 하셨나?' 하고 물었다. 나는 그런 말 안 하셨다고 대답했다. 이튿날 아침 댄디가 없었다. 도둑들이 먹인 고기 부스러기와 끊어진 사슬만 남은 댄디의 하늘색 집. 마당에 서서 한참 우두커니 말이 없던 아버지가 눈물 흘리는 모습을 처음 보았다. 댄디는 그 산 중턱에서 그의 자랑이었는데.

이듬해 새로 밤색 털을 가진 작달막한 개가 생겼다. 이름은 쫑. 남매들은 쫑을 이뻐했고 녀석도 우리에게 열심히 꼬리를 흔들었다. 집을 팔고 평지로 이사 가면서 쫑은 언덕 아래 이웃집에 주게 되었지만, 우리는 버스를 타고 찾아가 쫑과 만나곤 했다. 몇 해 지나 깐돌이라는 땅개도 키웠는데 아버지는 시큰둥하게 그 녀석도 쫑이라고 불렀다. 우리가 '얘는 깐돌이예요' 해도 '뭐, 이런 개가 다 쫑이지'라고 했다. 세월이 흘러 지금은 다른 개들을 키우고 있지만 늙은 아버지는 여전히 다들 쫑 보듯이 한다.

가끔 생각한다. 다시 그날 오후로 돌아갈 수 있다면 '오늘 이상한 사람들이 찾아와서 댄디를 보고 갔어요' 경고해줄 텐데. 좀 더 오래 그 개가 산 중턱에서 함께 살았어도 기뻤을 텐데 하고.

내 최초의 알파벳은 D, 최초의 단어는 Dandy다. 태어나 처음 만난 개, 꼬부랑글자 영어의 존재를 알려주었던 언덕의 셰퍼드. 젠틀했던 댄디.

커다란 꿀밤나무 밑에서

집에서 2킬로미터 거리 초등학교 가는 길목엔 커다란 느티나무가 있었네. 학교에서 돌아오던 아이들이 나무 아래서 우르르 떼 지어 놀았네. 이백 년도 삼백 년도 더 된, 어른 서넛이 손을 잡고 두르면 겨우 껴안을 만한 둥치였지. 밑동엔 긴 세월 구멍이 뚫려 아이 두셋이 숨어 들어갈 공간이 있었네.

아이들은 나무에 기어오르고 구멍에 들어가고 발로 차거나 매달리고들 했네. 그늘에서 흙장난을 하고 땅따먹기를 했네. 나도 무리에 끼어 공기놀이를 하고 가위바위보! 흙덩이 끌어오기를 하고 놀았네. 처음엔 나무 이름도 몰랐어. 어른들이 느티나무라 해서 느티나무인 줄 알았지. 어린 마음에도 왠지 듣기 좋은 이름이었네. 느-티- 소리 내면 입속에서 타닥타닥 맴도는 느낌이었지.

사실 더 이상 느티나무도 아니었네. 우리는 다 '고목 나무'라 불렀으니. 어느덧 오래 수령을 먹은 나무들은 제각각 이름을 떠나보내고 공통의 정체성으로 묶이는 날이 오지. 모두가 고목이 되어.

그 무렵 우리가 입씨름했던 노래 속의 나무가 있었네. 소나무야 소나무야 언제나 푸른 네 빛. 쓸쓸한 가을날이나 눈보라 치는 날에도 소나무야 소나무야 변하지 않는 네 빛. 어떤 아이들은 소나무가 아니라 전나무라 했네. 소나무가 맞다 전나무가 맞다 말다툼했지.

좀 더 자라서 찾아보니 '탄넨바움tannenbaum', 전나무였네. 또 크리스마스트리이기도 했어. 소나무든 전나무든 무슨 상관일까, 중요한 건 쓸쓸한 가을날이나 눈보라 치는 날에도 변하지 않는다는 네 빛인걸.

언젠가 교실 뒤편에 꽂힌 학급문고로 읽었던 『나의 라임 오렌지나무』. 너무나 좋은 책이라고 문예부 선생님이 한껏 칭찬해서 골똘히 읽었으나 왠지 나는 페이지가 넘어가지 않았네. 왜 그랬을까. 어쩐지 제제와 모모는 나와 친해지지 않왔지. 시간이 지나 결혼하고 짐을 정리하는데 같이 살게 된 사람이 문득 반기기를 '앗! 내가 가장 좋아했던 책이잖아!' 돌아보니 『나의 라임 오렌지나무』네. 그가 뿌듯하게 물었네. '이 책 좋았지, 그치?' 나는 '아아… 응.' 하고 웃었지. 이건 어쩌면 내 작은 비밀. 실은 아직도 다 읽지 못했다네. 나의 라임 오렌지나무.

나는 다만 등나무 꽃말을 가장 좋아할 뿐이지. '어서 오세요, 아름다운 나그네여.' 예전 우리 집 마당엔 흰 꽃이 피는 등나무가 있어 대문 위로 덩굴을 휘휘 감고 올라갔다네. 내가 다니던 고등학교 운동장 귀퉁이, 학생들이 삼삼오오 모여 수다 떨던 나무 벤치 위로도 등나무 덩굴이 올라가 있었네.

마당에 포도송이처럼 흰 등꽃이 피고 운동장에 보랏빛 등꽃이 피면 한 살씩 봄을 먹었네. 길을 가다가도 등나무가 덩굴을 타고 있으면 참 예뻐 보였지. 그래서 꽃말도 이렇듯 어울리게 붙인 것일까. 나그네여, 어서 오라고.

참, 고교 시절을 생각하면 떠오르는 얼굴이 있네. 무척이나 좋아했던 친구. 처음 만난 건 열세 살 때였네. 성당에서 피정을 갔을 때 같은 텐트에 배정을 받았지. 눈시울이 서늘하게 이쁘던 까무잡잡한 얼굴에 착하고 고운 아이였지. 우린 6학년이었고 사흘 내내 손을 잡고 붙어 다녔네. 그리고 캠프가 끝나 헤어졌을 때만 해도 그저 좀 좋아진 이웃 학교 아이였을 뿐이었지.

몇 해 뒤 고등학생이 되고 뒷반으로 교과서를 빌리러 달려갔을 때 교실 한구석에 조용히 앉아 있던 그 아이를 다시 보았네. '아앗, 너는!' '어, 넌…?' 둘 다 자랐지만 얼굴은 똑같았네. 기뻐서 날아갈 것 같았지.

그 아이 집은 학교에서 꽤 멀었네. 시 외곽이었고 산발치에 있었네. 오르막길을 걸으면 아담한 정원이 있는 집이 나왔네. 언니가 둘, 오빠 하나, 그 아이는 막내였지. 가족이 지내는 안채와 담장 옆에 방만 세 개 나란한 가건물이 있었는데, 자기 공간을 가지고 싶었던 언니 오빠들이 하나씩 차지했던 방이었네.

그림 그리는 큰언니 방은 물감과 캔버스투성이, 기타 치던 오빠 방은 턴테이블과 레코드가 가득했지. 우리는 시험 때면 밤샘 공부를 한다며 가건물로 내려가 주인이 비워놓은 이 방 저 방을 돌아다니며 키득대고 놀았지. 그때 오빠 방에서 턴테이블로 들어본 노래들 중에 「레몬 트리」가 있었네. 우리는 레몬 트리를 듣고 또 들었네. '내 어릴 때 아버지는 말했어. 이리 와서 레몬나무의 교훈을 배우렴. 내 아들아, 쉽게 사랑에 빠지지 마라. 레몬나무는 예쁘고 레몬꽃은 달콤해. 하지만 그 열매는 도저히 먹을 수가 없단다.' 그 친구 눈매는 참 사랑스러웠지. 그 애 이름은 채리였어요, 김채리.

내가 만났던 나무들을 생각하네. 세상의 많은 나무. 어쩌면 진정 행복한 나무 그늘은 커다란 꿀밤나무 아래 같은 곳이겠네. 커다란 꿀밤나무 밑에서 그대하고 나하고 정다웁게 얘기합시다 커다란 꿀밤나무 밑에서…. 그래서 어느 가수는 노래했나봐. Don't sit under the apple tree with anyone else but me. 나 말고 다른 사람이랑 사과나무 밑에 앉지 말아요. 그러게. 누군가와 한 나무 밑에 같이 앉았다면 다른 사람과는 앉지 말아줘요. 어디까지나 그대하고 나하고 정답게. 누가 뭐래도 커다란 꿀밤나무 밑에서 영원히.

창문 페인터

동생들이 대학을 졸업하고 차례로 서울로 올라오자 나는 혼자 지내던 자취방을 정리하고 삼 남매가 함께 살 집을 알아보기 시작했다. 여러 동네를 돌아다니다 마침내 얻은 한 연립주택 2층 201호가 새 주소가 되었다. 고지대로 향하는 경사 급한 언덕에 오밀조밀 집들이 모여 있어서, 우리 집도 정면에서는 계단 위 2층이지만 실내로 들어가면 반대쪽이 지층이 되는 구조였다.

건넌방과 부엌 창문으로 내다보면 뒷집 마당이 수평으로 눈에 들어왔다. 여름이면 마당 나무 그늘에 내놓은 널찍한 평상에서 뒷집 사람들이 상추쌈에 밥을 먹거나 낮잠을 잤고,

우리는 싱크대에서 설거지를 하거나 건넌방 책상 컴퓨터를 두드리다 서로가 문득문득 눈이 마주치곤 했다.

어느 날 나는 지물포에서 반투명 시트지를 사다가 건넌방과 부엌 유리창에 꼼꼼하게 붙였다. 푸른 초원과 파란 하늘에 둥실 떠다니는 흰 구름이 그려진 시트지는, 햇빛을 약하게 통과시키며 뒷집 마당과 우리 집 사이 어색한 시선을 가려주는 막이 되었다.

그 뒤로 여기저기 낡은 흔적을 시트지로 가리는 일에 괜히 재미가 붙었다. 갈색 속살이 고양이 발톱 자국처럼 드러난 벽장 문에 나뭇결무늬 시트지를 발랐고, 샤워 물이 튀는 욕실 문 아랫부분에도 방수용으로 발랐다. 회색 바탕에 은은한 반짝이가 뿌려진 시트지를 냉장고 몸통에 붙였을 때는 순식간에 거대하게 빛나는 화강암 덩어리가 생겨버렸다. 퇴근한 동생들과 냉장고를 감상하는데 얼마나 무거워 보이는지 금방이라도 구들장이 꺼질 것 같았다. 몇 년째 재개발이 된다 안 된다 소문만 무성하던, 거기서도 '8구역'이라 부르던 언덕 동네에서였다.

벽지나 시트지의 그럴듯한 무늬는 꽤 유용할 때가 있다. 붉은 파벽돌과 아름다운 덩굴식물로 실내를 장식하고 싶지만 그게 어렵다면, 그런 무늬 벽지를 바르고 비슷한 인테리어를 했다 쳐도 안 될 건 없으니까. 그저 덧붙일 것은 약간의 상상력이다. 소공녀 세라가 기숙학교 다락방으로 쫓겨나 허드렛일을 하며 지내던 나날에 옆방의 하녀 베키를 초대해 '…셈 치고' 놀이를 했듯이. 차가운 마룻바닥이지만 폭신한 러그가 깔려 있는 셈 치자, 딱딱한 빵과 묽은 수프이지만 갓 구워낸 케이크와 향긋한 홍차인 셈 치자…. 두 소녀가 서로 의지하며 소꿉장난처럼 그려낸 이미지 놀이는 남루한 다락방을 위한 플라시보 효과였던 셈이다.

하지만 세상에는 미적, 현실적 감각에 엄격한 이들도 있어 이렇게 필터 처리한 듯한 변형을 경계하기도 한다. 섣불리 미화하지 말 것, 따스하게 포장하는 행위 너머 왜곡되는 진실을 간과하지 말자는 지적은 대부분 옳다.

카피라이터로 일하던 시절 내 마음을 불편하게 했던 생각들도 그 연장선이었던 것 같다. 글에는 쓰는 사람의 진심이 담겨야 한다고 믿는 마음과, 생활을 꾸려나가려 주어진 대로 일하는 문장노동자의 회의가 부딪치던 날들이 있었다. 처음 보는 제품의 광고 카피, 잡지 화보를 돋보이게 할 유행에 민감하고 감각적인 글, 관공서 캠페인이나 사외보 뒤표지에 들어갈 긍정적인 슬로건과 메시지 앞에서 자주 주춤하는 나를 발견하곤 했다. 예전에 썼던 어느 라디오 멘트도 그랬다.

사과나무에 핀 꽃도 아닌데 사과꽃이라 부르는 꽃이 있습니다.

붕어도 안 들었는데 붕어빵이라 부르는 풀빵도 있죠?

살아가는 게 늘 장밋빛은 아니지만, 장밋빛이라 부를 수는 있어요.

오드리 헵번이 그랬던가요? 와인 잔을 눈앞에 대고 세상을 바라

보라! 그게 바로 장밋빛 인생이다- 라고요.

정말? 나는 진심으로 그렇게 생각했던 걸까? 멘트를 쓰고 모니터를 물끄러미 바라보던 새벽이 아직도 기억난다. 몇 년 뒤 『사서함 110호의 우편물』에서 주인공 공진솔에게 이 멘트를 주었다. 원고에 자꾸 인생이란 낱말이 들어가서 괴로워하던 그녀에게.

진솔 씨와 마주 앉아 이야기하고 싶다. 장밋빛 유리로 잿빛 현실을 채색하는 마음은 나약함일까요, 차라리 삶을 대하는 용기일까요. 그렇게 바라보는 세상은 가짜인 걸까요? 그렇다면 맨눈으로 응시하고 파악하는 현실이란 과연 얼마나 정확한 세상인 걸까요. 거기엔 오류가 없다고 믿어야 할까요?

여전히 쉽게 단정 짓지는 못하겠다. 다만, 대안이라 하기에도 미약할지 모를 그 필터 같은 존재들을 나는 '창문 페인터'라 부르고 싶다. 창밖이 건물 벽으로 꽉 막혔다 해도, 거기에

환하게 빛나는 풍경을 그려 넣는 존재들. 일류 화가도 아니고 유효기간도 짧지만 그들은 더 이상 욕심부리지 않고, 소임을 다한 뒤엔 뜯어내 버려질 것을 충분히 안다. 전망 나쁜 방과 언젠가 이별하고 싶어 하는 사람들을 위해 적어도 그때까지만.

수많은 창문 페인터 가운데 오래도록 마음에 남은 건 역시 오 헨리 「마지막 잎새」의 베어먼 노인이었다. 폐렴을 앓는 이웃집 존시가 창밖에 매달린 담쟁이 잎이 다 떨어지면 자신도 죽을 거라고 절망할 때, 노인은 밤새 비바람을 맞으며 담장에 마지막 작품을 그려 놓는다. 짙은 초록빛과 가장자리엔 소멸해가는 노란빛을 섞은 잎새 하나를.

생애 어느 순간은 베어먼 노인 같은 창문 페인터가 간절히 필요한 때가 있다. 내 남루한 벽의 흠집을 가릴, 낡고 피로한 풍경을 바꿔줄 희망이. 그것이 진짜가 아니라 해도 그 순간은 사랑스럽고 고맙다. 내게도 창문 페인터가 필요했던 시간들을 되돌아보면.

Happily Ever After

'솔직히 말할게요. 나는 샐비어 님이 싫습니다.'

퇴근하려고 손을 씻고 돌아와 책상을 정리하는데 연필꽂이에 쪽지가 끼어 있었다. 네모로 접힌 종이를 펼치자 손글씨 대신 프린트된 활자가 모습을 드러냈다. 나는 고개를 들어 좁은 사무실을 둘러본다. 누가 보낸 걸까. 의자를 밀어 넣고 가방을 메고 일어서는 저 여자일까. 옆 사람 책상에 기대어 커피잔을 들고 웃고 있는 저 남자일까.

사무실 벽에 걸린 스피커에선 행복한 카피를 쓰기에 적절한 배경음악이 나지막한 볼륨으로 흘러나온다. 밸런타인데

이 무렵엔 감미로운 러브송이, 휴가철엔 파도 소리가 녹음된 팝이, 크리스마스 시즌엔 캐럴이 흐른다. 맞은편 벽에는 회사 슬로건이 담긴 가로 현수막이 걸려 있다.

우리는 'Happily Ever After'의 카드를 만듭니다.

사람들에게 행복감을 선사하는 카피를 쓰는 것이 우리들의 일이었다. 팬시상품에 프린트될 상냥하고 친절한 문구를 쓰는 카피라이터들. 입사 면접을 맡았던 팀장은 '여러분의 글로 누군가를 기쁘게 만들 수 있다는 건 선물 같은 일입니다.'라고 말했다.

'샐비어 님이 싫은 이유요? 언제나 규칙적으로 출퇴근하면서 표정 변화도 없이 행복한 카피를 쓰는 당신. 회의도 환멸도 어떠한 의문도 없는 그 조용하고 한결같은 표정이요.

그래요, 이런 말을 하는 나도 같은 일을 하고 있지요. 하지만 그때, 샐비어 님 앞자리에서 일했던 우유니사막 님의 사고가 있었던 날. 직원들 다 같이 장례식장에 들르고 며칠은 일이 손에 안 잡혀 제대로 써내질 못했죠. 그때도 샐비어 님만 평소와 같은 분량의 카피를 작업하셨어요. 우유니사막 님과 가장 친했던 사람이.'

익명의 존재가 건네는 비난을 잠자코 마저 읽는다. 카피라이터들은 닉네임을 썼다. 각자의 카피가 들어가는 상품 한쪽에 우리의 닉네임도 조그맣게 찍혀서, 단골이 되는 고객들도 생겼다. 첫 출근 날 나는 '사루비아'라는 닉네임을 제출했고, 팀장은 현대식 표기인 '샐비어'로 고쳐주었다.

입사한 이듬해부터 2년 연속 내 카피가 찍힌 상품들이 가장 많은 매출을 올려, 지난 연말 회사가 주는 격려상을 받았다. 상품으로 국내 휴양지 호텔 숙박권 두 장과 약간의 인센티브도 붙었다. 그래봐야 큰 회사에 비하면 박봉이었지만 직원들은 부러워했다. 나는 열심히 인터넷을 검색했고 아름다운 에피소드가 실린 책들을 읽으며 소재를 찾았다. 감동적인 실화. 감성으로 충만한 글들.

때로는 자작 글인가 의심스러운 자료도 있었지만 상관없었다. 근거가 모호한 정보는 굳이 사실인지 아닌지 확인하지 않았다. 비를 맞으면 투명해지는 꽃. 손길이 닿으면 부끄러워서 움츠러드는 잎사귀. 세상에서 가장 어두운 계곡에서만 밝게 빛난다는 광물질이 섞인 바위 이야기. 아마 사실일 거라 믿었고, 설령 아니라 해도 해로운 것은 아니니까. 이야기를 듣는 이들은 감동과 위로를 받기도 할 테니 그저 착한 오해라고 생각했다.

"안 그래도 쓸쓸한 일들이 너무 많은데, 예쁜 오해 좀 하면 어때요. 위악보다는 그래도 위선이 낫지 않아요?"

우유니사막 님과 회사 근처에서 생맥주를 마실 때 나는 약간 취했고, 다정했던 그녀는 네, 맞아요… 하면서도 표정은 밝지 못했다. 우울증 치료를 받고 있다고 했다. 아무런 문구도 떠오르지 않는다고. 써야 하는데 자꾸 어두운 글이 나오고, 밝아지려 애쓰면 부자연스럽게 허공에 붕 뜬 카피만 나와서 팀장에게 번번이 퇴짜 맞던 시기였다. 결국 작년 한 해 가장 안 팔린 카피라이터가 되었던 우유니사막 님의 진짜 이름은 진경 씨였다.

어느 날 회사 공식몰 귀퉁이에 신규 카테고리로 '마이너 카피 글' 상품이 올라오기 시작했다. 우유니사막 님과 한참 대화를 나누던 팀장은 뭔가 허락하더니, 시험적으로 슬픔과 어두움, 미움, 눈물, 부정적인 감정을 주제로 하는 소품 굿즈가 등장했다. 거기에 프린트된 문구는…

넌 내가 싫지? 나도 내가 싫어 – 슬픈 생일카드

미운 세상, 다 잠기게 해봐 – 온난화 머그잔

오늘도 고민했니? 무슨 해결이 된다고 – 독설 포스트잇

뜻밖에도 폭발적인 인기를 끌어 주문이 밀려들었다. 우유니

사막 님의 우울함과 슬픔, 분노가 녹아든 카피는 우리 몰에만 있는 독특한 콘셉트로 입소문이 나면서, 디자인팀도 그에 어울리는 서체와 굿즈 디자인을 하느라 바쁘게 움직였다. 팔리는 만큼 하나둘 좋지 않은 후기도 올라오기 시작했다.

이러다가 곧 저주 카드도 만들겠군요. 초심을 잃은 것 같아요.

해필리 에버 애프터라는 이름이 아깝습니다.

팀장은 몇 개의 댓글쯤이야 괜찮다고 했다. 그즈음 우유니사막 님과 나는 퇴근 뒤 가끔 들르던 호프집을 안 가게 되었고, 점심을 따로 먹는 날이 많아졌다. 어느 날 그녀는 코르크보드가 필요하다 중얼거리더니, 마주 앉은 우리 책상 사이에 보드를 세워 시야를 막았다. 나도 그 뒷면에 스카치테이프로 메모지를 붙이며, 덤덤히 양면으로 보드를 사용했다. 아무렇지 않다고 생각했다.

우유니사막 님의 매출이 나의 매출을 추월했을 때 팀은 축하 회식을 했다. 그녀는 많이 웃었고, 이튿날 회사에 나오지 않았다. 사흘 뒤 직원들은 장례식장에 갔지만 나는 가지 못했다. 가고 싶지 않았고, 갈 수 없었다. 그날 이후 동료들이 나를 은연중 따돌린다는 걸 알았으나 아무 느낌이 들지 않았다.

'샐비어 님 별명이 뭔지 알아요? 카피 자판기예요.'

쪽지를 원래대로 접고, 두 번을 더 접어 조그맣게 만들어서 카디건 주머니에 넣었다. 그리고 문서창을 열어 충동적으로 사직서를 쓰기 시작했다. 다 그만두고 싶다고.

"참, 샐비어 님, 이거."

고개를 드니 팀장이 상자 하나를 책상에 내려놓았다.

"장례식 때 안 왔었잖아. 진경 씨 유족분이 부탁해서. 당신한테 전해달라고 했대."

단단히 봉한 상자에 내 이름과 '빌린 물건을 돌려드립니다'라고 쓴 그녀의 필체. 팀장은 뭔가 더 말하려다 그만두고는 할 수 없지 않느냐는 듯 한숨을 쉬고 가버린다. 사무실이 텅 비기를 기다려 천천히 상자를 뜯었다. 내가 쓴 수많은 카피가 프린트된 찻잔과 생일카드, 액자와 편지지… 노트, 다이어리가 들어 있었다. 그녀가 우리 상품을 이렇게 많이 사 모은 줄은 몰랐었다. 낯익은 편지지를 펼치는 손끝이 바르르 떨린다.

'샐비어 님. 마지막 몇 달, 샐비어 님의 얼굴을 바라보기가 두려워 보드를 올린 걸 용서하세요. 내게 완전히 실망했으면 어떡하지 하면서도, 이것만은 말하고 싶었어요. 샐비어 님 카피를 너무 좋아했다고. 그래도 전혀 위로가 못 되지 않았느냐고 슬퍼할 샐비어 님 얼굴이 떠오르지만, 아니에요. 나는 충분히 좋았고, 그걸 잊지 말아달라고 말하고 싶었어요. 정말 예쁜 카피들이었다고. 이 물건들을 쓸 때마다 한순간 행복했다는 걸 믿어주길 바라요.'

그녀가 떠난 후 처음으로 울 수 있었다. 마치 울어도 된다는 허락을 비로소 받은 것처럼. 밤이 깊을 때까지 앉아 있던 나는, 이윽고 눈물을 닦고 새 문서창을 열었다. '위로와 안부' 카테고리 편지지에 들어갈 카피를 쓰기 시작한다.

슬픔이 녹는 속도는 저마다 달라서…

빨리 울지 않는다고 이상하다 생각 말아요.

큰 슬픔이 녹기까진 더 오래 걸리니까.

가장 늦게까지 우는 이유예요.

안녕, 우유니사막 님. 나의 가장 늦게까지 우는 이유.

수놓는 여인들과 자수의 뒷면

내가 초등학교에 입학했을 무렵, 우리 가족이 화단에 해바라기가 자라던 집의 옥상 방에 세 들어 살았을 때 일이다. 아래층 주인집 뒤란으로 돌아가는 모퉁이에 부엌이 딸린 단칸방이 하나 있었는데, 다리가 불편한 수놓는 아주머니가 살았다.

학교 갔다 오면 책가방을 내려놓고 단칸방에 자주 놀러 갔다. 말수가 적은 아주머니는 윗집 아이가 드나들어도 귀찮아하지 않고 늘 같은 자세로 자수만 놓았다. 크고 기다란 병풍을 한 폭 한 폭 채워가는 동양자수였다. 꽃이 피고 학이 날고 바위와 사슴, 폭포도 있는 풍경들.

나는 그 수틀 아래 들어가 누워 있는 게 좋았다. 병풍 한 폭만 한 크기의 수틀이니 어린 내가 들어가 똑바로 누우면 머리부터 발끝까지 수틀 그림자 아래 들어갔다. 눈앞에 손바닥 두 뼘만큼 올라간 위치에서 바늘이 천을 뚫고 내려오고, 다시 수틀 아래로 아주머니 손이 들어와 바늘을 밀면 자수실을 매단 채 또 천을 뚫고 올라갔다. 끊임없는 오르내림. 어느새 꽃이나 잎이나 무늬가 만들어지는 게 신기했었지. 그리고 아깝다고 생각했다, 자수의 뒷면이.

취미가 아닌 생업이었던 만큼 솜씨가 고운 아주머니였으니 그 병풍 자수는 앞면이나 뒷면이나 내 눈엔 별 차이가 없었다. 같은 문양, 같은 색깔의 실, 같은 손길이 지나간 흔적. 서로 좌우 반전의 모습이라는 것만 달랐다. 바늘이 내려오면서 나를 찌를 리 없었지만 수틀 아래 누워 약간은 짜릿했다는 것도 기억한다.

중학교 때는 말소리가 조근조근하고 표정이 별로 없는 국사 선생님이 있었다. 3년 내내 동그란 파마머리를 하고 푸른색 긴 치마를 자주 입었는데, 어쩌다 교무실에 심부름하러 가보면 자리에 앉아 뜨개질하는 모습을 보곤 했다.

어느 날 아이들이 말하기를 국사 선생님이 한쪽 다리를 절룩이시는 것 같다고 했다. 나는 못 느꼈었는데, 그제야 수업 종이 울려도 복도를 천천히 슬리퍼 끌 듯이 걷고 항상 긴 치마만 입는 선생님을 이해할 수 있었다. 치마를 입은 채 느리게 걸으면 불편한 다리가 크게 티가 나지 않았던 것이다.

시간이 흘러 대학 때는 근처 가게 중에서 '레떼'라는 카페에 추억이 많았다. 그 주인이 매일 수를 놓고 있었기 때문이었다. 앞머리는 요즘 표현대로라면 뱅 스타일이지만 당시로선 바가지 머리처럼 가지런히 다듬고 긴 뒷머리는 헝겊으로 질끈 묶었다. 색깔이 다양한 앞치마를 즐겨 입고 차를 끓여 내오는 틈틈이 동양자수를 놓았다. 레떼 주인의 전용 탁자는 작업 중인 천과 수틀, 색색의 자수 실로 가득했다. 그녀가 수 놓는 걸 구경하다 가끔 말을 걸면 대답이 건너왔다. 얼마나 진척됐나 보여주기도 했고. 그때도 나는 여전히 자수의 뒷면이 아까웠다.

이미지의 중첩이란 얼마나 위험한 것인지. 나는 레떼 주인이 다리가 불편했다고 기억하고 있었다. 졸업하고 동기들과 우연히 얘기를 나누다 내 기억이 틀렸다는 걸 알았다. 레떼 주인의 다리는 아무렇지도 않았다고 다들 말했다. 그들 말이 맞을 것이다. 나도 모르게 이미지의 전형에 갇혀 있었음을 깨닫고 혼자 부끄러웠다.

몇 년 뒤 한 번 들렀을 때 레떼 주인은 반가워하며 동양자수로 장인 타이틀을 받았다는 소식을 들려주었다. 내 일인 듯 기뻤다. 그녀의 자수는 어린 시절 아랫방 소아마비 아주머니의 자수와는 같고도 달랐다. 하나는 좋아하는 취미를 꾸준히 발전시켜 사회적 타이틀까지 받았고, 하나는 아마도 일감이 적성에 맞긴 했겠지만 바늘을 놓아선 안 되는 생업이었다.

그 단칸방의 어둑하고 따뜻한 공기와 이젠 얼굴이 기억 안 나는 아주머니의 앉은 모습, 병풍 수틀과 그 아래 누워 올려다본 무늬의 뒷면 같은 것들이 가끔 그립게 떠오른다. 표구를 끝내면 자수의 뒷면은 영영 가려진다. 좌우 반전의 쌍둥이여도 보이는 건 앞면뿐이고, 그게 뒷면의 운명이다.

하지만 나는 자수의 뒷면 같은 사람도 좋다. 사람들은 흔히 그런 말을 한다. 이런 재능을 갖고 있으면서 묻히는 건 너무 아깝다, 이 정도면 남들 앞에 나서도 나무랄 데 없다, 더 재주 없는 사람도 잘되고 있는데 당신이야말로…. 재능을 알아주고 아까워해서 하는 충고이니 고마운 말이다. 또한 부추기는 말이기도 하고. 그렇게 응원을 받아 세상에 나가거나 무대에 오르는 게 적성에 맞는 사람도 있고, 그 재능을 자신과 소수 주변 사람만 같이 향유해도 족한 사람이 있으니 자수의 앞면과 뒷면 같다.

낡은 질문이지만 다시 한번 인생이란, 산다는 것은 무엇일까. 어떤 삶이 더 가치 있다고는 말 못 하겠지만 결국은 태어난 성정대로 살아가는구나 싶다. 그리고 여전히 나는 가려진 자수의 뒷면을 아까워한다. 보이지 않는다고 해서 없는 것이 아니며 뒷면을 똑같이 수놓지 않고서는 앞면도 수놓을 수 없는 것이건만. 그 자체로 의미 있다 생각하면서도 뒷면은 여전히 애달프니.

털실이 되고 싶어요

트위터 이웃이 올린 글에 나도 모르게 웃음이 번진다. 털실을 무척 좋아하는 어떤 꼬마가 장래희망이 '털실이 되는 것'이라고 말해서 너무 귀여웠다는 글. 보들보들 둥근 털실 뭉치를 끌어안고 워너비가 된 꼬마를 생각하니 덩달아 사랑스러웠다.

오래전 만났던 「곰이 되고 싶어요」라는 애니메이션이 떠오른다. 이누이트의 갓난아기가 우연히 곰에게 납치되고 아이는 자기도 곰이라 믿으며 자란다. 부모는 잃어버린 아이를 수년간 찾아 헤매다 마침내 어미 곰을 죽이고 자식을 되찾지만, 소년은 인간의 정체성을 받아들이지 못해 괴로워한다.

너무나 간절히 곰이 되고 싶었던 소년은 산의 정령을 찾아가 어려운 과제를 수행하고 끝내 진짜 곰이 된다는 이야기.

그런 시각의 스토리를 처음 만나서 이마를 한 대 맞은 듯한 인상적인 충격을 받은 작품이기도 했다. 언제나 인간이 아닌 것들이 인간이 되고 싶어 하는 스토리에 익숙했으니까. 피노키오, 오즈로 가는 허수아비와 양철나무꾼, SF 영화에 단골로 등장하는 고뇌하는 안드로이드, 심지어 전설 속의 구미호와 이무기조차 진짜 인간이 되려고 천년을 기다렸으니 말이다. 그런데 거꾸로 사람의 아이가 곰이 되고 싶어 뜨거운 눈물을 흘리다니.

어린 날 『피노키오』를 읽었을 때 왠지 작은 돌이 가슴을 누르는 것 같은 기분이었다. 그때는 정확한 이유를 설명할 수 없었지만, 아마도 코가 긴 나무인형이 '난 사람인가요, 나무인가요?' 불안해하는 모습을 보는 게 힘들었던가 보다. '네가 애초에 나무였던 건 중요하지 않아. 넌 감정을 가지고 옳고 그름을 배웠고 교훈을 얻었으니 이젠 어엿한 인간이란다.' 하고 파란 요정은 은총을 베풀 듯 인간으로의 편입을 허락하지만.

사물이나 다른 생명체가 인간의 특성을 동경하고 갈망한

다는 상상은 결국 인간 중심의 시점이기도 하다. 지구에서 사람이 가장 우월한 존재라는 무의식적인 믿음. 그건 어른이 되기까지 학습되는 가치관이라서, 아직 세상이 주는 관점이 확립되지 않은 어린아이들은 너무나 자연스럽게 곰이 되고 싶고, 털실이 되고 싶고, 기차가 되고 싶은 것이다. 거기에 어떤 포지션의 우열은 없다. 단지 다름이 있고, 그 다름은 아이들에게 매혹적일 뿐.

하지만 나 역시 인간으로 태어나 지구를 점령한 기득권 속에서 살아가는 개체일 뿐이라 이종異種의 존재에 너무 깊이 매료되면 힘들어진다는 것을 안다. 마음을 주는 간절함이 깊어지면 슬픔이 깃드는 탓일까. 아무리 꿈꾸어도 결코 이룰 수 없는 소망이란 게 있다. 사람의 세계에서는 설령 확률은 낮다 해도 누군가는 꿈꾸던 톱스타가 되기도 하고, 천재 발명가나 예술가, 위인이 될 가능성도 '제로'는 아니다. 하지만 인간이 곰이나 털실이 되는 일은 철저히 가능성 제로, 픽션 속에서나 볼 수 있는 일이니까.

언젠가 뉴스에서 만난 '기차가 되고 싶은 아이 올리' 이야기가 잊히지 않았다. 미국의 메이크어위시 재단에서 소아병동에 입원한 아이들의 소망을 하나씩 들어주는 활동을 하고 있었는데, 일곱 살 꼬마 올리는 자기 차례가 됐을 때 '내 소원은 기차가 되는 거예요.'라고 말했던 것이다. 어른들이 '아, 기관사가 되고 싶다는 거지?' 물으니 아이는 고개를 흔들며 정확하게 '아니요, 기차가 되고 싶어요.' 했다.

고민 끝에 그들은 올리를 시카고 중앙역에 데리고 가 기차 기관실에 태우고 기관사와 철길 구간을 운행해보는 행복한 하루를 선사했다. 올리의 집이 있는 동네를 지날 때 주민들이 기다리고 있다가 빨간 손수건을 흔들어 환영해주었다고. 아이가 짧은 생을 마친 얼마 후 그 기차에는 '올리'라는 이름이 붙여졌다. 기관차에 이름을 새긴 패널을 붙이는 사진이 해외토픽에 실리면서, 바다 건너 사는 나까지 투두둑 눈물을 떨구고 말았다.

기관사가 아니라 정확히 기차가 되고 싶었던 아이의 마음을, 왠지 알 것 같은 이들이 있을 거라 생각한다. 나도 그렇다. 세상에 태어난 모든 생명은 스스로 존재를 선택할 수 없었던 공통의 운명을 가졌다. 파란 요정도 산의 정령도 없어서, 아무리 기도해도 될 수 없는 것은 영영 될 수 없음을 깨닫는 순간 유년은 끝난다.

그러니 차라리 목숨 없는 나무인형이나 오래 살아온 숲의 늑대, 안드로이드 같은 것들이 인간이 되길 바란다고 생각하는 편이 훨씬 안전한 일이 된다. 간절함은 그들의 몫이고 우리는 이룰 수 없는 소망에 안타까워할 필요가 없으니. 단지 그들에게 인간의 특성을 이입해 의인화하는 쪽이 훨씬 수월할 테니까.

인간이 중심이 되는 사고방식은 어쩌면 우리가 본능적으로 택한 방어기제일지도 모른다. 저 무심하고 순수한 존재들을 소망하는 건 너무 크고 불가능한 꿈이기에. 그래서 아이들이 해맑게 말하는, 그들이 채 기억하지 못할 유년기에 잠시 스쳐가는 엉뚱한 꿈과 장래희망이 사랑스럽고도 애틋하다.

봄비일까

밤새 봄비가 내렸다.

봄을 알리는 비는 냄새도, 허공에 번지는 분위기도 달라서 티가 난다. 그래도 마지막 눈은 한 번 더 남았을 거다. 겨울 끝 눈은 봄비 뒤에 오니까. 삼사월 때늦은 폭설을 허락하는 것도 봄의 아량 같다.

몇 해 전 쓴 일기를 넘겨보다 Y의 얼굴이 떠올랐다. 스물세 살 봄, 밖뜰이란 이름의 시골 마을에서 같은 방을 썼던 친구였다. 마당엔 앵두나무 한 그루가 있고 집주인 노부부가 사는 본채 건너편에 조그만 부엌이 딸린 우리들의 방이 있었다. 흰 앵두꽃이 피던 봄에 겨우 두 달 남짓 룸메이트로 함께 살았던 Y를 생각하면, 비가 올 때마다 신발이 푹푹 빠질 만큼 진흙탕으로 변하던 그 마을 오솔길이 함께 떠오른다.

Y를 만나기 전에는 혼자 방을 쓰는 게 편했었다. 자취생 월세방에 짐이 많을 리 없어서 툭하면 박스 몇 개로 간단히 짐을 꾸려 방을 옮겨 다녔다. 학교 근처 버스 몇 정거장 반경에 고만고만한 마을들에서 짧으면 한두 달, 길게는 한 학기씩 머물고 이사를 했다. 얼굴을 외우게 된 읍내 공팔공팔 화물기사 아저씨가 '또 학생이야? 이번엔 어디로 가?' 하며 용달차에 박스를 같이 실어주곤 했다.

왜 그렇게 메뚜기처럼 방을 옮겨 다녔을까 돌이켜보면 공간이 익숙해지는 게 싫었던 것 같다. 책상 겸 식탁이었던 낮은 탁자 하나, 널빤지 책장과 책들, 접이식 간이옷장과 취사도구 몇 개가 전부인 방이 무미건조했으니 창밖으로 보이는 풍경이라도 달라지길 바랐던가 보다. 내 공간으로 돌아가는 길이라도 새로웠으면 해서.

그러다 Y와 함께 지내기로 했을 땐 꽤 즐거웠다. 막상 룸메이트가 생기니까 혼자선 귀찮아서 거르던 밥도 같이 먹고, 어설프게 기타를 치며 노래도 부르고, 서로가 가진 책도 바꿔 읽으니 덜 외로웠다. 가장 좋았던 건 수업을 마치고 돌아오면 방 안 풍경이 미세하게 달라지는 변화였다. 아침만 해도 남쪽 창문 아래 놓여 있던 탁자가 저녁엔 동쪽 벽으로 가 있고, 머리맡 책장은 어느새 방문 옆에 기대 서 있곤 했다. 그러니까 Y의 취미는 세간살이 위치 바꾸기였다.

그 생각을 왜 못 했을까, 이 마을 저 마을 옮겨 다니는 대신 사물들의 자리를 바꾸는 방법이 있다는 걸. Y는 내가 잠자는 한밤중에도 소리 없이 살금살금 세간을 옮겼다. 아침에 눈을 뜨면 밤새운 얼굴로 웃는 Y가 보였고 다시 책상은 저기로 옷장은 여기로 책들은 거기로… 어제까지 테이블보였던 체크무늬 천이 오늘은 커튼이 되어 창문에 걸려 있었다.

비가 자주 내려 신발 밑창에 들러붙은 진흙을 수돗가에서 씻어내고 아랫목에 말리던 봄이었다. 밖뜰 길이 진창이 되고 Y의 첫사랑도 진흙 같아지고, 그러다 그 사랑이 끝나는 날이 찾아왔다. Y는 헤어지고 돌아와 밤새 생각하더니 정말 미안한데 자취를 그만두고 서울 집으로 돌아가고 싶다고 했다. 휴학을 하거나 통학을 하겠다고. 학생들이 오가는 캠퍼스 아랫마을에서 그 사람과 마주치고 싶지 않다고 했다.

그렇다고 룸메이트를 두고 떠나냐, 나는 볼멘소리로 말했지만 이해 못할 바는 아니었다. 어쩌면 나라도 그랬겠지. 익숙해지는 공간을 못 견딘다는 건 그 공간에 슬픔과 아픈 기억이 쌓여간다는 뜻이기도 하니까. 한곳에 오래 머물다 보면, 보이지 않는 나뭇가지로 고여 있는 공기를 소용돌이처럼 휘젓고 싶은 충동이 들 때가 있다. Y는 가까운 사람과는 밝게 웃고 재미난 이야기도 곧잘 했지만, 사람 많은 틈에선 내성적으로 비치는 친구였다. 말을 아끼고 순하게 웃지만 슬픈 일은 가슴속에 묻는 유형의 사람.

그렇게 Y는 집으로 돌아갔다. 마당에 하얗게 핀 앵두꽃도 Y를 잡기에는 모자랐는지. 진짜 예쁘게 피었는데 앵두꽃 무안하게시리. 공중전화로 공팔공팔 화물을 불러다, 낡은 화물차를 끌고 온 기사 아저씨에게 '이번엔 서울까지 가는 이사예요.' 했다.

그 후로 어쩐지 Y의 취미를 내가 닮아버렸다. 직장생활을 할 때도 평소 깔끔하게 규칙적으로 청소하는 편도 아니면서, 생각난 듯 방을 뒤집어 크고 작은 사물의 위치를 바꾸곤 했다.

그러다 가족이 생기고 방의 개수와 가구가 점차 늘어나자, 마침내 쉽게 이사하지 못하는 인생을 만났다. 훌쩍 짐을 챙겨 옮겨가기엔 저마다 일터와 아이가 다니는 학교를 생각해야 했으니까. 대신 봄이 오면 겨우내 쌓인 먼지를 턴다는 핑계로 한바탕 집안을 헤집는다. 많은 것들이 어지러이 바닥을 잠식하는 며칠 동안 가족들은 이리저리 깨금발로 다니고 때로는 한숨을 쉬며 묻는다. 적절히 자리를 잘 잡아두고 그냥 유지만 해도 될 텐데 힘들게 왜 자꾸 옮기는 거냐고.

그러게. 아무리 바꿔보아도 결국은 같은 공간일 뿐인데. 새삼 나도 Y에게 묻고 싶다. 내가 이불 속에서 자고 있을 때 혼자 조용조용히 다 옮겨놓았던 거, 무슨 마음이었어? 마치 어떤 할 말이 있기라도 한 마음이었던 거야, 아니면 그저 무념무상으로 그랬던 거야? 하지만 이젠 물어볼 수가 없다. Y를 못 본 지 오래되었다.

가끔은 자고 일어났을 때 세간살이가 밤새 저절로 움직였으면 좋겠다. 어제의 식탁보가 오늘 내 방 창가에 커튼으로 걸려 있다면 좋겠다. 늘 고여 있기만 한 삶은 아니라고. 우리가 못 하면 사물들이 대신 그렇게 말해주기를. 몸이 약한 편이었던 Y는 친구들 중에 가장 먼저 먼 곳으로 떠났다. 너 있는 곳은 어떤지. 잘 지내고 있는지….

오래전 앵두나무집 룸메이트 Y의 꽃말은 언제까지나 봄비이다.

그 많던 싱아의 방

사회에 처음 나왔던 해, 내가 수습사원 기간에 제일 처음 맡았던 일은 박완서 작가의 신간 『그 많던 싱아는 누가 다 먹었을까』의 신문광고 카피를 쓰는 일이었다. 몹시 춥던 1월이었다. 갓 출간된 책을 자취방에 가져가 밤새 읽고, 뭐라고 써야 하나 이마를 짚고 고민하다가 책에 누가 되지 않기만을 기도하며 결국 이렇게 썼었다.

입안 가득 고인 싱아의 향기, 싱아의 슬픔…

그렇게 5단 통광고가 실린 신문을 벽에 붙여놓고 이부자리에 드러누워 묘한 기분으로 쳐다보았다. 그 책은 고향을 떠나와 서울 서대문 언덕에서 객지 생활을 시작한 작가의 어린 시절이 담긴 자전적인 이야기였고, 싱아는 그분의 고향 들판에 피어나던 흔한 풀의 이름이었다. 봄에 올라오는 싱아 꽃줄기를 꺾어 입안에서 씹으면 달고 신 즙이 나온다고 했다.

나 역시 서울 생활을 시작하던 그 무렵 MBC에선 주말마다 「아들과 딸」이란 드라마를 방영하고 있었다. 배경은 1960~70년대 즈음. 보수적인 시골집에 쌍둥이 남매가 태어난다. 아들은 귀남이, 딸은 후남이란 이름을 얻는데 쌍둥이 밑으로 또 태어난 막내딸의 이름은 종말이다.

넉넉지 않은 형편이라 똑같이 수학여행 통지서를 받으면 귀남이만 여행을 가고 후남이는 집에 남았다. 귀남이는 월사금을 밀리지 않고 후남이는 번번이 서무실에 불려가야 했다. 대학에 가고 싶었던 후남이가 몰래 시험을 봐 합격했을 때 어머니는 '한 집에 복이 한 번 들어오는데 니가 붙는 바람에 우리 귀남이가 떨어졌다!'며 통곡하고, 후남이는 더는 견딜 수 없어 뛰쳐나가 무작정 상경한다.

서울에서 아는 사람이라곤 고교 시절 펜팔 편지를 주고받았던 여자친구 하나. 난 그 친구의 집이 참 좋았다. 가장인 엄마, 갓 스무 살이 된 딸, 아직도 소녀 같은 이모. 이렇게 세 여인이 사는 집이었다.

나는 여자들만 사는 집을 떠올리면 삼각형이 생각난다. 사각형보다 한 꼭짓점이 없지만, 삼각형은 참으로 완전한 도형이다. 그 섬세한 균형감각, 그리고 평화.

그 1월에 나는 한차례 무지무지 아팠다. 이부자리 곁에 전화가 있었지만 팔을 뻗어 수화기를 들고 '좀 도와달라'고 누군가에게 연락할 수 없을 정도였다. 손끝 하나 못 움직이고 고열로 앓았는데 정신이 들었다 나갔다 했던 것 같다. 눈을 뜨면 낮이고, 또 뜨면 밤이고.

그렇게 이틀을 앓으니 이상하게 여긴 주인집 아주머니가 문을 열고 들어와 아저씨 등에 업혀 병원에 실려 갔다. 그런데 애개- 의사 말이 감기몸살이란다. 무슨 감기를 의식이 있다 없다 할 만큼? 아마도 서울에 입성한 신고식을 호되게 치렀던 것 같다.

주사 맞고 돌아와 약을 먹고, 그날 밤 멍하니 누워 「아들과 딸」을 보았다. 후남이가 연탄불을 가는 모습, 취직한 출판사 사무실 난로에 누런 주전자를 올리는 모습, 곱은 손가락을 호- 불며 볼펜으로 원고의 오탈자를 교정하는 모습, 야근을 마치고 어두운 밤길을 또는 눈길을 목도리를 여미며 묵묵히 걷고 또 걷던 모습.

아팠다는 말을 듣고 엄마가 딸을 들여다보겠다며 서울로 올라왔다. 며칠 머무르다 주말이 되자 같이 이불을 덮고 텔레비전을 보던 엄마가 말했다. 이 드라마 극본을 쓴 작가가 내 중학교 동창이란다. 정말? 응, 같은 반이었는데 그때 우리 반에 진짜로 후남이란 아이도 있었지.

그러고는 화면을 물끄러미 보며 혼잣말처럼 중얼거렸다. 작가는 그런 걸 다 기억했다가 나중에 글로 쓰는구나. 나는 잊어버렸는데, 드라마로 나오니까 그 애가 기억나는데.

그런가. 아직 남아 있는 기침을 쿨럭거리며 생각했다. 작가는 다 기억했다가 자기 글에 쓰는 사람. 끝까지 많은 것을 기억했다가.

마음속에 남아 있는 그 자취방의 풍경은 그랬다. 도시의 진눈깨비와 추운 회색빛을 가로질러 귀가하면 벽에 붙어 있던 그 많던 싱아.

내 인생 어느 한때의 책과, 14인치 텔레비전에 비치는 눈 내리는 지나간 시절의 서울, 난생처음 지독하게 앓았던 독감. 이불을 덮고 엄마가 회상하던 그녀들의 학창 시절.

그리고 후남이가 외투 주머니에 손을 넣고 길을 걸을 때면 들려오던 수잔 잭슨의 노래 「Ever Green」. 낯선 도시 방 한

칸에 깃들어 짐을 푼 이들의 고단함. 그 회색빛 속에서 만난 싱아 풀잎의 에버, 에버, 그린.

그대 정녕 직녀가 아닐진대

스물여섯 살 봄 나는 첫 직장에 사직서를 내고 대학이 있던 안성에 내려가 단칸방을 얻었다. 캠퍼스 후문 마을의 가겟집 문간방이었다. 고작 1년 반 서울 생활을 하다 갑자기 모든 것이 싫고 부질없어서 내려간 거였다.

아랫목에 이불을 깔고 윗목에 책상과 간이옷장을 놓으면 꽉 차는 작은 방에서 내가 한 일은 그야말로 면벽이었다. 뭔가 쓰고 싶었지만 도서관에 앉아 노트를 펼쳐봤자 뭘 써야 할지 알 수도 없이 속만 끓어오르던 때였다. 한 달이 지나자 도서관도 그만 가고 방 안에 틀어박혀 벽에 낙서만 했다. 대자보 종이를 여러 장 사다가 벽을 도배해놓고 그 위에 먹물 묻힌 가는 붓으로 한시를 베껴 썼다. 그러고 있을 때가 가장 아무 생각도 안 나고 마음이 편했기 때문이었다.

밤에 불을 끄고 누우면 캄캄한 정적이 찾아왔고, 어둠에 눈이 익으면 쪽창으로 스며드는 희미한 빛에 낮에 써놓은 한자들이 무늬처럼 어른거렸다. 그 무렵 내 속에 박혀서 여러 번 벽에 썼던 구절은 이것이었다.

若非是織女 何得問牽牛 약비시직녀 하득문견우

옛날 이태백이 벼슬길에 오르기 전 어느 고을에 살던 시절이었다. 하루는 그가 소를 몰고 경치 좋은 길을 지나는데 마침 근처 정자에 고을 현령이 처와 더불어 한가로이 쉬고 있었다. 웬 남루한 주정뱅이가 소를 끌고 가니 현령의 처가 '감히 어느 안전이라고 소를 끌고 지나는 게냐!' 화를 내며 꾸짖었다. 그러자 이태백은 싸늘히 웃으며 이리 대꾸했다고 한다. 若非是織女 何得問牽牛. '만약 그대가 직녀가 아니라면 어찌 견우에게 물으시오?'

한시집에서 만난 저 구절이 그저 좋았다. 아마도 그때 내 심정이 그랬기 때문이리라. 나는 온통 뾰족하게 날이 서 있었고 대상도 없이 분노했고 뚜렷한 형체도 없이 동경했다.

어느 밤 옆방에 살던 복학생 두 명이 문간방을 노크했다. 손에 맥주와 안주가 든 비닐봉투가 들려 있었다. 한 지붕 아래 지내는데 인사나 트자고 갖고 온 모양이었지만, 부스스한 몰골로 의자에 앉은 채 붓을 들고 벽에 한시를 쓰고 있으니 '아닙니다, 계속 쓰세요' 했다. 그래도 생수병 하나를 문지방에 내려놓고 갔다.

꼬여 있었던 그때, 내가 세상을 향해 하고 싶은 말이 그랬다. 그대 정녕 직녀가 아닐진대 왜 견우에게 말 거시나요. 마을에서 옆방 청년들과 지나칠 때 그들이 나를 가리키며 친구들한테 수군대는 것을 느낄 수 있었다. 뭐라고 하는지 안 들어도 알 것 같았다.

그렇게 석 달을 채워가던 무렵, 수업에 들어가던 여동생을 만났다. 그 아이는 나와 같은 학교를 다녔다. 후줄근한 나를 보고 동생은 걱정스럽게 말했다.

'밥은 먹고 다니나?'

'어.'

'연탄가스는 괜찮나?'

'어.'

동생은 저만큼 가다가 총총히 도로 와서 내게 열쇠를 건네주었다. 기숙사 내 방 비었다. 가서 샤워해.

아. 그때 조금 정신이 들었다. 뒤통수를 한 대 맞은 듯, 동생이 보는 앞에서 이러고 있었구나, 내 얼굴의 그늘이 그 아이 얼굴에도 그늘을 만드는구나 싶었다. 며칠 뒤 나는 문간방에서 야반도주했다. 처음 방을 얻을 때 꼭 6개월 이상 살 사람만 받겠다는 주인 할머니한테 그러겠다고 약속했는데, 두 번 세 번 다짐 받으시길래 두 번 세 번 끄덕였는데, 마음이 변해 올라가겠다 입이 안 떨어져서 벽에 도배한 종이만 떼고 책걸상도 놔둔 채 몸과 가방만 쏙 빠져나왔다.

그 후로는 세상 살면서 다시 그렇게 도망친 적은 없었다. 한번 도망가 보니 거기에도 길이 없더라는 걸 알았으니까. 대신 꽤 오랫동안, 굳이 별로 말을 섞고 싶지 않은 사람이 부대껴올 때면 혼자 입속으로 슬며시 중얼거렸다. 그대 정녕 직녀가 아닐진대…. 그건 그 순간을 잘 넘길 수 있는 주문이 되어주곤 했다.

세월이 흘러 이 글귀를 떠올리지 않게 된 지 오래되었다. 쓴웃음 같은 고백이지만 나 역시 견우가 아니었음을 깨달아버린 탓이다. 살다 보니 알겠더라, 견우가 아닌 것을. 그래도 한 시절 힘이 되어준 고마운 시구였다. 사람과 세상에 상처받던 순간에 방어벽이 되어준 나의 주문. 그대 정녕 직녀가 아닐진대….

나를 알아보시겠어요, 엄마?

내가 장난으로 말예요.

잠깐 챔파꽃이 됐다고 하거든요.

그래 내

그 나무 가지에 높이 달려 가지고

바람에 해죽해죽 웃으며

새로 핀 잎새 위에서 춤을 춘다면,

나를 알아보시겠어요? 엄마!

엄만 나를 부르시겠지요.

"애 아가, 어디 있니?"

그럼 나는 혼자 웃으면서
못 들은 척하고 가만히 있을 테야요.
조그만 꽃잎을 살짝 열고서
일하는 엄말 내다보고 있을 테야요.

점심이 지난 뒤,
엄마가 창에 기대앉아
「라마야나」를 읽고 계시려면
챔파나무 그림자가
엄마 머리 위에 무릎 위에 내리겠지요.

그럼 난 내 조그만 그림잘
엄마 보는 책, 읽으시는 바로 그 자리에다
떨어뜨릴 테야요.
하지만 그게 엄마 아기의
조그만 그림잔 줄을 아시겠어요?

– 라빈드라나드 타고르 「챔파꽃」에서

아이가 초등학교에 다니던 나날, 작은방 창문을 열면 바로 학교가 내려다보였기 때문에 나는 이따금 '너희 오늘 운동장에서 다른 반이랑 피구 시합하더라? 화단 관찰 수업하더라?' 말하곤 했다. 그러면 아이는 '저 알아보셨어요?' 하고 되물었다.

알아볼 때도 있고 못 알아볼 때도 있었다. 사복 차림일 땐 아침에 입고 나간 옷으로 멀리서나마 짐작하지만, 단체로 빨간 티셔츠를 입고 운동회 연습을 하면 당연히 구분할 수가 없다. 언제나 '응, 알아봤어.' 대답하고 아이는 흡족하게 씨익 웃지만, 미안해, 못 알아볼 때가 더 많았단다.

이탈리아 동화 『촌도리노의 모험』은 엄마 말도 안 듣고 공부하기도 싫은 한 소년이 '에잇, 차라리 벌레로 변해버렸으면 좋겠어!' 소리치는 바람에 개미로 변하는 모험담이다. 장난꾸러기 소년은 바지 엉덩이 구멍으로 셔츠 자락이 비죽 튀어나와 별명이 촌도리노(꼬리가 흔들린다는 뜻이라고)였는데, 개미로 변하고서도 그 흔적은 없어지지 않았다.

개미 왕국에서 온갖 모험과 전쟁을 겪은 촌도리노는 훌쩍 철이 들어 엄마가 기다리는 집으로 돌아가려고 길을 나선다. 개미로 변한 자신을 엄마가 알아볼 수 있을지 전혀 걱정하지 않고. 어째서? 아무리 모습이 변했어도 꼬리에 달린 작은 흰 천을 보면 내 아들인 걸 엄마는 알 테니까? 애니메이션 「미녀와 야수」에서 칩이라 불리던 꼬마 찻잔도 그랬다. 가장자리 한 귀퉁이가 살짝 깨진 찻잔이던 칩은 마법이 풀리자 앞니 하나가 빠진 아이로 돌아간다. 그러니까 '이 빠진' 꼬마였던 거다.

이렇게 징표가 남아 있다면 다행이지만 심술궂은 마법사들은 좀처럼 힌트를 찾을 수 없는 모습으로 만들기도 하는데, 이때 결정적인 실마리는 대개 '눈빛'이다. 벨은 야수가 사라진 자리에 나타난 낯선 왕자님을 유심히 들여다보며 말한다. '당신이군요! 눈빛을 보니 알겠어요.' 오, 과연 그럴 수 있을까.

예전에 그리스 로마 신화를 따온 어느 만화에서도 비슷한 이야기가 있었다. 한 여신이 청순한 미모의 소녀를 질투해 지독한 못난이로 만들고는, 소녀를 사랑하는 소년에게 '네가 이 여자들 틈에서 그 애를 찾아낸다면 너희의 사랑을 인정하겠다'고 한다. 소년은 일렬로 선 많은 여자들을 물끄러미 바라보더니 흉터투성이 소녀에게 다가가 손을 내밀었다. '바로 너야. 네 눈빛만은 변하지 않았으니까.'

가끔 진심으로 궁금해진다. 정말 눈빛이란 그렇게 상대의 본질을 알아보게 하는 그 무엇일까. 순식간에 스캔하는 홍채 인식도 아닌데. 하지만 흔들림 없이 전해지는 믿음에 괜히 딴지를 걸기보다 나 역시 사랑하는 존재들의 고유한 눈빛을 골똘히 분석해보고 싶다. 어떤 요소들이 눈동자에 담겨 빛나는지.

초등학교 시절의 내 아이라면, 엄마 아빠를 사랑하는 마음과 강아지를 키우고 싶다는 생각, 학교 가는 건 좀 귀찮다, 컴퓨터 게임을 삼십 분 더 하고 싶다, 오늘 반찬은 무엇일까, 차라리 토마토보다 키위가 낫다, 여름방학 때 기차 탔으면 좋겠다… 같은 것. 그런 생각과 소망이 오손도손 고여 있는 눈빛이라면 나는 이 아이가 다른 무언가로 변신해도 알아볼 수 있었을까? 들판에 한들한들 흔들리는 꽃이거나 등산길 숲에서 만나는 청솔모이거나. 솔직히 그럴 수 있을 것 같기도 하고, 없을 것 같기도 하다.

그래서 타고르의 시 「챔파꽃」은 사랑스러우면서도 애틋한 기분이 들게 한다. 곱게 슬퍼진다고 할까. 변신은 메르헨 같은 전설과 동화 속에 있을 때나 재미있는 것. 장난으로 말예요, 잠깐 챔파꽃이 되어 나뭇가지에서 해죽해죽 웃으며 춤을 춘다면, 어떻게 널 알아보겠니, 아이야. 그렇게 생각하면 문득 쓸쓸해진다.

누군가를 아무리 아끼고 사랑해도 우린 그 대상을 영원히 지켜줄 수는 없다. 세상을 살아가며 많은 일을 겪고 나쁜 마법과도 같은 어려움도 만나겠지만, 그렇게 변한 모습을 알아보지 못할 수도 있다는 생각이 가장 두렵다. 소중한 존재가 하나둘 늘어날수록 고마운 동시에 아득함이 밀려온다. 작은 위안이라면, 타고르의 다른 시에서 만난 이 구절이다.

엄마, 엄마가 걱정하시지만 않는다면
나는 자라 이 강변의
뱃사공이 될 거예요.

– 라빈드라나드 타고르 「뱃사공」에서

마치 챔파꽃 시에 건네는 대답인 것만 같다. 걱정하지 않아도 된다고, 당신만 괜찮다면 나는 자라서 강변의 뱃사공이 되겠다고. 그건 무엇이 되든 씩씩하게 잘 살아가겠다는 약속인 것만 같아서 뭉클했다. 챔파꽃은 인도에 흔하게 피는 꽃이라는데 가본 적이 없어 구글로 찾아보았다. 꽃잎이 노랗고 하얗고 소박하다. 아이의 약속이 다정한 꽃 같고 시 같다.

여름날의 적의

어린 날 여름 무렵. 아이들과 동네 공터에서 놀다 보면 딸랑이는 종소리와 함께 녹색 청소차가 공터에 와 섰다. 집집마다 아주머니들이 쓰레기가 가득 담긴 고무 대야를 머리에 얹고 달려와 대야를 높이 치켜올리면, 파리가 윙윙대는 청소차 위에서 인부들이 받아 비워내고 땅바닥에 패대기치듯 던져주었다.

그 어느 하루. 허드렛바지에 허름한 티를 입고 대야를 이고 달려오던 한 아주머니가 자기 속도를 못 이겨 제풀에 넘어졌다. 퍽! 엎어진 아주머니 앞으로 먹다 남은 나물 찌꺼기며 온갖 쓰레기들이 쏟아져 나왔다. 같이 놀던 여자아이가

'엄마!' 소리치며 다가갔다.

다음 순간 아주머니는 벌떡 일어나더니 피가 나는 팔뚝은 아랑곳 않고, 곧장 어린 딸에게 쫓아가 찰싹 뺨을 내리쳤다. 아이의 고개가 푹 꺾어지고 여인은 연달아 미친 듯이 아이를 때렸다. 등짝을 머리통을 뺨을. 아이는 정신 못 차리고 계속 맞으며 뙤약볕 내리쬐던 공터에서 비틀거렸다.

아무도 말리지 않았다. 청소차 주변의 여인들과 인부들도 아무 말 하지 않았다. 그건 그 여인의 부끄러움. 넘어져버린 무안함. 쏟아진 쓰레기. 햇빛 아래 드러난 자기 집 가난한 배설물들에 대한 순간적인 적의. 다가오는 딸에게 득달같이 쫓아가 화풀이라 말하기엔 살기 가득 내리치는 그 손끝에서, 대상을 못 찾은 적의가 달려가는 순간을 나는 최초로 본 듯했다.

첫 직장을 다니며 휘경동에서 살던 무렵. 전철역에 내려 방으로 가는 좁은 길을 걸어가는데, 저만치 골목 한가운데 꽤 나이 차가 나 보이는 부부가 마주 보고 서 있었다. 더위에도 제법 신경 써서 차려입은 양복 차림의 남편은 흰색 반팔 와이셔츠 소매 밖으로 나온 팔뚝에 상의를 걸치고 담배를 피우며 지겹다는 얼굴이었다.

어린 아기를 포대기로 업은 채 푹 고개를 숙이고 마주 선

아내는 알록달록 후줄근한 치마에 낡은 샌들을 신고 있었다. 그녀의 발치엔 보따리와 커다란 짐 가방이 어림잡아 서너 개 감자 포대처럼 놓여 있었다. 그들에게 점점 가까워지는 동안 남편은 모멸감 주는 표정으로 젊은 아내에게 계속 싫은 소리를 했고, 그녀는 멀거니 들었다.

빵빵- 택시 한 대가 내 곁을 스쳐 가더니 골목을 가로막고 선 부부에게 경적을 울렸다. 여자는 비로소 고개를 들고 택시를 바라보았다. 한 발자국 걸음을 떼자 남편이 턱짓으로 짐보따리를 슬쩍 가리켰다. 여자는 아차 하듯 포대기를 추스르며 무거운 가방을 들어 길가 가게 처마 밑으로 옮겼다. 그리고 또 한 번 무거운 보따리를 들어 처마 밑으로 옮기고, 또 한 번 가방을 들고… 서너 번에 걸쳐 다 옮기고는 그때까지 기다리고 있던 택시가 지나갈 때까지 벽에 붙어 서 있었다. 그 앞을 타박타박 걸어 지나치면서 아… 이것도 저 남자의 적의. 자기보다 약한 것이 자기 아내밖에 없는 남편의 적의.

어느 해였나. 어두운 신설동역에서 지하철을 기다리던 저녁. 그 무렵 1호선 노선에서 신문을 팔던 젊은 여성 판매원이 있었다. 스물예닐곱 살쯤? 살갗이 가무잡잡하고 어깨까지 오는 새카만 단발은 반곱슬머리. 날마다 '신문이요, 신문!' 외치는 통에 성대결절로 항상 목이 쉬어 있었지만, 남색 바지

유니폼을 입고 객차를 오가는 모습이 씩씩해 보이던 아가씨였다.

그녀는 다음 전철로 갈아타려는지 나와 함께 신설동역에 내려, 승강구에서 기다리는 손님들에게 또 신문을 팔기 시작했다. 저 끝에 서 있던 젊은 남자가 스포츠신문을 한 부 샀다. 잔돈을 거슬러주며 힘차게 '감사합니다!' 인사했지만 남자는 대꾸하지 않았다.

'신문이요, 신문!' 외치며 오가는 동안 젊은 남자는 잠자코 신문을 펼쳐 읽었다. 무표정하고 지친 얼굴. 그녀가 다시 남자 가까이 지나갈 때 서로 눈이 마주쳤나 보다. 판매원은 아까 신문을 사준 사람에 대한 고마움으로, 눈이 마주쳤으니 그냥 지나치긴 뭐했는지 친절히 웃으며 농담처럼 말을 건넸다. '다른 신문 한 부 더 사시게요?'

그건 센스는 없었을지라도 누가 들어도 그냥 인사치레였는데. 젊은 남자는 싸늘한 경멸을 담고 차갑게 내뱉었다. '됐어, 이 자식아.'

그 순간 어째서 이중으로 모욕하고 있다는 생각이 들었을까. 유니폼을 입은 판매원은 당황해 어색한 표정으로 등을 돌렸지만, 서너 발자국 걷다가 문득 발을 멈추고 가만히 입술을 깨물며 그를 돌아보았다. 그렇게 화난 눈빛으로 쏘아보던 몇 초의 적의. '뭘 봐?' 하듯 신문 위로 되받아 노려보던 그 남자의 불가해한 적의.

홍제동 지하상가의 계단을 걸어 올라가던 장마철. 어지럽게 떨어지는 빗방울 사이로 우산을 접으며 사람들은 총총히 계단을 오르내렸다. 위에서 여덟 살쯤 된 사내아이가 즐거운 얼굴로 깡충거리며 내려왔다. 특별히 뛴 것도 아니고 남에게 방해될 만한 동작을 한 것도 아니고, 그냥 가벼운 발걸음으로 깡충대듯 하나하나 내려왔을 뿐인데.

내 앞에서 계단을 오르던 할아버지가 난데없이 아이의 정수리를, 마치 남은 기세를 다하듯 온 힘을 모아 손바닥으로 내리쳤다. '얌전하게 다니란 말이얏!'

사내아이는 아래로 고꾸라질 뻔하다 비틀대며 바닥에 주저앉았다. '대체 그 애를 왜 때리시는 거예요!'라고 외친 건 나도 모르게 튀어나온 소리였다. 말이 먼저 나오고, 곧이어 그게 내가 한 말이란 걸 깨닫는. 머리가 허연 노인은 홱 몸을 돌려 살기등등한 눈빛으로 나를 노려보았다. 내게 주먹이라도 휘두르고 싶은 표정. 노인은 카악 가래침을 땅에 뱉으며 우산을 펼치더니 지상으로 나갔다.

사내아이는 순식간에 당한 일이라 멍한 얼굴로 계단에 주저앉아 있었다. 한 존재가 자기 속에 60년이 넘도록 쌓아온 크고 작은 독소를, 막연한 적의와 살기를, 별안간 정수리에

벼락 치듯 받아낸 아이는 젖은 궁뎅이를 만지작거리며 눈물 맺힌 얼굴로 마저 계단을 내려갔다. 깡충거리지도 않고.

이것은 날짜도 기록되지 않은 어느 무수한 나날의 일들. 잊히지 않는 폴라로이드 사진 같은 장면들. 내 속에도 그 순간 치밀어 오르는 적의가 있음을 느끼게 했던 순간들이기도 했다. 갈 곳을 모르는 적의는 언제나 자신보다 약한 존재에게 치환된다는 부끄러움을 알게 한 그 여름날들의 현기증.

그녀들의 피아노

여름밤이면 엄마와 어린 삼 남매가 집 옥상에 올라가 더위를 식히곤 했다. 낮 동안 달아오른 콘크리트 열기가 미지근하게 남은 돗자리에선 밤하늘 별이 총총 올려다보였다. 엄마는 우리에게 이런저런 노래를 가르쳐주었다. 꿈길에서, 매기의 추억, 케세라세라 같은 그녀 세대 옛 노래들.

내가 열두 살이 됐을 때 엄마는 문득 내게 피아노를 가르쳐야겠다는 생각을 했나 보다. 낯가림이 심했던 나는 낯선 학원에 다녀야 한다는 게 싫어서 한참을 반항하다 질질 끌려가다시피 해 학원에 넣어졌다. 원장실 의자에 앉아 눈물을 뚝뚝 흘리다가 고개를 드니 벽엔 초상화가 걸려 있었다. '어,

뉴턴이다.' 그러자 마주 앉은 원장이 웃으며 '어머, 피아노 학원에 뉴턴이 왜 있겠니. 저건 헨델이야.' 했고, 그 말을 들으니 피아노를 조금 배우고 싶어졌던 것 같다.

스무 살 여름 어느 날이었다. 한밤중 마루에서 무슨 소리가 들려 나가보니, 불도 켜지 않은 어둠 속에서 엄마가 피아노 의자에 앉아 훌쩍훌쩍 울고 있었다. 뚜껑이 열린 건반이 희끄무레 떠올라 있고, 엄마는 말했다. '나, 피아노 배울 테다. 네가 가르쳐줄래, 아니면 내가 이제라도 학원에 다닐까?'

그 느낌이 서글퍼서 나는 마치 피아노를 배운 데 대한 세금을 낼 시기를 만난 기분이었다. 나보다 차라리 엄마가 직접 배웠으면 좋았을 텐데 싶기도 했고. 그해 여름은 엄마한테 피아노를 가르쳐주며 보냈다. 엄마는 기본적인 바이엘을 대강 치고 난 뒤 곧바로 소곡집에서 「매기의 추억」 악보를 펼쳐 들었다. 그건 좀 더 나중에 배워야 한다고 했지만 상관없다고 했다.

여름이 끝날 무렵 엄마는 「매기의 추억」을 칠 수 있게 되었다. 거의 건반을 외운 것 같았고 비로소 만족해하며 '다 배웠다'고 말했다. 그 한 곡을 칠 수 있게 됐을 뿐인데 더는 배울 필요를 느끼지 않았다. 그러니까 엄마는 여름밤 피아노 앞에 앉아 오직 하나 '옛날에 금잔디 동산'을 칠 수 없다는 게 슬펐던 건지도 몰랐다.

스물세 살 여름엔 학교를 휴학하고 멀리 떨어진 작은 시골 마을로 이사를 했다. 읍내로 나가는 버스가 삼십 분에 한 대씩 지나가는 곳이었는데, 마을 어귀 전형적인 시골집들 틈에서 눈에 띄는 아담한 양옥집이 있었다. 양 날개가 밖으로 열리는 창문마다 프로방스풍의 붉은 차양이 덮였고, 담장과 창틀엔 장미꽃 넝쿨이 휘감겨 있었다. 잔디를 깐 마당에 현관까지 하얀 돌이 징검다리처럼 놓인 이국적이고 예쁜 집이었는데, 알고 보니 피아노 교습소 겸 살림집이었다.

이사하고 며칠 지나 나는 '꼭 할 말이 있다'는 피아노 선생님에게 초대를 받았다. 이 마을에서 10년 가까이 아이들을 가르쳤다는 삼십 대 중반쯤의 그녀는 나직한 목소리를 가진 분위기 있는 사람이었다. 곧 결혼하고 서울로 간다면서, 내가 피아노를 칠 줄 안다면 자기 교습소를 이어받지 않겠느냐고, 여기 사람들이 교습소가 없어지는 걸 무척 섭섭해한다고 했다. 나는 조금 칠 줄은 알지만 음악 교사 자격증도 없고, 피아노 다섯 대 규모의 교습소를 인수할 만한 경제력이나 여력이 없는 그냥 휴학생일 뿐이라고 대답했다. 이야기를 나누는 동안 그녀와 둘이 산다는 늙은 어머니가 차와 과일이 담긴 쟁반을 조용히 가져다주었다.

얼마 후 선생님은 결혼해서 서울로 떠났고, 아이들에게 피아노를 계속 가르치고 싶었던 어머니들이 내가 사는 집으로 찾아왔다. '많은 걸 바라는 게 아니에요. 어린애들이 읍내까지 버스를 타고 다니는 게 힘들거든. 그냥 잊어버리지만 않도록 봐주면 돼요.'

작은 마을. 어차피 생활비를 벌 아르바이트를 해야 했지만 피아노를 가르친다는 건 전혀 예상치 못했던 일이었는데. 하지만 내가 이 마을에 들어온 구성원으로서 모나지 않게 잘 지내려면 제안을 받아들여야 한다는 걸 깨달았다. 교습소 피아노들은 읍내 학원으로 팔려가고 어머니들이 중고 가격으로 인수한 갈색 피아노 한 대는 내가 자취하는 집으로 옮겨졌다.

피아노를 가지러 가던 날, 혼자 남은 선생님의 어머니가 악기가 옮겨지는 모습을 말없이 보고 서 있던 모습이 생각난다. 아이들이 찾아와 매일 건반을 뚱땅거리기를 한 달 뒤, 그분이 비가 와 물이 불어난 내천 속으로 걸어 들어가셨다는 이야기를 전해 들었다.

겨울이 오면서 빈집의 장미 넝쿨도 말라갔고 마을 사람들은 그 앞을 지날 때면 쯧쯧 혀를 찼다. 혼자 남은 게 그토록 외로웠을까. 그 피아노 한 대는 어쩌자고 내게로 왔을까. 빼앗아온 것도 아니었건만 차 쟁반을 가져다주던 여인의 작은 체구가 자주 떠오르곤 했다.

내 여동생은 학교를 졸업한 뒤 모 프로덕션에 취직해 브루스 윌리스, 성룡이 출연하는 액션 영화와 애니메이션 등의 보도자료를 쓰기 시작했다. 나는 그녀가 일감으로 들고 오는 「슬램덩크」 비디오를 돌려보며 다음 편을 기대했고 강백호와 서태웅의 브로마이드도 책상 앞에 붙여놓았다. 하지만 그녀는 그리 즐거워하지 않았다.

첫 월급을 타던 날 동생은 하얀 털북숭이 몰티즈 강아지를 분양받아 여러 가지 용품을 가득 사 들고 왔다. '얘를 코코라고 부를까, 쭈쭈라고 부를까?' 그러고선 이튿날부터 회사 수련회에 참가해야 했기에, 강아지에게 사료와 물을 주는 건 내 담당이 되었다. 왠지 녀석은 처음부터 제대로 먹질 못했고 기운 없이 비실거렸다. 이틀이 지났을 때 나는 그 조그만 녀석이 죽어간다는 걸 깨닫고 수건에 돌돌 말아 가까운 동물병원으로 향했다.

심한 장염이라 입원을 시켜야 한다는데 그래도 살아날 확률, 죽을 확률이 반반이라고 했다. 출퇴근에 바쁜 동생 대신 내가 매일 찾아가 들여다보았다. 강아지가 회복해 보름 만에 퇴원했을 때 청구된 병원비는 총 100만 원. 첫 월급을 탈탈 털어 돈이 없었던 동생은 몹시 미안해했고, 나는 치료비를 내는 대신 녀석의 이름을 내가 짓겠다고 했다. '강백호'라고.

동생은 말이 없었지만 맥이 풀리는 표정이었다. 강아지가 늘 집에 붙어 있는 나를 따르게 되자, 그녀는 어느 날부터 퇴근 후 동네 피아노 교습소에 다니기 시작했다. 늦게 돌아와 저녁도 먹는 둥 마는 둥 피아노를 치러 갔다. 원래부터 전공하고 싶어 했지만 상황이 여의치 않아서 그러지는 못했던 건데. 보고 있기 뭔가 답답해도 모른 척했더니 갑자기 회사를 그만두겠노라 했다. '그럼 뭘 할 건데?' '피아노를 칠래.' '이제 와서 어떻게 다시 피아노를 쳐? 왜 사회에 적응을 못 해?'

그래도 밤마다 교습소에 갔고, 처음엔 한 시간이면 오더니 차츰 시간을 넘겨도 오지 않았다. 선생님과 마음이 잘 통한다고 했다. 몇 달이 지난 어느 날 나는 문득 울컥해 슬리퍼를 끌고 밤길을 걸어 교습소 앞까지 갔다. 두 사람이 함께 치는 연탄곡 선율이 문밖으로 건너왔다. 그 선생님도 그런 일과가 싫지는 않았을 것 같다. 온종일 아이들이 뚱땅거리는 소리, 연탄곡도 젓가락행진곡만 무한 반복으로 듣다가 친구 같은 교습생과 늦도록 대화도 나누고 함께 연주도 하고. 괜한 걱정에 무작정 갔다가 노크도 못 하고 그냥 돌아섰던 밤.

이듬해 동생은 회사를 그만두고 다시 공부를 시작해 학교 선생님이 되었다. 이제 남매들이 모이면 가장 많이 변한 사람이기도 하다. 야무지고 입바르고 현실적이기도 하고.

이젠 눈앞에 피아노가 있어도 뚜껑을 열지 않는다. 자동차 뒷좌석에 딸을 태우고 '또 놀러올게' 하고는 익숙하게 운전해 집으로 돌아가는 뒷모습을 보노라면 가끔 짠할 때가 있다. 한 번도 사과한 적 없었지만 그 말은 꼭 하고 싶다. 그 백호 녀석. 코코라거나 쭈쭈라거나 네 맘대로 못 부르게 한 거, 그거 미안했어 라고.

돌이켜보면 나는 피아노라는 악기에 복잡한 감정이 있다. 애증일까 애틋함일까. 살아오면서 만난 여인들의 눈물 같은 것, 잃어버린 시절의 꿈 같은 것이 묻어 있다. 지금처럼 취미가 다양하지 않았고 배울 수 있는 것들이 한정돼 있던 나날에 피아노는 그 무엇을 대표하는 악기였던 것 같다. 너무나 흔하지만 그렇기에 사연이 많은, 가깝고도 먼 사물. 새벽에 잠이 깨어 멍하니 떠올려보는 그녀들의 피아노.

어디 가나요, 에밀리

독일 밴드 폴스 가든의 노래 「Emily」를 애정한다. 종종 이어폰 끼고 볼륨을 커다랗게 올려 듣는데, 멜로디도 귀엽지만 노랫말이 사랑스럽다. 90세가 넘은 할머니 에밀리가 포대자루 같은 원피스를 입고 느릿느릿 비탈길을 걸어오는 장면부터 노래는 시작된다.

에밀리가 걸어오네 펑퍼짐한 원피스를 입고

주머니엔 양초를 넣고 오른손엔 라이터를 쥐고 있지

그녀가 어디로 가는지 누가 알까

에밀리는 평생 TV 할부금을 갚았지
이젠 그러지 않기로 했네
에밀리는 평생 목사의 설교를 들었지
이젠 더 듣지 않기로 했네
에밀리는 오늘 밤 뭔가를 이룰 거니까
그걸 해낼 거니까

에밀리는 평생 규칙을 지키며 살았지
누가 만든 규칙인지 모를 때도
이제 더는 그러지 않기로 했네
오늘 밤 뭔가를 이룰 거니까, 그걸 해낼 거니까. 예에이 예이-

사운드가 점점 커지며 멤버들이 합창으로 '예에이 예이-' 부를 때 내 눈앞엔 어떤 장면이 떠오른다. 느릿느릿 굽은 허리, 떨리는 다리로 걸어오던 에밀리 할머니가 서서히 눈빛이 살아나는 광경이. '후후, 모두들 내가 할머닌 줄 알았지?' 유주얼 서스펙트급 반전으로 굽은 허리가 펴지고 발걸음이 빨라지는, 그리고 커다랗게 웃으며 우다다다 비탈길을 달려 내려올 것만 같은 거다. 포대자루 원피스 자락을 날리면서 오른손에 라이터를 쥔 채.

인생에서 너무 늦은 모험이란 과연 있을까. 기회는 어느 시절을 지나면 다시 오지 않는 걸까. 재작년 서귀포 스타벅스에서 만났던 어느 분이 생각난다. 노트북을 펼치고 일하고 있는데 누군가 조심스런 목소리가 들려왔다.

"저기… 저를 좀 도와주실 수 있을까요?"

흰머리가 성성한 단정한 옷차림의 여인이 나를 바라보며 서 있었다. 어떤 도움 말씀인가요, 묻자 우연히 '일반인 남극 탐험대'를 모집한다는 소식을 시내 게시판에서 보았는데 그 때부터 너무나 남극에 가고 싶다는 생각만 든다고 했다. 지금 안 가면 도저히 안 될 것 같아 일단 원서를 접수하려 했더니, 자기소개 영상을 지원서에 첨부해 온라인으로 보내야 한다는 거였다.

"제가 동영상 촬영이나 편집은 할 줄 몰라서요. 그리고 온라인으로 접수하는 방법도 배우고 싶은데… 스타벅스에 오면 도와줄 사람을 만날 수 있을 것 같았어요."

간곡하고 매너 있게 청하는 그녀는 나이가 칠십 세라고 했다. 나는 그분을 맞은편 의자에 앉으시게 하고 노트북 카메라로 영상을 찍기 시작했다. 여러 번 연습하신 듯 '안녕하세요, 저는 제주도에 사는 올해 일흔 살인 ○○○입니다. 제가 남극 탐험대에 꼭 합류하고 싶은 이유는…'으로 시작하는 5분 길이의 자기소개. 중간에 긴장해서 더듬게 되면 잠깐

끊고 물로 입술을 적셨다가 다시 카메라를 향해 정성껏 말을 이어나갔다.

이만하면 잘했다는 생각이 들 때까지 서너 번 찍어 함께 화면을 보며 편집했고, 완성된 영상을 본 그분은 약간 눈가가 촉촉해지며 고마워하셨다. 한사코 내게 밥을 사주고 싶다고 하셨지만 이미 샌드위치로 점심을 먹은 터라 감사한 마음만 받았다. 사실은 그분이 도움을 줄 만한 사람을 찾아 카페 2층으로 올라왔을 때, 노트북과 휴대기기를 가진 많은 이들 중에서 나를 '픽'했다는 것이 이미 기뻤으므로 내가 더 감사했다. 그녀는 그날 내게 찾아온 에밀리 할머니였으니. 원서 접수 결과를 알 수는 없었지만 부디 남극에 가셨다면 좋겠다.

에밀리는 비교적 흔한 이름이지만 여러 문학 작품과 인연이 많아 은은한 아우라가 있다. 일생을 은둔한 시인 에밀리 디킨슨, 황량한 고원의 목사관에서 폭풍의 언덕을 쓴 에밀리 브론테, 그리고 윌리엄 포크너의 쓸쓸한 단편 「에밀리에게 바치는 한 송이 장미」도 떠오른다. 늙을 때까지 저택을 나오지 않았던 미스 에밀리가 세상을 뜨자 마을 사람들은 그녀의 방이 궁금해 장례식에 몰려가고, 거기서 평생 에밀리가 감춰왔던 서늘한 비밀을 발견하는 이야기.

은둔과 고독과 우아한 광기를 품은 에밀리의 아우라가 풀스 가든의 에밀리 할머니를 만나면서, 마치 시즌 2를 여는 듯한 유쾌한 포대자루를 껴입고 내게 찾아왔다. 지난날의 장미 한 송이를 라이터로 화라락 태워버리고 길을 떠나는 리메이크인 것만 같아서. 이제 TV 할부금도 안 내고 설교도 안 들을 생각인, 이상한 규칙 따위는 안 지킬 결심을 한 에밀리 할머니는 모든 걸 뒤로하고 떠난다. 다 꺼져버리라지, 중얼거리며. 내가 오래 사랑했던 은둔형 에밀리들의 평생이 한꺼번에 팡! 터져나가는 아름다운 일탈을 상상해본다. 그 광경은 진심 멋지겠지.

몇 해 전 엄마가 따로 자기만의 작은 집을 얻었다. 같은 빌라 다른 층이긴 하지만, 오로지 혼자만의 공간을 쟁취하고 너무 기뻐했다. 그 집에 일 인분의 가구를 꼭 필요한 것들만 넣었다. 침대, 거실 벽에 기대 놓을 작은 소파, 컴퓨터와 미니 오디오, 다용도로 쓸 낮은 나무탁자, 물 끓일 커피포트 하나. 없는 것은 냉장고와 가스레인지다. 주방에서 요리하지 않을 거니까. 다른 가족들은 꼭 필요한 용무가 아니면 드나들지 않는 그녀만의 공간이다.

일생을 수없이 냄비와 솥에 무언가를 끓여보았던 이들은 마음속에 아무도 모르는 또 하나의 솥이 있다. 밖으로 티는 안 날지라도 그 솥에선 무언가가 조용히 끓고 있다. 그들이 꿈꾸는 대로 도울 수 있다면 돕고, 응원해달라면 응원하면서 지켜보고 싶다. 오른손에 라이터를 쥐고 내려가는 비탈길은 에밀리의 레드카펫. 그 길의 끝에서 남극도, 자기만의 방도, 새로운 행복과 자유도 만나지기를.

할머니의 소다 비누

할머니는 말린 콩대를 마당에서 태워 한가득 재를 만들었어요. 떡시루 바닥에 물 적신 베를 깔고 그 위에 짚을 성글게 깔고는, 콩대 태운 재를 담고 또 짚으로 덮었어요. 밑에는 큰 대야를 놓고, 끓는 물을 시루에다 천천히 달팽이 모양으로 부었죠. 물은 지푸라기 틈새로 흐르고 재에 스몄다가 베를 통과해 잿물이 되어 대야로 떨어졌어요.

우리는 늘 잿물이 필요했답니다. 식구들 옷도 빨아야 했지만, 밤이 되면 뒷산과 논밭에서 신작로 너머 들판에서 옷을 빨아달라고 찾아오는 손님들이 있었거든요. 풀각시나 개구리 도령, 밤도깨비 같은 손님들이.

풀각시 치마는 풀물이 잔뜩 들어 빨래하기가 힘들었어요. 밤도깨비도 어딜 그리 돌아다니는지 소맷부리, 바짓자락에 무엇이 잔뜩 달라붙었죠. 할머니는 곰곰 생각하더니 오일장에서 하얀 덩어리처럼 생긴 것을 꽁꽁 묶어 사왔습니다. 소다 비누, 양잿물이라고 했어요. 너희들은 이걸 절대 만져서는 안 된다, 이건 할미만 만져야 해.

나는 순순히 고개를 끄덕이고 만지지 않겠다고 생각했지만, 수안이는 늘 궁금한 게 많은 아이였으니까요. 양잿물에는 독이 있다던데 진짜일까? 중얼거리며 물끄러미 쳐다보는 거예요. 나는 슬그머니 수안의 옷자락을 잡아당겨 하얀 덩어리로부터 멀어지게 했답니다.

오늘 밤도 할머니는 마당 수돗가에서 조물조물 문질러가며 빨래를 하고, 나는 잘 마른 옷을 뒤적여가며 뜯어진 데를 꿰매고 수선하고 있어요. 특히나 풀각시 치마저고리를 고쳐주는 건 즐거워요. 풀각시가 이렇게 저렇게 달라진 옷을 보면 뛸 듯이 기뻐하기 때문이에요. 내가 고쳐준 옷을 입고 좋아하는 이를 보면 나도 기쁘니까.

수안이는 쪽마루 기둥에 걸린 백열등 아래 기대앉아 우리에게 이야기책을 읽어줍니다. 할머니가 아픈 허리를 펴고 누워 쉴 때 라디오 연속극을 골똘히 듣는 것처럼, 수안이는 혼자 주인공이 되었다가 지나가는 사람이 되었다가, 목소리를 다르게 내며 연극을 하듯 읽어주어요. 할머니는 내색은 안 해도 뒷얘기가 어떻게 되나 흥미진진한 눈치입니다.

그러다 수안이 목이 말라 물을 마시러 부엌에 간 사이 할머니는 뭔가 생각난 듯 쯧쯧 혀를 찹니다. 내가 갓 시집왔을 땐 아무하고도 말을 나눌 사람이 없어서, 너희 할아버지도 나하고 말을 섞지 않아서, 나는 너무 입이 심심한지라 부뚜막에 앉아 국자랑 얘기하고 부지깽이랑 놀았단다. 처음엔 서러웠는데 날이 가다 보니 차라리 국자랑 부지깽이가 말 상대로 낫더구나.

마을은 어둠에 잠겼고 초승달이 떠 있습니다. 안방과 끝방에선 식구들이 잠든 숨소리가 낮고 편안하게 들려와요. 방문을 열어보진 않지만 그들이 안에서 자고 있다는 걸 알지요. 그들도 마당을 내다보지 않습니다. 우리가 달밤에 손님들의 옷을 빨고 수선해주고 있을 땐 내다보면 안 된다는 것을 알아요. 누군가가 사라지는 걸 원치 않는다면 그이의 비밀을 알려고 하지 말아야 하듯이요. 은혜 갚은 학도 정체를 들킨 순간 떠날 수밖에 없었듯이.

오늘 밤은 풀각시가 처음 보는 치마를 입고 찾아왔어요. 그리 때 타지 않아서 빨지 않아도 될 듯한데, 아마 때때옷을 자랑하고 싶은 걸까요. 할머니가 빨래하던 손길을 멈추고 풀각시를 바라봅니다.

못 보던 치마로구나. 누가 지어줬니?

녕이가요.

녕이가 누구더라….

당신이잖아요. 오래전의 당신.

그러고 보니 할머니는 어렴풋이 기억이 날 것도 같았죠. 어느 밤 풀각시가 문간에 찾아와 '녕아 녕아 내 팔이 찢어졌네'. 그래서 바늘귀 실을 꿰어 풀각시 팔을 꿰매주니 고맙다고 달빛 아래 난짝 반절하고 돌아간 날. 그게 짠해서 다음에 오면 주려고 치마를 지어놓았던 일이.

그게 언제였을까… 할머니와 내가 생각에 잠겨 있는데 갑자기 부엌에서 아앗! 비명소리가 들린 거예요. 나는 깜짝 놀라 바느질감을 팽개치고 달려가요. 내 다리가 불편하다는 것도 까맣게 잊었어요. 부엌에선 수안이 쓰라린 손을 부여잡고 괴로워해요. 기어이 양잿물을 슬쩍 만져본 거죠. 손은 순식간에 발갛게 타들어갈 것만 같았어요.

왜 만지지 말라는 것을 기어이 만진 거냐. 할머니는 부엌 문간에 서서 안절부절못하며 우리를 들여다보았어요. 넋두리는 계속됐어요. 세상엔 굳이 만져보고 먹어보고 대보지 않아도 척 보면, 그래선 안 되겠구나 절로 깨닫는 게 있는 법인데. 어째서 저 아이는 그걸 모른다니. 이 광경을 슬픈 눈빛으로 지켜보는 손님이 있었으니 버스를 타고 온 청개구리였어요. 개구리는 서글프게 말했죠. 우리에게 깊은 충고를 남기려는 듯이. 개굴.

그 순간 나는 알았어요. 수안이 낫는 방법을. 나는 그 아이의 따갑고 쓰라릴 두 손을 꼭 감싸 쥐고 말했답니다.

아니야. 이건 모두 책 속의 일. 다시 지우고 쓰면 돼.

다시…?

응. 너는 부엌에 물을 마시러 왔고, 구리주전자에서 보리차를 따라 마셨고, 저 하얀 덩어리에는 눈길도 주지 않았던 거야.

내가 그랬다고?

응. 만졌던 적이 없는 거야. 이렇게 다시 쓴 거야. 이제 눈을 감아봐.

수안은 내 말대로 눈을 감았어요. 나는 주문처럼 속삭였습니다.

그리운 기억은 만들면 돼.

무서운 기억은 지우면 돼.

다시 눈을 떴을 때 두 손은 깨끗하고 아무렇지 않아요. 아프지 않아, 그 아이는 말해요. 나는 진심으로 기뻤습니다. 늘 수안이에게 미안했거든요. 함께 있어주지 못했던 것이. 하지만 지금은 이렇게 함께 있어요. 언제까지나.

부드럽게 사뿐히 수면에 내려앉는 라인처럼, 은유하자면 네 박자 리듬의 글쓰기이고 그건 어쩔 수 없는 희망이다. 같은 밀도의 이야기를 할 때도 가능한 한 소박하고 간결하게 표현할 수 있기를. 과장하지 않고 진술할 수 있기를. 그저 첫 마음을 잃지 않기를.

3장

거미줄 서재

네 박자 리듬의 글쓰기

어느 학기, 서양문학 기말고사 때였다. 프랑스에서 누보로망으로 학위를 받고 돌아온 선생은 로브 그리예 단편소설 복사본과 8절지 시험지 묶음을 나눠주며 말했다.

"지금부터 한 시간 동안 소설을 읽고 8절지 앞면을 채워 요약해서 쓰거라. 그 후에 다시 얘기하자."

선생은 나가버렸고 남은 학생들은 복사물을 읽고 시험지 앞면에 요약하기 시작했다. 정확히 한 시간 뒤 그는 돌아와서 말했다.

"다음 한 시간 동안은 방금 요약한 텍스트를 시험지 뒷면 절반에 16절지만큼 다시 요약하거라. 그 후에 얘기하자."

강의실은 약간 술렁거렸다. 16절지만큼 요약하고 나니 선생이 돌아왔다.

"이번엔 원래 텍스트와 8절지 요약본과 16절지 요약본의 공통점과 차이점에 관해 남은 16절지 분량만큼 요약하거라. 한 시간 뒤에 오겠다."

그쯤에서 몇몇 학생은 펜을 던지고 강의실을 나가버렸다. 단편소설 하나를 세 시간 동안 다른 길이로 반복 요약하며 황당했지만, 역시 오래 기억에 남은 건 그 시험이었다.

취재나 인터뷰 기사를 넘기면 번번이 편집 디자이너는 글 분량을 줄여달라고 말하곤 했다. 지난달에 실린 원고 매수를 참작해서 적절히 넘긴 것 같은데 왜 그런가 물으면 이번 호는 사진 박스가 더 크게 잡혔다는 거다. 어째서 편집 디자이너들은 사진 박스를 나날이 크게 잡는 걸까… 싫어도 사실 잡지는 비주얼이 8할인 매체이니 당연히 카피라이터들은 입을 다문다. 네, 줄이겠습니다!

고민하며 교정지에 빨갛게 돼지꼬리를 그려나간다. 사람이 대범하지 못해서, 메스로 잘라내듯 한두 문단 움푹 들어내지 못하고 마냥 '쪼잔한' 줄이기 작업을 해나간다. 이를테면 '있는'이나 '을/를' 같은 조사를 미워하기 시작한다.

닫혀 있는 문을 보고 그는 걸음을 멈추었다.

→ 닫힌 문을 보고 그는 멈춰 섰다.

멀어져가는 버스의 뒷모습을 언제까지나 바라보고 있었다.

→ 멀어지는 버스 뒷모습을 오래도록 바라보았다.

이렇게 몇 페이지 분량을 깨알 다루듯 덜어내기를 하다 보면 최종적으로 늘어난 사진 박스만큼 몇십 줄의 글이 줄어든다. 디자이너가 작업하면서 위로하듯이 웃는다. 내용은 빠진 게 없는데 글은 줄었네요?

은근히 불만이 쌓여가던 어느 날. 영화 「흐르는 강물처럼」을 보다가 한 장면에서 뭉클해지고 말았다. 노먼의 어린 시절, 목사인 아버지는 아들에게 작문 숙제를 내주고는 결과물을 차근히 읽어보고 더 줄여오라고 했다. 어린 노먼이 연필로 꾹꾹 눌러쓰며 줄여서 가면 아버지는 또 읽어보고 다시 줄여오라고 한다. 몇 번 반복해서 줄여온 작문을 보고 이제 됐구나 하면 노먼은 작문 공책을 속 시원히 집어 던지고 동생과 함께 강으로 낚싯대를 들고 뛰어갔다.

영문학 교수였던 노먼 매클린은 그의 나이 70세에 이르러 처음으로 이 자전적 소설을 썼는데, 영화가 들어오고도 몇 년이 지나 책이 번역됐기 때문에 기다림 끝에 만났을 때 몹시 반가웠다. 그는 아버지를 회상하며 이렇게 적어놓았다.

> 우리는 아버지가 아주 뛰어난 플라이 낚시꾼은 아니었다는 사실을 알게 되었다. 하지만 그가 정확하고 자신만의 스타일을 가진 분이라는 사실은 변함이 없었다. 그는 이렇게 말하곤 했다.
> "플라이 낚시는 열 시에서 두 시 방향 사이에 네 박자 리듬을 살려서 날리는 예술이다."

노먼 형제는 아버지로부터 플라이 낚시를 배웠다. 낚시를 모르는 사람이 물고기를 잡는 것은 물고기를 조롱하는 것이므로, 강가에 서서 낚싯줄을 날릴 때 '네 박자 리듬'을 신중하게 지켜야 한다고. 열 시와 두 시 방향 사이에 라인을 힘차게 날리되 그 탄성으로 수면에 부드럽게 사뿐히 내려앉게 하라고. 그렇게 조절하는 힘은 아무 데서나 나오지 않고, 그 힘을 어떻게 사용할지 아는 지식에서 나온다고 그들의 아버지는 말했다. 그건 어쩌면 일종의 금욕이나 절제에 관한 이야기였으리라. 넘치지 말라는 것. 한번 쓴 작문 숙제를 줄이고 또 줄이게 하는 훈련도 그런 뜻이 아니었을까.

글쓰기를 이번 생의 업으로 삼았으니 나 역시 내가 쓰는 글의 보폭과 리듬을 고민하게 된다. 그럴 때는 아름답고 푸르던 영화 속 몬태나 숲의 강물과 그들이 나란히 서서 날리던 플라이 낚시의 네 박자 리듬을 생각한다. 그게 무엇인지, 그 박자와 호흡이 무엇을 의미하는지 아직도 다 알지 못하지만, 글과 더불어 살아갈수록 더 아껴서 말해야 한다는 두려움도 찾아온다.

부드럽게 사뿐히 수면에 내려앉는 라인처럼, 은유하자면 네 박자 리듬의 글쓰기이고 그건 어쩔 수 없는 희망이다. 같은 밀도의 이야기를 할 때도 가능한 한 소박하고 간결하게 표현할 수 있기를. 과장하지 않고 진술할 수 있기를. 그저 첫 마음을 잃지 않기를.

모퉁이 가게The Shop Around the Corner

서귀포로 내려가 소설 초고를 쓰면서 반년을 지낼 때였다. 법환 바닷가까지 매일 서너 시간을 걸어 다녔는데 길목에 아담한 가게를 짓는 공사가 시작되더니 이윽고 식당 간판이 올라갔다.

심야 식당

그 앞을 지나가며 주인장이 저 작품을 많이 좋아했구나 싶어서 웃음이 났다. 생업의 일터이지만 식당 이름을 이렇게 정하고 그 순간만큼은 마치 세트장을 짓듯 즐겁지 않았을까.

나 역시 좋아하는 책과 영화 속의 공간을 상상하면 설레고, 작품의 여러 요소 중에서도 특히 배경과 장소에 매료되곤 하니까.

멋진 책을 읽으면 그 책의 일부가 되고 싶었고, 근사한 영화를 보면 그 영화의 일부가 되고 싶었다고 책 뒤편 작가의 말에 쓴 적이 있다. 풍경화 속 거리에 들어가는 것처럼. 예전에는 이런 마음이 다소 부끄러웠다. 현실에서 도피하고 싶은, 내가 가진 회피 기질이라 여겼기 때문이었다. 복잡하고 삭막한 세상을 겪을수록 픽션 속으로, 재미있고 감동적이고 그 안에서 완벽해지는 스토리로 들어가 나오고 싶지 않던 시절이 길었다. 타인에게 그런 이야기를 쉽게 하지 않는 건 현실에 적응하지 못하는 사람처럼 보일까 저어되기도 했고, 공감받지도 못할 것 같았기 때문이다.

하지만 언젠가부터 소설을 쓰면서 독자들을 만나고, 그들로부터 다양한 이야기를 전해 들으며 뭉클해졌다. 책 속의 주인공들과 낙산공원과 인사동을 걸어 다닌 기분이었다고 전해오거나 북현리 기와집 책방에서 같이 독서 모임을 하고 싶었다고 메일을 보내올 때, 어쩌면 누구에게나 비슷한 바람이 있다는 걸 깨닫고 고마웠다. 위저드 베이커리의 빵이 궁금하고 위그든 씨의 사탕가게에서 과자를 사고 싶은 독자들은 생각보다 많을지도 모른다.

방대한 영토가 필요한 세계는 영화가 아니라면 구현하기 어렵지만, 책 속에 등장하는 빵집이나 세탁소, 책방 같은 공간은 같은 간판을 달고 우리 동네 골목에 나타나도 그리 이상할 건 없다. 비슷한 상상을 하는 이들과 독서 모임 하듯 둘러앉아 실제로 방문하고 싶은 책 속 가게들의 리스트를 적어본다면 즐거울 것 같다. 검색하면 전화번호와 위치가 뜨는 가상의 어플을 만들어도 재밌겠고, 가게 모습이 팝업처럼 솟아오르는 그림책이 있어도 소장하고 싶다.

내게 그런 픽션 속의 상점들은 모두 '모퉁이 가게'들이다. 이 명칭은 흑백화면이 사랑스러운 고전 영화 「모퉁이 가게The Shop Around the Corner」에서 따온 것인데, 서로 얼굴을 모른 채 펜팔을 주고받으며 호감을 키워오던 남녀가 같은 직장에서 우연히 앙숙으로 만나 티격태격하는 전형적인 로맨틱 코미디였다. 시간이 지나 톰 행크스, 멕 라이언의 「유브 갓 메일」로 리메이크되면서 원래 배경이던 선물 가게는 길모퉁이 작은 어린이 서점으로 바뀐다. 뉴욕 거리 한 모서리에 크리스마스트리와 전구를 반짝이며 다정하게 등장한 책방은 말하자면 독립서점이었고, 실제로 존재한다면 출입문을 열고 들어가 창가에서 그림책을 구경하고 싶은 공간이기도 했다.

그렇게 픽션 속에서 만난 '모퉁이 가게'들이 있다. 편지를 대신 써주는 츠바키 문구점, 닉 혼비가 『하이 피델리티』에서 만들어낸 레코드 가게 챔피언십 바이닐. 미스터리한 할아버지와 손자가 운영하는 골동품점 우유당雨柳堂 마루에 앉아 사연 깃든 그림과 항아리를 구경하고 싶기도 하다. 좀 더 큰 공간도 가능하다면 여행지에서 하룻밤 묵을 호텔은 그랜드 부다페스트 호텔을 예약하겠다. 케이크 아이싱 같은 파스텔색 홀에서 식사도 하고.

결국 이런 무해한 상상들은 픽션과 조우하는 나의 마음인가 보다. 언젠가 서점 인터뷰에서 '내게 책이란 ○○이다'라는 질문을 받았을 때 나는 빈칸에 '결계'를 써 넣었다. 결계는 다른 존재가 침입하지 않도록 보호해놓은 공간이고, 스노우볼이나 커다란 돔 지붕 아래 깃든 세상처럼 책이라는 다른 차원으로 들어가 작가와 함께 생각하고 즐기다가 돌아올 수 있는 공간이라고. 사랑하는 책과 영화의 일부가 되고 싶다는 마음은 비록 헛되지만, 그 속에서 휴식처를 발견한 경험이 있는 사람이라면 이해할 것 같다.

길모퉁이에 아무렇지 않은 척 존재할 것만 같은 가게들. 문득 한밤중에 전화를 걸어보고 싶은, 자전거를 타고 어플 지도를 보며 찾아가고 싶은 공간들. 우리가 사는 세상은 의외로 함정이 많고 숨을 곳도 많아서 어느 순간 앨리스의 토끼굴 앞에 서 있는 기분이 되고 만다.

모든 이의 마음속에 수많은 평행세계가 있다. 결계는 언젠가 풀리고 스노우볼의 눈송이도 마침내 그친다. 그것들이 영원할 수는 없지만 상상을 통해 한순간 따뜻했으니 더 바랄 것도 없다. 남쪽 바닷가 길목에 어울리는 듯 아닌 듯 심야 식당이 서 있는 풍경도, 그래서 스냅사진처럼 찰칵 추억으로 담아두게 된다.

이상한 방문객

기차가 역을 떠나는 먼 기적소리가 빗줄기에 묻어 건너온다. 오늘 같은 밤은 위험하다. 나는 벽난로에 장작을 더 넣고 불이 일어나기를 기다리다 창의 커튼 귀퉁이를 젖혀 밖을 내다본다. 짐작은 틀리지 않았다. 곧 누군가가….

"들어가게 해주시오!"

쿵쿵 문을 두드리는 소리. 밤비가 거세 아무것도 듣지 못했다고 일지에 적고 싶지만 나는 그럴 수 없는 존재. 그들은 나를 '책집사'라고 부른다.

묵직한 나무문을 열자 흠뻑 젖은 중년의 사내가 푸르스름한 입술을 떨며 가로등 불빛 아래 서 있다. 기차역에서부터 이곳까지 걸어온 자. 그는 우의 아래 주머니에서 소중히 넣어온 쪽지 한 장을 꺼내 그늘진 눈빛으로 내민다. 거기엔 페이지 숫자가 적혀 있다.

"들어가게 해주시오. 위대한 개츠비. 제5장, 음악실 장면으로."

사내의 눈빛은 빗물과 구별되지 않는 물기로 젖어 있지만 표정만은 견고했다. 영원히 책 속에 들어갈 것을 각오한 자. 마지막으로 세상과 작별하고 다시 찾아온 사람. 우리는 그들을 '궁극의 독자'라 부른다. 현실과 픽션의 균형을 어지럽히는 위험한 존재.

나는 문에서 비켜서서 사내가 안으로 들어오게 해준다. 오래된 마룻바닥에 빗물이 뚝뚝 떨어져 얼룩이 번지자 그는 우의를 벗어 벽난로 근처 구석진 곳에 밀어 넣었다. 애써 태연한 척하지만, 추위와 긴장으로 부들부들 떨리는 몸을 장작불가에 웅크리고 앉아 녹인다.

"오늘 밤은 전처럼 음악실에 잠시 머물렀다 가십시오. 새벽이 올 때 알려드리죠."

"아니, 싫소. 나는 결심하고 온 거요."

날카롭게 대꾸하는 사내에게 나는 잠자코 뜨거운 찻잔을 내민다. 마음을 진정시키는, 잠시나마 책에 대한 광적인 애정과 동경을 가라앉히는 차. 사내는 의심의 눈초리로 물끄러미 내려다보다 조심스레 한 모금씩 마시기 시작했다. 날 선 표정이 조금 누그러진다.

“당신은 좋겠소. 책집사니까.”

난롯불 앞에서 사내가 말했다.

“무엇이 말입니까.”

“원할 때마다 원하는 책 속으로 들어갈 수 있는 것 아니오? 즐기고 싶은 곳, 좋아하는 명장면이 있는 페이지에 자유롭게 들어갔다가 나온다던데? 그게 책집사들의 특권이라고.”

“그럴 리가요.”

나는 쓴웃음 띤 말투로 대꾸하지만, 사내는 믿는 눈치가 아니다.

“우리 같은 독자들이 질투할까 봐 숨기는 거겠지. 왜 당신들은 새 책집사를 만들지 않는 거지? 그렇게만 된다면 내가 매번 찾아와서 사정할 필요도 없는 건데.”

“오해이십니다만.”

나는 그가 내려놓은 찻잔을 깨끗이 닦아 수백 년 된 접시와 찻잔이 놓인 선반으로 돌려놓는다.

저만치 불빛이 닿지 않아 어두운 구석 자리엔 벽을 향해 돌아앉은 흔들의자에 한 여인이 기대 있다. 오늘로 두 번째 찾아온 독자. 『타샤의 정원』 꽃밭에 들어가 밤새 고요히 머물다 먼동이 트면 일어나 돌아간다. 타샤의 꽃밭은 맨발로 걸어야 한다며 여인은 늘 맨발 차림이다.

"참 신기하죠? 분명 나는 밤에 이곳을 찾아왔는데, 그 정원에 들어가면 환한 버몬트의 햇살이 쏟아지거든요."

여인은 행복한 얼굴로 웃으며 말했지만 곧이어 약간 어두워졌다.

"그런데요… 역시 그건 반쪽짜리 체험이 아닐까 싶네요. 타샤의 정원에 밤이슬이 내리는 모습도 너무나 아름다울 텐데, 그건 다음 페이지 내용이기 때문에 나는 넘어가지 못하죠."

아마 이 여인은 오늘까지만 아름다운 경험을 하고 다시는 찾아오지 않는 편이 좋을 거라고 나는 생각한다.

사다리를 올라 높은 서가에 꽂힌 책 한 권을 꺼내 먼지를 닦고 문제의 5장을 펼친다. 『위대한 개츠비』의 음악실에서 클립스프링어가 피아노로 「사랑의 보금자리」를 연주하는 장면. 사내가 몇 번이나 반복해 들어가고 싶어 하는 시공간.

아침에도

저녁에도

우리는 즐겁지 않은가…

사내는 페이지에 등장하는 노랫말을 중얼거린다.

한 가지는 분명하지, 다른 일은 잘 몰라
부자는 더 부자가 되고 가난한 사람에게 생기는 건 아이들뿐

나는 책집사들이 관리하는 영혼의 서가에서 꺼낸 『위대한 개츠비』를 그에게 건넨다. 그건 세상 속의 『위대한 개츠비』들과 같고도 다른 존재. 쓸쓸하고 두려운 듯 책을 꼭 움켜쥔 사내는 음악실로 들어가기 전 내게 말한다.

"스콧 피츠제럴드가 이런 말을 남긴 적이 있소. 내게 영웅을 보여달라고. 그 말을 아시오?"

"…아니요, 모릅니다."

사내는 희미한 비웃음을 띠었다.

"글쎄, 알고도 모르는 척하시는 거겠지. 피츠제럴드는 말했다오. 내게 영웅을 보여달라. 그러면 그 영웅으로 비극을 써서 주겠노라…. 그게 작가라는 존재들의 잔인함이지요."

나는 대답하지 않는다. 그건 그의 시선. 그가 책을 읽는 방식. 그가 만난 세계일 뿐.

사내는 책을 끌어안고 벽난로를 향해 깊이 고개 숙인 채 숨조차 쉬지 않는다. 그는 지금 음악실에 있을 것이다. 감미로운 피아노 연주와 함께. 아침에도 저녁에도 우리는 즐겁지 않은가.

도둑맞은 편지 트릭

연휴를 앞두고 아파트 관리사무실 안내방송이 흘러나온다. '장기간 집을 비우는 세대는 귀중품을 잘 보관하시고 문단속을 철저히 하며 각 세대 현관 앞에 신문이나 우유가 쌓이지 않도록 미리 조치해 귀중한 재산을 보호할 수 있도록…' 딱히 깊숙이 감춰둬야 할 귀중품은 없고 배달받는 우유만 대리점에 연락하면 되지만, 그럴 때 떠오르는 두 가지 패턴이 있다.

첫 번째는 어느 영화 장면. 비리 관료가 뇌물로 받은 고가의 다이아몬드를 자기 집 냉동실 비린내 나는 생선 아가미 속에 감춰놓던 신인데, 과연 침입자가 찾기는 힘들겠지만 '트릭'이라는 관점에선 그리 멋은 없다. 귀중품을 숨기는 방법 가운데 전설로 남은 장면이 뭐였을까 생각해보면, 역시 에드거 앨런 포의 단편 「도둑맞은 편지」가 떠오른다.

결코 공개되면 안 될 귀부인의 비밀편지를 훔친 D장관. 편지를 약점으로 귀부인을 압박하자, 비밀리에 의뢰를 받은 경시청장 G는 밤마다 D장관의 저택에 잠입해 편지를 찾는다. 침대 밑, 소파 아래, 마루 널빤지와 천장까지 뜯으며 수색하지만 눈에 띄지 않고. G의 하소연을 듣던 명탐정 뒤팽은 며칠 후 심상히 D장관의 저택을 방문해 잡담을 나누다가 문제의 도둑맞은 편지를 가뿐하게 집어와 G를 경악하게 한다. 뒤팽은 여유롭게 말한다.

"지도를 펼쳐놓고 지명을 찾는 놀이를 알고 있나? 한 사람이 도시나 강의 이름을 부르면 다른 사람이 그걸 찾아내는 놀이 말일세. 처음 하는 사람은 대개 가장 작은 글씨의 지명을 택해 상대방을 괴롭히려 하지만, 그 놀이에 익숙한 사람은 반대로 지도의 한쪽 끝에서 다른 쪽 끝까지 걸쳐 있는 커다란 지명을 부른다네. 너무 큰 글자는 오히려 눈에 잘 들어오지 않기 때문이지. D장관이 편지를 숨긴 수법도 마찬가지였네. 당신이 그토록 수색했는데도 편지를 찾지 못했다면, 필시 남의 눈에 잘 띄는 곳에 있으리란 걸 나는 확신했네. 내 생각대로 편지는 D장관 거실 벽의 낡은 편지함 속에 아무렇지도 않게 꽂혀 있더군. 난 그걸 그가 잠시 한눈을 파는 사이 꺼내왔을 뿐이네."

등잔 밑이 어둡다는 맹점盲點 심리. 계몽사 전집 『세계명작추리소설집』에서 처음 읽었던 「도둑맞은 편지」는 어린 내게 커다란 감동과 깨달음을 안겨주었다. 오, 허를 찔러야 하는구나! 그래서 세뱃돈이나 용돈을 받으면 나름대로 가장 맹점일 것 같은 책을 신중히 골라… 『보물섬』 책갈피에 지폐를 숨기는 신통치 못한 선택을 했다. 지금처럼 보안 설정이 높지 않았던 시절엔 인터넷 사이트 대다수에 내 비밀번호가 *****이었다. 어떤 문자를 입력하든 패스워드 칸에는 '*'로 표기되니까 아예 비밀번호를 Shift+8을 연속 눌러 *****로 쓰면서 꽤 보안이 높은 비밀번호라며 만족했다.

아파트 17층이던 이전 집으로 이사했던 날 가족이 현관 앞에 서서 도어 록 비밀번호를 뭐로 정할까 의논할 때, 나는 '1701로 하자. 눈앞에 1701호 팻말이 붙어 있으니까 누구도 비번이 1701이라곤 생각하지 않을 거야!' 호기롭게 의견을 냈으나 다들 마뜩잖은 표정으로 쳐다봐 통과되지 못하기도 했다.

비밀번호에 관해 전설이 된 또 하나의 장면이 떠오른다.

짐작하는 이들도 있을 텐데, 역시 움베르토 에코의 『푸코의 진자』에 등장하는 에피소드다. 실종된 친구의 단서를 찾으려고 그의 컴퓨터를 켜자, 암호를 알고 있느냐는 경고창이 뜬다. 에코만큼이나 박식한 주인공은 기호학, 통계학 온갖 이론을 활용해 거창하게 비밀번호를 풀어보지만 며칠이 지나도록 모두 실패한다. 암담한 심정으로 잔뜩 짜증이 난 와중에 다시 컴퓨터는 묻는다.

암호를 알고 계십니까?

몰라! 주인공은 화풀이하듯 'NO'라고 키보드를 두드리고, 순간 암호가 풀린 컴퓨터는 주르륵 비밀을 쏟아내는 장면이다.

그러니 진실은 저 너머에 있을지 몰라도 가끔 결정적인 힌트는 등잔 밑에 있는 것. 자신의 책장에 귀중품을 숨기고 싶다면 『무소유』 『자발적 가난』 같은 제목을 택하기보다는 『황금 노트북』 『○○에서 보물찾기』 뒤쪽 공간을 택하는 게 좋을지도. 과연 어느 책 뒤에다 귀중품을 감춰야 하나. 침입자의 생각 회로가 어떻게 흐를지는 예측할 수 없다는 것이 비록 함정이지만.

비둘기 통신

영화 「반딧불이 정원」을 보다가 그 속에 비친 가족의 모습이 한국 가정과 참 닮았다고 생각했다. 우울한 소설가인 주인공 남자가 부모님이 사는 고향 집을 방문하는 며칠간의 이야기인데, 폭력적인 아버지에게 상처받았던 유년의 기억들이 사이사이 회상으로 등장한다.

아버지는 지역 대학의 영문학과 교수였고, 어느 날 동료 교수들을 집으로 초대해 식사 자리를 마련한다. 열네 살이던 아들은 아버지가 시킨 대로 손님들 앞에서 자작시를 낭송한다. 잔뜩 긴장한 얼굴, 움츠러든 어깨.

"반딧불이 정원. 하늘 저 높이 별들이 돋아나면 땅에서도

시샘하듯 반딧불이 날아온다. 크기로야 견줄 수 없고 맘속으로는 진짜 별이 될 수 없는 것도 알지만, 때로는 정말 별처럼 돋아나기도 한다….”

나지막하게 낭송하는 동안 아버지와 손님들 얼굴은 점점 굳어가고, 그들은 소곤소곤 귓속말로 우려를 표한다. 갑자기 아버지가 소파에서 벌떡 일어나더니 아들의 팔을 붙잡고 밖으로 끌고 나간다. 마당 차고에 거칠게 내동댕이치고는 싸늘하게 묻는다.

“넌 언제부터 불교를 믿었느냐?”

“네…? 저는 불교를 안 믿어요.”

“환생을 믿으니까 로버트 프로스트가 환생한 게 너라고 생각했겠지. 그러니 그 시를 네 시라고 말한 거고!”

독설을 빈정대며 아버지는 한바탕 소년을 때리고는, 무거운 페인트통을 양팔에 걸게 한 채 몇 시간 무릎 꿇게 한다.

“너는 감히 영문학과 교수들이 프로스트의 시를 못 알아볼 거라고 생각한 거냐? 어리석은 놈.”

그 장면을 보면서 내가 같이 얻어맞고 벌을 받는 것 같았다. 소년은 ‘표절’을 하는 잘못을 저질렀지만, 열네 살 아이가 좋은 시를 쓸 자신이 없어 몰래 베껴 쓴 것을 잔인한 폭력으로 응징하는 모습이 고통스러웠다. 그 실수에 대해 아버지는 너무나 가차 없었고, 마치 두 번 기회를 안 주겠다는 듯 여린 싹을 밟으려 했기 때문이다.

나는 열두 살 때 딱 한 번 타인의 작품을 베낀 적이 있었다. 매달 나오던 어린이 잡지 『새소년』은 세계명작동화를 만화로 각색해 싣곤 했는데, 그 이야기는 제목도 작가도 기억나지 않지만 대강의 줄거리는 이랬다.

휠체어를 타고 다니는 병약한 소녀가 다친 비둘기를 주워 치료해주고 돌보게 되면서, 통신 비둘기 비행 대회에 참가할 꿈을 가진다. 소녀는 비둘기 다리에 편지를 돌돌 묶어 날려 보냈다가 돌아오게 하는 훈련을 열심히 시킨다. 마침내 대회가 열리고, 다른 비둘기들이 돌아오기 시작하는데 소녀의 비둘기만 보이지 않는다. 모두 긴장하고 있을 때 저 멀리 날아오는 비둘기. 소녀는 부들부들 다리를 떨며 휠체어에서 일어나 비둘기를 두 손 벌려 활짝 반긴다.

다분히 신파적인 스토리였으나 어린 나는 감동했고, 공책에 방금 읽은 만화를 동화로 다시 풀어서 쓰기 시작했다. 가지런히 글로 정리해놓고 싶었다. 퇴근해서 돌아온 아버지가 우연히 책상에 놓인 내 공책을 보았고, 잠시 읽더니 갑자기 나를 쳐다보며 '이거, 네가 쓴 거냐?' 물었다. 순간 움찔했지만 나도 모르게 '네.' 하고 대답했다. 당황해서였는지 그 순간

만큼은 이야기의 진짜 작가인 것처럼 빠져 있어서였는지.

"정말로 네가 썼다고?"

"네, 제가 썼어요."

어쩌면 오기였는지도 모르겠다. 아버지의 표정이 굳는 걸 느끼고 나는 불안했다. 직감적으로 아버지는 이 이야기를 아는구나 생각했다. 뜻밖에 어른들도 아는 동화였구나. 이제 혼날 거라고 긴장했는데 아버지는 덤덤하게 '그래? 네가 썼구나.' 하고는 공책을 책상에 놓고 나갔다.

그날의 서늘하고도 이상한 감정이 아직도 문득 떠오를 때가 있다. 아버지가 속지 않았다는 걸, 그냥 모른 척 덮어주었다는 걸 안다. 만약 그때 그가 내 자존심을 바닥에 밟힐 만큼 후려치며, 이 작품을 모를 줄 아느냐? 어디서 남의 작품을 네가 썼다고 해! 통렬하게 화내고 비난했다면, 나는 아마 그 상처를 평생 잊지 못했을 것을 안다.

내가 잘못한 일이었지만, 열두 살 아이가 베껴 쓴 글을 두고 마치 평생 글 쓸 자격도 없는 멍청이인 듯 혼이 났다면, 그 「반딧불이 정원」의 우울한 소설가처럼 두 팔이 퉁퉁 부을 때까지 페인트통을 매달고 울면서 벌을 받았던 소년의 마음이 항상 내 안 어딘가에 웅크리고 있었겠지. 그런 트라우마는 아무것도 아닌 것 같아도, 무언가를 쓸 때마다 어른거리는 부끄러움과 자기 자신을 사랑할 수 없게 하는 집요한 증거로 남는다. 극복하기 쉬운 일들은 아니었을 거다.

내가 글을 쓰며 살게 될 거라고 그때는 몰랐지만, 아버지에게 감사하는 건 그날 내 공책을 모른 척해준 일이다. 그는 기억도 못 하겠지만, 젊은 날 소설가가 되고 싶었던 사람이고 꿈을 접었던 기억이 있으니 어린 딸의 거짓말을 이해하고 넘어가지 않았나 생각한다.

그 비둘기와 휠체어 소녀의 우정은 '비둘기 통신'이라는 나만의 제목으로 남아 있다. 생각날 때마다 검색해보는데 아직도 진짜 제목과 작가를 찾지 못했다. 그때까지는 아마도 계속 '비둘기 통신'일 거다.

흔들의자 여행

에세이 『내 방 여행하는 법』의 제목을 본 순간 '아, 이건 내가 쓰고 싶던 소재였는데 아이템을 놓쳤어!' 속으로 외쳤다. 하지만 판권을 살펴보니 그자비에 드 메스트르라는 이름의 이 저자는 무려 1790년에 그 책을 썼다는 걸 알았고, 나는 너무나 송구스러워졌다. 230년이나 늦게 생각했으면서 아이템을 놓쳤다고 애석해하다니 이런 외람된 일이.

그자비에는 프랑스 귀족이자 군인이었는데, 금지된 결투를 하다가 42일간 자기 방에서 나오지 못하는 가택 연금을 명령받는다. 지루할 법한 자체 감금의 나날에 그는 뜻밖에도 처음으로 글을 쓰기 시작했다. 자기 방을 여행하는 법에 대해서. 북위 45도에 동서 방향으로 지어지고, 벽에 바짝 붙어 걸으면 둘레가 서른여섯 걸음 나오는 장방형의 방. 가로, 세로, 지그재그, 대각선으로 걸어보아도 일 분도 걸리지 않는 그 방에서 이야기할 수 있는 모든 것을 다 꺼내 든다.

의자에 대해 사유하고, 창문으로 스미는 햇살이 창가 느릅나무 가지에 걸려 여러 갈래로 흩어졌다가 그의 침대에서 다시 하얗게 모이는 풍경, 벽에 걸린 초상화와 판화, 서랍을 열어 그 속에 든 많은 편지와 편지 주인들에 관해 무궁무진 신나게 써 내려간다. 읽으면서 '42일 동안 참 혼자서도 잘 놀았구나' 싶어 감탄했다고 할까.

대학 시절 시 창작 수업 때 어느 동기가 다른 동기를 언급하며 이렇게 표현한 적이 있었다. '저 친구는 모든 시의 소재가 기숙사 방 안에서 나와. 과제 발표하는 시마다 항상 그래.'

그 친구의 지난 시들을 찾아보니 정말 그랬다. 기숙사 창문으로 내다본 캠퍼스 뒤쪽 갈대밭, 책꽂이에 놓인 어떤 소품, 룸메이트, 서랍에서 꺼낸 소지품들, 침대 발치 슬리퍼. 시가 좁은 범위에 갇혀 있었다는 뜻이 아니다. 나는 그 시들을 좋아했는데, 이 친구는 한 곳에 은둔하며 지내도 소재 고갈 없이 계속 쓰겠구나 생각하게 되었다. 은둔의 시인 에밀리 디킨슨도 집 밖으로 나오지 않고, 줄을 매단 바구니를 창가에서 두레박처럼 내려 동네 아이들에게 간식을 주었다는 일화가 있다. 그런 시인의 시가 얼마나 자유롭고 아름다운지. 그녀의 시집을 한 해 한 번은 되풀이해 읽게 된다.

때로는 한정된 공간에 묶여 있는 것이 아무런 방해나 한계가 되지 않는 사람들이 있다. 옥중에 몇십 년을 갇혀 있어도 기어이 시와 산문을, 책을 쓰는 이들이 있듯이. 조지 오웰이 말했듯 '감금을 견딜 수 있는 건 자기 안에 위안거리가 있는 사람들'이고, 그들은 그런 사람들이었던 셈이다.

어쩌면 여행도 그렇지 않을까. 나는 여행을 자주 다니지는 않지만 지도와 여행서는 부지런히 읽는 편인데, 책으로 다니는 여정의 매력이 너무 크게 다가와서이다. 실재하는 장소를 안내한 책도 좋고, 가상의 장소 이야기도 좋다. 독서가 알베르토 망겔과 여행작가 자니 과달루피가 함께 쓴 『인간이 상상한 거의 모든 곳에 관한 백과사전』은 문학 작품에 등장하는 장소를 항목으로 정리해놓은 사전인데, 『반지의 제왕』의 미들어스, 드라큘라 성, 바스커빌 저택, 오즈와 나니아, 하루키의 세계의 끝, 『해리 포터』 호그와트 등 1,300여 곳을 유쾌한 문장으로 안내한다. 이 두꺼운 책을 열흘에 걸쳐 읽는 동안 평생 다녀도 다 못 볼 수많은 시공간을 10박 11일로 관광할 수 있어서 몹시 즐거웠다. 그래서 살짝 부끄럽지만 나도 이곳에 칠판 어록 같은 문장 하나를 적어놓으려 한다. '여행지는 멀고 서점은 가깝다'라고….

인생을 풍요롭게 하는 여행은 꼭 선 여행만이 아니라 점 여행이기도 하리라. 동선 대신 한 점 '도트'로 틀어박혀 타인의 삶을 들여다보고 또 들여다보는 것. 어릴 때부터 할머니가 될 때까지 평생 책을 읽었던 엘리자베스 브라운처럼.

사라 스튜어트, 데이비드 스몰의 그림책 『도서관』을 아이와 함께 수십 번 읽었던 것 같다. 어느 날 하늘에서 뚝 떨어진 엘리자베스 브라운. 마르고 눈도 나쁘고 수줍음 많은 그 아이가 밤새 이불 속에서 손전등 아래 책을 읽던 그림. 트렁크 가득 책을 넣고 기숙사에 들어가자 침대가 부서지고, 마침내 할머니가 되어 온 집 안에 흘러넘친 책들이 현관문을 막아버리던 그림. 결국 모든 책을 마을에 기증하고 '엘리자베스 브라운 도서관'으로 나들이 가던 마지막 페이지는 많은 그림책들 중에서도 유난히 행복했던 엔딩이었다.

누군가 그녀를 붙잡고 인터뷰한다면 이런 질문과 대답이 나오지 않을까. 미스 브라운, 2차 대전이 일어날 때 어디 있었나요? 네, 내 방 흔들의자에서 책을 읽고 있었습니다. 미스 브라운, 한반도가 통일될 때 어디 있었나요? 네, 내 방 흔들의자에서 책을 읽고 있었습니다. 달나라에 신도시가 건설

될 때는 어디에…? 네, 내 방 흔들의자에서 책을… 난 그 모든 때에 함께했습니다. 저런, 미스 브라운, 그렇다면 당신의 인생은 어디에 있었나요? 이미 말했는걸요, 내 인생은 내 방 흔들의자 위에 있었다고. 그러고는 태평하게 웃어도 그리 나쁜 삶은 아닐 것이다. 미스 브라운의 마음속에도 생의 충만한 위안거리가 있었으니.

그 이야기를 해피엔딩으로

아이가 어렸을 때 잠들기 전까지 같이 침대에 누워 옛날이야기를 들려주곤 했다. 베드타임 스토리에 흔히 등장하는 동화들이었는데 이야기가 꽉 닫힌 해피엔딩이 아니면 아이는 몹시 슬퍼했다. 해님달님의 호랑이가 열두 고개마다 떡을 받아먹고 엄마도 잡아먹고 어린 남매가 기다리는 오막살이로 찾아가는 장면에서, 아이는 '안 돼요, 호랑이가 엄마를 잡아먹지 않게 해주세요.' 눈물이 글썽해서 조르는 것이다. '그렇지만 이 이야기가 그런데?' 하면 '그래도요!' 할 수 없이 호랑이는 엄마를 토해내고 인절미와 무지개떡, 백설기도 토해내고 오막살이 근처엔 얼씬도 하지 않는 것으로 마무리하면 안

심하고 잠이 들었다.

높은 탑에서 지내는 긴 머리카락을 가진 라푼첼 이야기. 알다시피 아기를 가진 여자가 이웃집 마녀의 텃밭에서 자라는 푸성귀를 먹고 싶어 하자 남편이 몰래 담장을 넘어가 그걸 뽑다 들키고 만다. 마녀는 푸성귀를 주는 대신 아기가 태어나면 내게 넘겨야 한다고 말하는데, 이야기는 초반부터 막혀 진도를 나갈 수가 없었다. '안 돼요! 아기를 마녀한테 주면 안 돼요. 주지 않는다고 해주세요, 네?'

어차피 토닥토닥 재우려고 하는 이야기인데 울려서 뭐하겠나 싶어, 마녀는 이웃집 부부에게 푸성귀를 실컷 뽑아 먹어도 좋다고 인심을 쓰고, 라푼첼은 푸성귀 덕분에 건강하게 태어나 머리카락이 길게 자란 채 마녀의 마당을 뛰어다니며 놀다가 이야기는 끝난다. 잠든 아이를 내려다보며 이렇게 마음이 약해서야 험한 세상 어떻게 사나 싶기도 했지만, 그래도 원래 스토리대로 밀고 갈 마음은 들지 않았던 것 같다. 좀 더 크면 동화를, 이야기를 이해하겠지 하고.

언젠가 모든 인간의 삶이 해피엔딩으로 끝나는 어떤 도시에 관한 이야기를 상상해본 적이 있다. 드물긴 해도, 살다가 그야말로 순수한 행복의 절정을 느끼는 순간 육신이 공기방울처럼 가볍게 흩어져 깨끗이 허공으로 소멸하는. 그래서 그

도시 사람들은 진정으로 완전한 행복은 느끼지 않으려고 조심해서 살아간다. 하지만 도저히 억누를 수 없는 행복감이 찾아오는 날이 있고, 순간 행복의 정점에서 거품으로 소멸해버리니 그 인생은 해피엔딩이 되어버리는 것이다.

도입부를 조금 쓰다가 어쩐지 허무해져서 닫은 파일이 노트북 속에 잠자고 있다. 생각해보면, 사실 해피엔딩이란 이렇게 소설이나 영화처럼 편집된 이야기에서만 존재하지 않을까. 실시간 인생은 그럴 수가 없다. 결말? 인간의 결말은 태곳적부터 정해져 있는 누구에게나 평등한 죽음이 진짜 엔딩인데, 뭐가 해피엔딩이란 말일까.

그러니 인생을 하나의 긴 여정으로 보고 결말에 이르러 해피엔딩이 되기 위해 현재를 희생하는 건 아까운 일이다. 차라리 해피엔딩의 일상화를 만드는 게 낫겠다. 아, 이번 한 주는 해피엔딩으로 마감했군. 오늘 하루는 그럭저럭 해피엔딩이었어, 하고. 너무 긴 여정을 바라보면 피로한 강박이 되는 게 해피엔딩의 함정인 것 같다.

어쩌면 사람들은 이미 다 알고 있는지도 모른다. 세상에 존재하는 이야기들이 기왕이면 행복하게 끝맺었으면 하고 바라는 건, 현실에서 해피엔딩이 그만큼 흔치 않기 때문일 거다. 그래서 시간 여행으로 과거로 돌아가 미래에 찾아올 결과를 바꾸는 SF 스토리가 인기를 끌기도 하고. 만약 내게도 그런 시간 여행을 할 찬스가 주어진다면… 어느 시점으로 가면 좋을까나.

너무 큰 역사적 사건은 역시 나비효과의 규모가 두려워 손댈 엄두가 안 나고, 대신 오래전 태어나 아름다운 이야기를 남긴 사람들 곁으로 가보고 싶다. 어느 바닷가 동네에 마주 앉아 체스를 두거나, 빵 가게 앞에서 우연을 가장해 마주쳐 슬쩍 인사하고는 공손하게 말하는 것이다.

'요즘 어떠신가요, 안데르센 씨? 여기 빵은 버터 맛이 참 좋더군요. 실례가 안 된다면 한 봉지 건네드리고 싶습니다만. 그리고 정말 부탁이 있는데… 언젠가 인어공주라는 작품을 쓰시게 될 거예요. 그걸 어떻게 알았냐고는 묻지 말아주십시오. 다만 그 작품을 쓰실 때 부디 엔딩에서 물거품은 피하게 해주세요. 꼭 기억해주셨으면 합니다. 물거품은 정말 가슴 아프다는 것을요. 오, 마침 저기 위다 부인이 걸어오시는군요. 잘 지내시는지요. 혹시 착하고 충성스러운 가엾은 개와 소년의 이야기를 쓰고 계시지 않나요? 그렇군요, 구상 중이셨군요. 외람됩니다만 바라건대 기억해주세요, 그 개는 아무런 병이 없다고. 그리고 소년은 할아버지가 남기고 간 유산을 찾게 되었으면 합니다. 금이 간 낡은 우유 통에 오랫동안 모아온 은화가 소년을 위해 들어 있다고 말이죠. 그걸

발견하게 해주세요. 넬로가 파트라슈와 함께 루벤스의 그림을 보러 가기 전에 말입니다….'

그래서 먼 훗날이 찾아와, 힘들게 엔딩을 바꾸지 않고도 아이에게 이야기를 들려주고 마음 편히 잠자리에 드는, 그런 작은 시간 여행을.

소설 속의 노래들

소설을 읽고 나면 그 속에 등장한 노래들을 찾아본다. 노래를 좋아하니까 그렇기도 하고, 긴 리뷰 글 대신 짤막한 감상을 메모하기 시작하면서 생긴 습관이다. 작가가 소설 속에 활용한 노래들을 리스트로 정리하고, 책 속에 등장하진 않았지만 그 작품이 영화로 만들어진다면 OST로 잘 어울릴 것 같은 노래도 곁에 같이 적어둔다. 소소하게 꾸준히 기록하다 보니 어느새 10년이 넘어서 꽤 부피가 쌓였다. 제목을 붙인다면 '소설 사운드트랙 노트'쯤 되려나.

그걸 기록해서 어디다 쓰냐고 묻는다면 글쎄, 나도 잘 모르겠다. 딱히 쓸 만한 용도는 없겠지만, 언젠가 여유 있고 초

낙관적인 음반 제작자가 "오, 소설에 등장하는 노래 컴필레이션 음반이라니 좋습니다! 내가 제작해보겠어요." 같은 호언장담을 할 날이 있을지도 모르니까…? 물론 가능성은 극히 낮다.

작가가 자신의 소설 속에 어떤 노래를 등장시키는 건 당연히 여러 가지 이유가 있다. 단순히 인물들의 대화 중에 식당에서 흘러나오는 배경음악이었다 해도, 하필이면 그 음악을 골라 '홀에는 아까부터 무슨무슨 곡이 흐르고 있었다'고 쓴 건 그냥 플레이리스트에서 랜덤으로 꺼낸 건 아닐 것이다. 그런 대범하고 무신경한 작가도 있겠으나 그 대범함조차 약간의 계산 없이는 나오지 않는다.

소설에 잘 녹아들어간 노래는 장면을 장황하게 설명하지 않으면서도 효과적으로 메시지와 분위기를 살린다. 트루먼 커포티 『내가 그대를 잊으면』에 실린 단편 「루시」에는 재즈곡 「It's De-Lovely」가 사랑스런 소품처럼 등장한다. 남부에서 올라와 북부 백인 집에서 가정부로 일하게 된 흑인 소녀 루시. 그녀에게 마음을 열고 누나처럼 따르기 시작하는 백인 소년. 둘은 휴일에 뉴욕 거리를 걷고 멋진 재즈곡을 감상한다. 도시 구경에 들뜬 것 같았던 루시는, 그러나 날이 갈수록 남부를 그리워하고 결국 향수병에 걸려 고향 집으로 돌아가기로 한다. 루시가 떠나는 뒷모습을 창문으로 내다보던 소년은 그녀가 가장 좋아했던 노래의 레코드를 틀면서 눈물을 흘리는데, 그게 「It's De-Lovely」였다. 아마 루시와 소년이 함께 들었을 것 같은 시대의 가수, 엘라 피츠제럴드 버전으로 나도 들어본다. 두 아이의 짧았던 우정이 노래로 스며오는 순간이다.

제임스 맥멀런의 아름다운 회고록 『중국을 떠나며』에도 마음에 남았던 노래가 있었다. 중국에서 어린 시절을 보내다 2차대전이 발발하자 아버지는 뒤에 남고 제임스와 어머니만 목숨을 걸고 탈출하는데, 전쟁 직전 행복했던 나날에 가족이 피아노로 연주하던 「Deep Purple」이란 곡이었다. 여러 연주자 버전이 있지만 나는 래리 클린턴 오케스트라 버전으로 들어보았다. 나른하고 평화로우면서 어딘가 위태로운 느낌. 그 회고록의 인상이 더해진 탓일까.

가끔은 아무리 찾아도 안 나오는 노래들도 있다. 가즈오 이시구로의 『나를 보내지 마』 마지막 페이지를 덮고 소설에 등장하는 노래, 주디 브릿지워터의 「Never Let Me Go」를 검색했는데 구글에도 유튜브에도 없었다. 한참 찾은 뒤에야 작가가 지어낸 가상의 가수와 노래임을 깨달았다. 세상에 없는 언어로 마음을 표현하고 싶을 때가 있는 것처럼, 이 작가는 자신의 소설에 넣고 싶은 어떤 노래를 찾지 못했고, 그러니 지어내는 게 더 나았던 것이다. 듣지 못하니 아쉬우면서도 한편으로는 기대가 되었다. 누군가 소설을 감동적으로 읽은 사람이 주디 브릿지워터의 이름으로 작곡해서 올릴 수도 있겠구나. 그럼 나는 기꺼이 낚여서 즐겁게 들어야지 하고.

그 시기는 생각보다 빨리 와서 『나를 보내지 마』는 몇 년 뒤 영화로 만들어졌다. 세 친구인 키이라 나이틀리와 캐리 멀리건, 앤드류 가필드가 섬의 오두막에서 주디 브릿지워터의 테이프를 발견하고 카세트에 넣고 들어본다. 영화관에서 지켜보던 내 가슴이 두근거렸다. 어떻게 흘러나올까. 어떤 분위기로 작곡됐을까, 그 노래 「Never Let Me Go」는….

결과는 상상했던 선율과는 많이 달라서 실은 서운했지만, 그 또한 자연스러운 일이었다. 곡이 좋지 않아서가 아니라 독자 개개인이 머릿속에 그리던 미지의 노래보다 더 근사하게 등장하기란 어려운 일이다. 소설에 묘사된 댄서의 춤이나 미술 작품, 인물의 외모 같은 요소들도 영상화되는 순간 찬반 여론이 갈리는 대상이 된다.

베테랑 전문가들이 빚어낸다 해도 독자들이 상상해온 이미지와 결코 일치할 수 없고, 사실 그럴 필요도 없다. 그 또한 새로운 2차 창작자들의 고유 개성으로 인정해야 하고, 가상의 창작물을 실재하는 창작물로 변환하는 과정은 운명적으로 늘 그런 거니까.

그러니 어쩌면 듣지 않은 노래가 가장 아름답고, 아직 나오지 않은 미지의 작품이 가장 근사한 것인지도….

세상에 없는 사운드트랙

#

한 권의 소설을 다 읽고 책을 덮었다. 불을 끄고 누우니 별빛 대신 골목의 방범등 빛이 좁은 방 안에 스며든다. 잠은 오지 않고, 책 속에서 만난 노래의 제목이 귓가에 맴돈다. 너와 나의 2.2킬로미터. 폰을 집어 들고 유튜브를 열어 제목을 검색했다. 아마 없으리라 짐작은 했지만… 역시 작가가 지어낸 가상의 노래였을 뿐이다.

오랜만에 불러볼까 싶은 노래였는데. 소박한 이미지가 마음에 들었던 걸까. 멜로디를 듣진 못했으니 정확히는 소설의 주인공이 그걸 불렀을 때의 상황이 마음에 들었던 거겠지.

지금 나는 그 노래가 듣고 싶다. 가만히 따라 부른 뒤 하루치의 우울을 내려놓고 잠을 청할 만한, 세상에 없는 노래를. 스탠드를 켜고 벽에 기대놓은 기타를 잡는다. 그 장면을 찾아 다시 책을 펼친다. …163페이지.

#

메일 알림이 울린 건 자정을 넘긴 시각이었다. 언제부턴가 밤늦게 원고 작업을 하면 눈이 침침해져 모니터 글자가 흐려지곤 했다. 약간 서글픈 기분이 되어 고무줄로 바짝 올려 묶은 머리카락을 풀고 피곤한 눈두덩을 문질렀다. 노트북을 덮기 직전 날아온 메일. 작가님께-라는 제목을 보니 독자가 보낸 것 같은데 첨부파일이 있다. '아마도 이런 노래였을까요?' 하고 시작되는 짤막한 편지.

기찻길 옆 푸른 모래 마을 우리가 자랐던 곳

그래 남쪽 바닷가 달맞이고개

빌딩 숲 뒤로 낮은 지붕들이 남아 있는 곳

그래 인어 벽화 아래서 만나기로 해

내가 썼던 글임을 알아본다. 어떻게 부르는 것일까 생각하다 곡을 붙여봤다고 그는 써놓았다. 첨부된 동영상의 길이는

1분 34초. 평범한 갈색 기타와 아이보리색 티셔츠를 걸친 팔꿈치 정도만 보이지만 기타 줄을 뜯는 손등, 젊은 손이구나 생각한다.

달빛 언덕을 걷는 거야 너와 나의 2.2킬로미터
우릴 기다려준 모래성에 인사하기로 해

재생이 끝나자 한 번 더 클릭해 귀를 기울여본다. 잘은 모르겠다. 그 대목을 쓸 때 노래의 분위기는 상상했지만, 구체적인 멜로디나 리듬까지 생각하진 않았으니까. 모른 척할까 망설이다 답장을 쓰기로 한다.

바른대로 말하면 잘 모르겠습니다. 막연했던 상상보다는 멜로디가 쓸쓸하게 느껴져요. 그 모래 마을은 제가 자란 고향이었고, 그리우면서 좋은 추억도 많은 곳이었습니다.

#

답장이 날아올 줄 몰랐다. 독백 같은 메일이었는데. 나는 누웠던 몸을 일으켜 다시 기타를 잡는다. 멜로디가 서글프게 느껴졌던가. 플랫이 세 개, E♭이었는데.

음표 몇 개를 만지고 키를 A♭으로 바꿔본다. 어쩌면 이 작가는 그렇게 쓸쓸한 곡을 상상하지 않았을지도 모른다. 좀 더 부드럽고 다정한 진행으로 가볼까. $D\flat^{maj7}$과 $A\flat^{maj7}$ 코드를 반복해 짚어본다.

\#

두 번째 메일엔 아무 글도 없이 첨부파일만 있다. 잔잔하지만 주법은 더 가벼워진 연주를 듣는다. 그의 목소리는 나쁘지 않다. 코드를 잡는 긴 손가락. 손을 옮길 때마다 헐렁한 티셔츠 소매가 따라 움직인다. 나도 모르게 입가에 미소가 스치는 순간 그만 그에게 설득되기로 한다. 어쩌면 설득되고 싶었다는 게 정확한 표현일까. 한밤의 이 멜로디를 받아들이자고 생각한다.

> 곡을 음악적으로 평할 안목이 제겐 없어요. 그냥 당신이 붙인 멜로디가 마음에 듭니다. 아마 그런 노래였을 거라고 납득되는 편을 택하겠습니다. 처음 원고엔 실제 지명 그대로 청사포 마을이었다가 출간 전 푸른 모래 마을로 바꿨는데 그러길 잘했다 싶군요. 고맙습니다.

\#

물끄러미 바라보던 메일 창을 닫았다. 유튜브에 영상을 업

로드한 뒤 나는 노래 제목을 입력한다. 「너와 나의 2.2킬로미터」. 이제는 세상에 있는 사운드트랙.

누군가 같은 책을 읽고 나처럼 노래를 검색해볼 사람이 있을까? 계절이 여러 번 바뀔 때까지 여전히 조회수 제로일지도 모르지만, 아무려나 나는 잠자리에 들기로 한다. 이젠 그 노래를 더 궁금해하지 않아도 되니까. 이 밤, 무슨 일이 있었던가. 아무 일도 없었던 것 같다. 그러니 굿나잇. 푸른 모래마을도 안녕히.

새로운 해석 강박증

한때 열광하며 읽었던 전설적인 만화 아리요시 쿄코의 『백조』, 미우치 스즈에의 『유리가면』은 각각 발레와 연극을 소재로 공연예술계를 그린 작품이다. 이른바 '금수저'와 '흙수저'로, 태어날 때부터 모든 조건이 달랐던 두 주인공은 라이벌이 되어 공연마다 불꽃 튀는 대결을 벌이는데 으레 '작품을 해석하는 새로운 관점'이란 승부수를 활용했다.

이를테면 백조의 호수. 무용가 집안에서 태어나 든든한 후원을 받고 아역 때부터 명성이 높았던 발레리나가 프리마돈나인 오데트에 캐스팅된다. 반면 가난한 집안에서 태어나 보잘것없는 지방 무용단에서 춤을 배운 평범한 소녀는 악전고

투 발레의 세계에 입문해 흑조인 오딜에 캐스팅된다.

누가 봐도 스포트라이트는 오데트가 받을 것 같지만, 흑조를 연기하는 소녀는 공연 당일 무대에서 수많은 관객과 심사위원을 놀라게 한다. 사악하고 화려하기만 한 평면적인 오딜이 아니라, 그녀도 실은 왕자를 남몰래 사모하고 있었던 복잡한 심리의 흑조를 연기했기 때문이다. 마법사인 아버지의 명령 때문에 어쩔 수 없이 왕자를 유혹하지만, 그가 진정 사랑하는 사람은 자기가 아니라는 슬픔과 오데트에 대한 양심의 가책을 춤으로 승화시켜 새로운 흑조를 선보이는 것이다. 그때 만화 속 관객들은 한 줄기 땀을 흘리며 속삭인다. '아… 저런 흑조는 처음이야. 백조의 존재감을 압도하고 있어.'

태양 아래 새로운 것이 없다고 '클리셰'라는 말도 생겼지만, 그걸 뒤집어 신선한 충격을 주는 새로운 해석이란 과연 무엇일까. 창의성이 필요하다는 생각이 들 때마다 떠오르는 장면이 있다. 열세 살 무렵이었나. 텔레비전을 보는데 똘똘한 중학생 소녀 셋과 어느 화가가 출연해 상상력과 창의성에 대해 이야기를 나눴던 적이 있다. 화가는 도화지에 매직으로 슥슥 그림을 그리고 무엇이 연상되느냐고 물었다.

애교 넘치던 첫 번째 소녀가 '전 촛불을 참 좋아하거든요? 촛불이 생각나요.' 하고 생긋 웃었다. 좀 무뚝뚝하던 두 번째 소녀는 '펜촉이 생각납니다.' 했다. 수줍음 많아 보이던 세 번째 소녀는 당황하며 '어… 저도 촛불이 생각나요.' 했다. 화백은 다시 그림을 그렸다.

애교 소녀는 동해 바다에 둥실 해가 떠오르는 모습이라 했고 무뚝뚝 소녀는 담 너머 보이는 대머리 아저씨라 했는데, 수줍은 소녀는 또 당황하며 자기도 바다에 해가 떠오르는 모습 같다고 했다. 나도 모르게 텔레비전 앞에서 소리쳤다. 말하는 순서를 바꿔줘야지! 계속 시계 방향으로만 돌고 있으니 수줍음 많은 소녀가 자꾸 창의적이지 못한 사람으로 비치지 않나 말야. 거꾸로 돌았으면 그 아이도 떠오른 것을 제일 먼저 말할 수 있었을 텐데.

이듬해 중학생이 되자 당시로선 드물게도 어깨까지 머리를 기른 남자 미술 선생님이 수업에 들어왔다. 그는 첫 시간에 사과 한 알을 교탁에 올려놓고 그리라고 했다. 아이들은 사과를 그렸고 줄줄이 스케치북을 들고 앞으로 나가서는 전원 '빵점'을 받았다.

"어째서 너희들은 눈에 보이는 대로만 그리는 것이냐."

의도적으로 모두에게 0점을 매겨 충격효과를 준 뒤 그는 보이지 않는 것을 그려내는 상상력에 대해 열정적으로 말했다. 두 번째 수업 때도 사과를 그렸는데 참으로 가관이었다. 아이들은 대체 사과를 어떻게 비틀어야 할지 몸살을 했고 덕분에 도화지마다 먹다 남긴 사과, 씨앗에서 뭐가 자라는 사과, 사과의 단면, 사과 꼭지의 확대, 위장 속에서 녹고 있는 사과까지 등장했다. 한 학기 동안 온갖 정물을 그렸지만 우리는 특별하게 창의적으로 그려내야 한다는 강박이 있었다.

여름방학이 지나 2학기 첫 미술 시간. 선생님은 각자 볼펜을 그리라고 했다. 아이들은 다시 볼펜을 해체하고, 모나미 153 글자 부분만 확대하고, 검은 잉크를 얼룩처럼 그리거나 스프링을 연속으로 도안하는 등 머리를 굴렸는데, 발표할 무렵 한 아이가 덜렁 아무 짓도 안 한 그냥 볼펜 한 자루를 그려서 들고 나왔다. 다들 깜짝 놀랐다. 저 애가 제정신인가, 달변에다 바늘같이 신랄한 혀끝을 가진 미술 선생님한테 무슨 말을 들으려고.

그 아이는 스케치북을 가슴께에 들고 점수 따위엔 초연하다는 듯이 덤덤하게 말했다.

"저는 그냥 보이는 대로의 볼펜을 그렸습니다. 이런 모습도 볼펜이니까요."

그는 매직을 들고 다가가더니 스케치북에 보란 듯이 100점을 써 넣었다. 순간 학급에 휘몰아친 광풍! 그동안 창의적인 생각을 쥐어짜느라 괴로웠던 아이들의 분노가 해일처럼 일어났다. 저런 생각은 나도 했다, 실천하지 않았을 뿐이다, 말이 다르지 않느냐, 이렇게 그리라고 했지 않느냐, 너무한다, 나도 100점 달라! 1학기 첫 수업의 실물 사과와 2학기 첫 수업의 실물 볼펜이 본질적으로 어떻게 다른가를 강의하려던 미술 선생님의 목소리는 파묻히고 말았다.

그 후로 모두의 스케치북은 많이들 평온해졌다. 구상을 그리든 추상을 그리든 자기 마음대로. 새로운 해석을 해야 한다는 강박증이 비로소 사라진 셈이다.

소설을 쓰면서 친숙한 기존 문법에 새로운 요소를 어떻게 더해야 할까 하는 강박은 내게도 자주 찾아온다. 참 신기한 것이 책과 영화에 대한 사람들의 리뷰를 가만히 들여다볼 때다. 똑같이 친숙하고 낯익은 설정의 두 작품을 보고, 한 작품은 짐작 가는 내용이지만 그래서 더 편안하고 즐겁게 보았다는 리뷰가 달리고, 다른 한 작품은 결말까지 너무 뻔해서 지루했다고 한다. 파격적이고 기발한 설정의 두 작품을 보고, 하나는 독창적이고 예측할 수 없어 손에 땀을 쥐었다고 하고, 다른 하나는 도대체 무슨 소리인지 감독 본인만 아는 것 같다고 투덜대는 리뷰가 달린다.

그러니 구상이냐 추상이냐, 친숙한 클리셰냐 독창성이냐는 어쩌면 진짜 본질은 아니지 않을까 생각해본다. 어떤 방식이든 잘 풀어나가서 하고 싶은 이야기가 가 닿았다면 기쁜 일이고, 그렇지 않았다면 반대일 뿐. 진심을 담아 최선을 다하면 되는 것이다. 스타일은 그다음에.

마스크 클리셰

태양의 서커스 공연을 보러 갔더니 티켓부스 천막에서 화려한 마스크 전시를 하고 있었다. 유럽 가면무도회를 연상시키는 연극적인 마스크들이 공작 깃털과 인조 보석, 그로테스크한 장식품을 달고 조명 아래 줄지은 풍경. 한참 홀린 듯 바라보니 아름다우면서도 섬찟하다.

정교하게 만든 가면들은 대부분 무표정하고 눈구멍이 비어 있는데도, '시선'이 마주치면 마치 그 속에 눈동자가 있는 것처럼 느껴지곤 한다. 그리고 이런 마스크를 볼 때마다 내겐 어떤 이야기가 기억을 헤집고 떠오른다. 『악마의 신부』라는 제목으로 처음 만났던, 그림체는 아름답지만 내용은 호러

스타일이던 만화였는데 이런 에피소드가 있었다.

친구들에게 따돌림을 당하는 흉터투성이 못생긴 소녀가 숲 근처를 지나다 우연히 신비한 저택의 정원에 들어선다. 꽃이 가득한 온실, 고풍스러운 창문. 그 정원에 눈부시게 아름다운 소년이 가위로 장미를 다듬고 있다. 놀라서 풀숲에 숨어버린 소녀에게 소년은 '왜 숨는 거야? 너처럼 예쁜 사람은 처음 봐'라며 웃는다. 자기를 놀린다고 화를 내던 소녀는 점차 소년이 진심이란 걸 알게 되고, 매일 정원에서 만나 행복한 나날을 보낸다.

소녀는 자신감을 얻어 학교에서 소년의 존재를 자랑하고, 의심하는 친구들을 저택으로 데려가 증명하기로 약속한다. 그들을 데려와도 될까 물으니 소년은 선하게 웃으며 '응, 태어나서 사람은 할머니와 너만 봤는데, 친구들이 온다니 기뻐.' 하고 말한다. 그가 지금까지 쪼글쪼글 늙은 할머니와 은둔하며 살아왔다는 걸 뒤늦게 깨달은 소녀. 또래 여자아이들보다 자기 외모가 흉측하다는 걸 깨닫는다면 그의 마음이 변할 거라고 두려워하다 그만 가위로 소년의 눈을 찔러버린다. 그리고 이렇게 마음이 어둡게 작동하도록 귓가에 속삭이며 가스라이팅 하는 존재가 악마 '데이모스'라는 설정.

어릴 때 해적판으로 만났던 것을 나중에 찾아보니 스토리 작가 이케다 에츠코, 그림작가 아시베 유호가 공동작업한 작품이었다. 이제는 『베르사이유의 장미』 같은 추억의 만화로, 몇십 년째 완결이 나지 않아 고전만화 팬들의 원성 속에 전설이 되어가고 있다.

장미정원의 소년이 마스크를 쓰고 있었던 것도 아니건만 아름답고 그로테스크한 가면을 볼 때마다 그 장면이 떠오르는 건, 그런 이야기들을 내가 '마스크 클리셰'라고 느끼기 때문이다. 사랑하는 사람 앞에 스스로를 있는 그대로 보이지 못하는, 오페라의 유령처럼 자존감을 갖지 못하는 이들의 처연하고 비뚤어진 집착. 그래서 자신과 상대방을 비극으로 몰고 가는 구겨진 사랑이 못내 답답하면서도, 그 가엾음에 애정이 가는 걸까. 또 하나 좋아하는 마스크 클리셰는 2007년작 네덜란드 영화 「블라인드」이다.

호화로운 저택의 청년이 사고로 시력을 잃고 틀어박히면서 점점 난폭해진다. 돌보는 이들에게 난동을 부려 쫓아내는 일이 반복되자, 어머니는 서정적인 책을 읽어줄 조용한 여자를 고용한다. 선천적으로 색소가 부족한 알비노로 태어나 온몸이 창백하고 머리카락도 백발인 마리였다. 청년이 난동을 부려도, 어릴 때부터 괴물이라 학대받으며 흉터투성이로 자라온 마리는 지지 않고 그를 제압한다.

그는 점차 그녀에게 호기심을 느끼고, 책 읽는 목소리에 차분히 귀 기울이다 어느새 사랑하게 된다. 그녀의 머리카락은 붉은색, 눈동자는 초록일 거라고 말하면서. 마리도 그를 사랑하지만, 그가 도시에서 수술받아 시력을 되찾자 그의 앞에서 멀리 도망친다. 돌아와달라고 애원해도 마리는 상처투성이 얼굴을 끝까지 보이지 않고, 청년은 차가운 겨울 아침 마지막 방법을 택한다. 날카로운 고드름 두 개를 거꾸로 세워 정확히 두 눈동자를 찌르도록, 얼굴을 푹.

온통 하얀 겨울이 배경이라 「블라인드」 영화 자체가 하나의 알비노처럼 느껴졌다. 청년은 사랑을 얻기 위해 차라리 시력을 다시 잃는 편을 택했지만, 그렇다고 마리가 돌아왔을까? 마스크 없이 나설 수 없는 사람은 아무리 진심을 보내도 수신하지 않는다.

이 영화의 이미지가 깊이 남은 건 스토리에 더해 마리가 내내 입고 다녔던 망토 때문이었다. 어두운 회색빛 긴 망토에 커다란 후드를 머리에 뒤집어쓴 채 삭정이 같은 나무들 사이 눈길을 걸어 마리는 저택을 오간다. 은신하는 수도사처럼, 온몸을 감싸는 후드 망토는 비밀스런 분위기 때문에 가면의 연장선처럼 느껴진다. 자신의 표정까지 감추는 의상이지만, 동시에 그 안에 숨어 타인을 관찰하기에도 유용한 의상. 늘 남의 시선에 신경 쓰는 이들의 실루엣 같기도 하다.

고독해 보이는 가면을 볼 때마다 그 아픈 사랑 이야기들이 생각난다. 눈동자 없는 마스크의 운명처럼 그들은 사랑하는 이의 눈을 잃게 만들었지… 하고.

가끔 긴 후드 망토를 검색해 들여다보곤 한다. 주로 해외 의상 사이트에 올라와 있는데 몇 년째 구경만 하고 있다. 라이너스의 담요처럼 푹 뒤집어쓸 수 있는 후드 망토를 꼭 하나 갖고 싶은 게 로망이긴 하다. 무슨 코스프레를 할 것도 아니니 거리에 입고 다닐 수야 없겠지만, 달밤에 혼자 다락방에 올라가 살짝 입어나 보고 싶다.

오해하고 싶어요

제주 천지연폭포 숲길에서 '먼나무'라는 나무를 보았다. 날이 습해 거무스름한 굵은 둥치에 하얀 버섯들이 꽃처럼 피어났는데, 이름 적힌 작은 팻말이 가지에 걸려 있었다. 나무 이름이 뭐 이렇게 멋진가, 멀고 먼 나무라니. 어원을 찾아볼까 말까 망설인 건 혹시 그런 의미가 아니라면 은근히 서운할 것 같아서였다. 멀고 먼 남쪽 섬 나무라서 '먼나무'라 불린다고 믿고 싶었지만 검색해보니 제주 방언으로 '먹나무'. 그러니까 검은 나무가 구전되면서 먼나무로 변했음을 깨닫고 짧고 아름다웠던 착각은 끝이 났다.

처음 듣고서 의미를 잘못 이해했던 낱말 가운데 '비설거지'도 있다. 빗물로 설거지를 하듯 마당에 널어놓은 빨래나 잡동사니들이 비에 한바탕 젖는 걸 말하는 줄 알았는데, 알고 보니 비가 오기 전 밖에 놔둔 것들을 후다닥 거둬들이는 일을 뜻한다고. 이렇게 예상을 비껴가는 답은 신선하면서도 당황스러워서, 멕시코 민요 「라 쿠카라차」 후렴구 뜻을 알았을 때는 꽤 놀라기도 했다.

라 쿠카라차, 라 쿠카라차 아름다운 그 얼굴
라 쿠카라차, 라 쿠카라차 그립다 그 얼굴

쿠카라차는 바퀴벌레. 스페인 식민지였을 때 멕시코 농민들이 스스로를 비참하고 질긴 바퀴벌레에 비유해 불렀던 저항가였는데, 진짜 노랫말은 이렇다고 한다.

바퀴벌레, 바퀴벌레, 더는 기어갈 수 없네
여행도 못 간다네, 한 푼도 없으니까

그러고 보니 언젠가는 동요 「산바람 강바람」에 대한 지적도 들은 기억이 난다.

산 위에서 부는 바람 서늘한 바람

여름에 나무꾼이 나무를 할 때
이마에 흐른 땀을 씻어준대요

여름날 산에서 나무하는 나무꾼에게 서늘한 바람이 불어온다는 청량한 노랫말이 잘못되었다는 거다. 산악 지역 바람의 방향은 낮에는 골짜기에서 곡풍이 불고 밤에는 산풍이 불기 때문에, 올바른 노랫말이 되려면 '산 아래서 부는 바람'이거나 나무꾼이 밤에 나무를 해야 한다고.

또 다른 노래를 찾아볼까?

개굴개굴 개구리 노래를 한다
아들 손자 며느리 다 모여서

개구리는 울음주머니를 가진 수컷만 우니까, 며느리가 노래한다는 표현이 아이들에게 잘못된 생물 상식을 줄 수 있다고 설명하는 전공자를 본 적도 있다. 그럴 땐 솔직히 '아, 며느리 개구리가 울 수도 있지!' 대꾸하고 싶기도 한데, 사실과 물리적 법칙을 따지기 시작하면 그저 좋은 것들을 좋게 느끼는 문과형 사람들은 피곤해진다. 하지만 이과형 사람들도 항변할 말은 있으니 영화나 드라마에서 물리법칙에 어긋나는 장면을 볼 때마다 집중력이 확 떨어지는 걸 어떡하냐고.

그래서인지 옥에 티도 매의 눈으로 집어낸다. 어느 조선시대 사극에서 예쁜 한복을 입은 주인공이 흰 개망초 꽃밭을 달려가는데, 그 시절 개망초가 우리나라에 들어오지 않았기에 감정이입이 안 됐다는 리뷰를 읽은 적도 있으니 말이다. 이런 지적을 받으면 제작진은 '참, 그냥 좋게 봐주시지' 싶어도, 고증이 엄격할수록 좋은 작품도 나오는 거니까 받아들일 수밖에 없다.

하지만 그럼에도 불구하고, 막상 백지에 뱀을 그려놓고 보니 너무너무 뱀 다리를 그려주고 싶을 때는 어쩌면 좋을까. 사족임을 알지만 뭔가 여백이 서운하고, 다리만 그려 넣으면 뱀이 승천이라도 할 것 같다면?

그래서 느긋한 사람들은 차라리 '이발소 그림'이 가지는 정서를 편안하게 느끼는지도 모르겠다. 뱀 다리든 물고기 뿔이든 마음에 드는 건 다 그려 넣은 민화적인 세계. 계곡물은 아래로 흐르는데 물레방아는 엉뚱한 방향으로 돌아도 상관없는 풍경화처럼, 좋아하는 대상이 푸근하게 들어간 평화로움이라 할까. 애정이 앞서서 실수하는 그 오류를 모른 척하고 싶을 때가 있다.

생각해보면 내가 가장 오해하고 싶은 건, 역시 맞춤법엔 어긋나지만 몹시 쓰고 싶은 어휘들이다. '잊힌 것들'보다는 '잊혀진 것들'로 쓰고 싶을 때, '풀숲'보다는 '풀섶'에 맺힌 이슬로 표현하고 싶을 때, 후자들이 비표준어라 책에 싣지 못하면 좀 서운해진다.

예전에는 이쁘다, 푸르르다, 잎새, 마실 같은 낱말이 비표준어여서 문장에 쓰고 싶으면 편집부 양해를 구하곤 했는데, 몇 해 전 맞춤법 개정으로 공동 표준어가 되어 진심으로 기뻤다. 예쁘다, 푸르다, 잎사귀, 나들이도 사랑스럽지만 때로는 다르게 말하고 싶기도 하니까. '푸르른 잎새처럼 모두가 이쁘다'라고 써도 교정되지 않고 책에 실릴 수 있으니 소소한 행복이다.

살짝 고백하자면, 요즘 내가 표준어가 되길 기다리는 낱말은 '풀섶'이다. 몇 년인지도 모르게 오래 기다려왔다. '풀섶과 풀숲이 어떻게 다른가요?' 묻는다면 똑 부러지게 대답할 자신은 없다. 다만 풀숲이 풀이 무리 지은 덤불처럼 느껴진다면, 풀섶은 풀과 풀 사이 겹쳐진 그늘 같은 공간이 느껴진다고 작은 목소리로 말하고 싶다. 비록 빗나간 해석일지 모르지만… 가끔은 정말 오해하고 싶어요.

디킨시언Dickensian의 집

#

오랫동안 보관해온 사물들이 많다. 물건을 오래 쓰기도 하고, 별것 아닌 잡동사니도 기념과 추억이란 생각에 잘 버리지 못한다. 새것보다는 좀 낡은 사물들 사이에 있을 때가 편안하고, 적당히 어질러진 방이 좋다. 너무 환하게 넓고 여백이 많은 공간에서는 약간 초조해진다. 낮은 천장에 그리 밝지 않은 조명, 살풋 먼지가 내려앉은 공간에서 안정을 느끼는 걸 보면 나도 다락방 인간이구나 싶다.

하지만 집은 가족과 사는 공간이니 매너를 지키기 위해서라도 한 번씩 대청소를 한다. 최소한의 정리정돈은 하자는 의무감인데, 지난봄 청소 때는 22년 동안 겨울마다 입었던 카키색 점퍼를 마침내 버렸다. 타인과 만나는 자리에선 새것을 입지만 혼자 있을 땐 그 낡은 점퍼를 입는 게 마음이 편했다. 닳아버린 소매 끝에 헝겊을 덧댄 지 몇 년, 더 이상은 안 되겠다 싶어 버리기 전에 사진을 찍었다. 미니멀리즘 전문가들이 애착 물건과 이별하기 힘들면 사진을 찍어보라던 말이 떠올라서였다. 추억 한 장은 남겼다 싶었는지 스무 번 넘는 겨울을 함께한 점퍼와 헤어지는 일이 조금은 가벼웠다. 그러고 나니까 애착이 덜했던 다른 사물들은 더 쉽게 내보낼 수 있었다.

하지만 그런 과정조차 도저히 안 되는 사람들이 있다. 소유한 사물을 향한 지나친 애착 때문에 죽어도 아무것도 버리지 못하는 호더증후군에 시달리는 이들. 다 쓸 데가 있을 것만 같아 끝없이 쌓아둔 짐더미들은 일상을 잠식하고, 집은 복잡한 미궁으로 변한다. 증상이 병적으로 깊어지면 쓰레기까지 수집하니 위생도 불결해져 주위에 폐를 끼친다. 결국 공공기관 인력이 나와 강제로 대청소를 해주어야 해결된다.

호더증후군 관련 다큐를 종종 찾아보는 건, 그걸 앓고 있는 이들에게 느끼는 안타까움 때문이다. 수집 강박이 심각한 우울증과 함께하는 걸 어렴풋이 아는 탓에. 만약 천국이 있고 저마다 평소 꿈꾸던 곳으로 가는 거라면, 잡동사니가 산더미처럼 쌓여 있으나 죄책감과 우울은 아무 데도 없는, 누구도 비난하고 손가락질하지 않는 동산이 그들의 천국이 아닐까. 주위 사람들에게 사실상 혐오를 얻는 증후군을 가진 이들이지만, 한마디 변호할 수 있다면 '버릴 수 없는 그 마음'을 모르지는 않는다고. 말도 안 되는 소리겠지만 나는 그들을 마음속으로 '디킨시언'이라 부른다.

#

호더증후군에 관한 책을 읽다가 '문학에 나타난 저장 강박'의 예로 찰스 디킨스가 등장해 풋 웃어버린 날이 있다. 몹시 공감해서였다. 디킨스 소설엔 유난히 인물과 사물이 많다. 묘사는 치밀하게 섬세하고, 소설 『오래된 골동품 상점』은 아예 수많은 골동품을 쌓아놓고 묘사한다. 그의 소설을 펼쳐놓고 멀리서 색감을 본다면 페이지 밖으로 마호가니 색이 흘러나올 것 같다. 중후한 호두빛깔 사물로 빽빽하게 채워진 시대극 실내세트장처럼 느껴진다.

그의 작품에는 광적인 수집과 저장 강박에 사로잡힌 인물들이 등장하고, 크리스마스트리에 매달린 장식품을 하나하나 가리키며 거기에 얽힌 이야기를 지어내는 노인이 있다. 디킨스 역시 생전에 저장 강박이 있었을 거라고 그의 연구자들은 추측한다. 잡동사니를 쌓아 안전한 은신처를 만들려는 본능에다, 남들에겐 버려야 할 폐품이라도 내겐 소중한 보물일 때 그 사물들이 획득하는 스토리, 서사의 상징은 말로 다 못할 영감의 덩어리로 보일 수밖에 없다.

그래서 몇 해 전 방영된 영국 BBC 드라마 「디킨시언」을 우연히 찾아보고 퍽 즐거웠다. 디킨스 소설 등장인물들을 한 드라마 속 캐릭터로 죄다 캐스팅한 괴짜 같은 발상의 시리즈였는데, 예를 들면 「크리스마스 캐럴」 스크루지, 『위대한 유산』 미스 해비셤, 『올리버 트위스트』 페이긴과 낸시, 『오래된 골동품 상점』 할아버지와 손녀 넬, 『황폐한 집』 버킷 경감 등 여러 작품에서 발탁된 인물들이 하나의 드라마에 갈라쇼처럼 모인 것이다. 그런 인물들이 수십 명이나 된다. 그들은 기존 캐릭터 특징을 유지한 채 서로 주민이 되어 인사 나누고 사건을 일으키고 교류하며 생활한다. 말 그대로 디킨시언Dickensian '디킨스의 사람들'이다.

뭐랄까, 이 드라마는 그 자체로 무슨 호더증후군 같았다. 캐릭터가 너무 많아서 산만했고 작품들의 배경이었던 골동품 가게와 런던 뒷골목, 대저택, 양조장과 옷가게들이 드라마에 뒤섞여 있으니 사뭇 미로를 헤매는 느낌이었다고 할까. 진짜 디킨스 '덕후'가 만든 궁극의 드라마구나 싶어서 보는 동안 황당하면서도 짜릿했다. BBC 시대극 가운데 비록 시청률은 그리 높지 않았지만, 뒤죽박죽 퍼즐 같던 마호가니빛 이야기 속에서 묘하게 안정감을 느낀 건 사실이다. 적어도 그 순간만큼은.

어지럽고 위험하고 지나치게 뭐가 많아도 그들에겐 하나도 버릴 수 없는 소중한 잡동사니. 위축된 아웃사이더로 사물들의 무덤에서 살아가는 것이 호더들이 택한 인생이지만, 언젠가 증상이 나아져서 건강한 몸과 마음으로 생활할 날이 오기를 바라본다. 그날이 올 때까지는 덜 비난받고 덜 손가락질받기를. 아무도 믿어주지 않겠지만 당신들은 디킨시언이니까, 속삭이고 싶다.

이 낱말을 넣어주세요

코엑스에서 열린 서울국제도서전에서 흥미로운 코너를 만났다. 전시관 귀퉁이 타로카드 천막 같은 부스가 나란히 놓였는데, 그 안에 소설가들이 한 명씩 앉아 있었다.

당신의 이야기를 써드립니다.

안내판 문구에 호기심이 생긴 손님은 약간의 금액을 내고 부스에 들어가 소설가와 십 분쯤 대화를 나눈다. 그리고 밖에 나와서 기다리는 동안 소설가는 그 사람을 주인공으로 짧은 소설을 써서 종이 한 장에 프린트해 건네준다. 잠깐 나눈 대화로 한 사람을 깊이 파악할 수야 없겠지만, 서로가 도서 축제를 즐기는 가벼운 이벤트라 생각하면 기꺼이 부스에 들어가 함께 이야기 나누고 나에 관한 어떤 소설을 받아도 좋으리라.

미국 작가 댄 헐리의 에세이집 『60초 소설가』는 이런 소재의 실제 이야기를 담은 기록이다. 시카고 변호사협회에서 일하던 댄은 소설가가 꿈이었는데, 일상에 쫓겨 영영 글을 못 쓰겠다는 생각이 들자 무작정 의자와 타자기를 들고 거리로 나간다. 행인들이 오가는 교차로 한쪽에 앉아 무릎에 타자기를 올려놓고 '60초 소설the 60-second novel'이라 적힌 작은 간판을 세운다. 누구든 자기 이야기를 들려주면 그걸 소재로 딱 일 분간 빠르게 소설을 써주겠다는 시도였다.

행인들의 첫 반응은 무심했다. 거들떠보지 않았고 더러 부랑자로 여겨 짤랑 동전을 던지기도 했지만, 며칠 만에 어느 노부부가 다가와 1달러를 내고 그들이 시카고로 여행 오게 된 이야기를 들려준다. 댄은 열심히 타자기를 두드려 노부부의 짧은 도시 여행기가 담긴 미니 소설을 건넨다. 첫 손님을 위한 소설이 태어난 것이다. 그 후 교차로 소설가는 입소문을 타 차츰 손님들이 많아졌고, 댄은 20년 동안 미국을 돌며 2만 명이 넘는 사람들에게 60초 소설을 써주었다. 엉뚱하면서도 사랑스러운 사연이라 그의 회고록을 읽는 동안 영화 한

편을 보는 듯했다.

무대가 없으면 밖으로 나가 작은 무대를 만들고 대중과 소통하는 이들이 있다. 거리의 화가들과 시인들, 가수와 연주자, 래퍼와 춤꾼들. 누가 그들에게 권위와 자격을 부여하든 말든 스스로 용기를 내어 다가가는 이들이다.

나는 대학로와 홍대 근처에서 약속이 생기면 미리 넉넉하게 도착해 거리 공연이나 전시 작품을 한참 구경하곤 한다. 글 쓰고 그림 그리고 춤추고 노래하는 일에 면허증 같은 라이선스는 필요하지 않기에, 그들이 누구인지 어떤 경력이 있는지는 중요하지 않다. 내 눈에 비친 작품과 창작자가 아름다우면 정말 아름답다 느끼고 즐거워할 뿐.

책 한 권을 낼 때마다, 다음 작품은 더 좋은 소설을 쓰고 싶다고 생각한다. 명작까지는 아니더라도 가능한 한 오래 사랑받을 가치 있는 작품을 쓰고 싶다고. 하지만 마음대로 이루어지는 것도 아니니까 쓰는 동안 스트레스는 있기 마련이다. 그럴 땐 멍하니 은퇴 후를 상상해본다. 글쓰기에서 한 발자국 멀어지면 오히려 글이 주는 기쁨을 더 누릴 수 있지 않을까 하고.

언젠가 지쳤구나 싶을 때 은퇴를 하고, 가진 것을 팔아 작은 트럭을 장만해 바닷가 마을로 가는 모습을 그려본다. '나뭇잎 소설 라이팅 트럭'이라 쓴 간판이 달려 있을지도 모른다. 찾아오는 손님들에게 반갑게 커피도 따라주고, 주문받은 짧은 이야기를 써서 종이를 돌돌 말아 리본으로 묶어 건네고 싶다. 답례는 조그만 라탄 바구니에 넣으면 된다.

어쩌면 나는 그들에게 '제시어'를 달라고 청할지도 모른다. 영화 「비포 선라이즈」의 연인들이 마주쳤던 비엔나 강가의 시인처럼. 후줄근한 행색의 시인은 밤거리를 걷는 제시와 셀린에게 어떤 낱말을 제시해주면 그걸로 시를 지어보겠노라고 한다. 셀린이 충동적으로 건넨 낱말은 '밀크셰이크'. 잠시 후 그가 건넨 시 속에는 이런 구절이 들어 있다.

Daydream delusion

Oh, baby with your pretty face

See what you mean to me

Sweet cakes and milkshakes…

유원지 솜사탕처럼 즉석에서 태어나는 짧은 글은 명작은 아닐지 모르나 무해하리라. 오래 남지 못해도 사라지면 사라지는 대로. 그러니 나도 쓸쓸한 이야기일수록 나뭇잎에다 쓰고 싶다.

내 속에 타래로 헝클어진 말들이 제대로 풀려나오지 않을 때. 냇물에 꽃잎 띄우고 한참 앉아 바라보고 싶을 때. 밥 대신 달콤한 케이크를 먹고 싶을 때. 그럴 땐 '제시어를 주세요'라고 청하고 싶다. 어제 처음 기차에서 만난 젊은 연인을 위해 하룻밤 소비될 어여쁜 잡문을 지을 테니. 밀크셰이크가 들어간 가난한 즉흥시처럼. '이 낱말을 넣어주세요' 하고 말해주기를.

바닷가 라이팅 트럭

#

삼행시 짓기 좋아하시나요? 음, 뭐가 좋을까… 울타리? 네, 울타리로 운을 던져주세요.

울_ 울새가 어떤 새인지 나는 몰랐어요.

타_ 타국에서 공부할 때 울새를 로빈robin이라 부른다는 걸 알았죠.

리_ 리본 같은 느낌이라 생각했어요. 나뭇가지에 걸린 작은 리본 같은 새.

왜 피식 웃나요, 시시한가요? 하긴 저도 웃음이 나오네요. 울새 이야기를 하려던 건 아니에요. 3년 전 여름, 한동안 쉬고 싶어서 귀국한 적이 있었거든요. 오랜만에 친구들을 만나 이 바닷가로 놀러왔었지요. 그새 해안가가 꽤 변했네요. 카페도 많이 생기고, 관광지가 된 느낌. 네, 오늘은 혼자 왔어요. 실은 물어보고 싶은 게 있어서요. 저 기억 안 나시죠? 그렇다면, 이 종이는요?

#

초저녁부터 스툴에 걸터앉아 혼자 맥주를 마시던 손님이 불쑥 종이 한 장을 내밀었다. A4 사이즈 미색 용지에 4벌식 구형 타이프라이터 활자가 찍혀 있다. 적당히 취한 이 손님의 얼굴은 기억나지 않지만, 바에 놓인 미색 종이를 기억하지 못할 리 없다. 한 귀퉁이 조그맣게 '바닷가 라이팅 트럭' 인장이 인쇄된, 3년 전 여름 한철 내가 저지른 바보 같은 일의 흔적이다.

"기억 안 난다고 대답하고 싶네요."

나는 옅은 한숨을 쉬고 덤덤하게 말한다. 손님은 픽 웃더니 손끝으로 종이를 밀어 좀 더 가까이 보낸다.

"여기 적힌 글은요?"

접시 물기를 닦던 마른 헝겊을 내려놓고 나는 별수 없이 고개를 기울여 낯익은 타이프라이터 활자를 읽었다.

"글은 기억이 안 납니다."

"정말요?"

"네. 종이는 알아보지만, 그때 쓴 글을 다 기억하진 못해요."

이쯤에서 질문을 멈춰주면 좋겠는데. 그해 여름 내가 하고 다닌 꼴이 새삼 떠올라 건조하게 대꾸한다. 어쩐지 몇 시간째 불편한 스툴에 앉아 느릿느릿 맥주 몇 잔과 칵테일 한 잔을 비우고 있더라니. 언제 저 바텐더의 허를 찔러볼까 생각하고 있었던 거지.

"그때 그 메뉴판은 없어졌나요?"

아, 메뉴판. 대화를 멈출 생각이 없군. 나는 등을 돌린 채 문 닫을 시간이 다가온다는 걸 넌지시 티 낸다. 줄지은 술병과 유리잔을 정리하며. 오늘따라 손님도 일찍 끊겨 바에 앉은 사람은 그녀 하나뿐, 바텐더에게 말을 걸어줄 다른 이도 없다.

"제가 고른 메뉴는 21번이었어요. 왜냐하면, 그때 살던 집이 21번가에 있었거든요. 정말 비좁고 방음도 엉망인 아파트먼트였는데."

"그런가요."

무뚝뚝하게 굴면 포기할까 싶었는데. 아니었다. 작정하고 찾아온 것처럼 그녀는 아무렇지 않게 웃었다.

"느낌이 많이 달라지셨네요? 바닷가 트럭 주인일 때는 쾌활하셨는데. 손님들한테 삼행시도 타이핑해주고. 우린 핫도그를 먹으러 갔다가 서른 개 메뉴 중에 하나를 선택하라는 안내판을 봤죠. 그건 음식 이름이 아니라고 했어요. 내가 고른 21번 낱말은…."

"그러니까, 하고 싶은 이야기가 뭡니까."

나는 방어하기를 그만두고 돌아서서 그녀를 응시했다. 이건 무슨 복수 같은 건가? 함부로 아무렇게나 글을 낭비하던 그 무렵, 사실은 나 자신이 싫어서 하루하루 하찮은 쪽글로 소비했던 날들에.

"하고 싶은 말은요. 이 글을 받고 나서 계속 생각이 났다는 거예요."

어느새 그녀는 의자에 바른 자세로 앉아 내 눈길을 마주 보고 있다. 꽤 취한 줄 알았는데. 생각을 읽기라도 한 걸까.

"하나도 안 취했어요. 실은 술이 세거든요. 하지만 이 말을 꺼내려면 뭐, 조금 취한 척하는 게 나았겠죠?"

말문이 막힌 채 물끄러미 바라보다 나는 툭 묻는다.

"대체 누굽니까, 당신은."

"아마도… 이 글 때문에 애인과 헤어진 사람?"

이런. 역시 이건 인생이 내게 주는 부메랑이다. 피식 씁쓸한 실소를 새어 나오게 하는.

"그 말을 믿으라는 겁니까? 그리고 난 21번 메뉴가 생각 안 나요."

"다 똑같았잖아요."

내 속에서 무엇인가 쿵 소리를 낸다. 그녀는 미안하다는 듯이, 하지만 분명 놀리고 싶은 눈빛으로 웃는다.

"1번부터 30번까지 다 똑같은 메뉴였잖아요. 타이프라이터를 치고 있을 때 슬쩍 메뉴판을 넘겨봤거든요. 몽땅 다 '실연'이던."

금빛 맥주가 반쯤 남은 술잔을 나는 그만 거둬들인다.

"이제 나가주세요, 손님. 문을 닫아야겠으니까."

"네, 그럴게요. 하지만 나도 약간은 억울했으니까요. 21번가로 돌아가서도 자꾸 생각나서. '그 사람은 분명 실연을 한 거야. 그래서 바닷가에서 그런 글을 쓰고 있는 거야.' 나도 모르게 애인한테 계속 이야기했던 거죠. 그게 내가 실연당한 이유예요."

둘 사이 잠시 침묵이 흐른다. 여름날 내가 던진 부메랑은 어디로 날아갔다가 잊어갈 때쯤 돌아온 걸까. 그녀는 어쩐지 후련한 한숨과 함께 일어나 곁에 둔 겉옷을 입고 가방을 들었다. 그러고는 바다를 향해 조약돌을 던지듯 싱긋 웃으며 말했다.

"그 사람 이름은 로빈이었어요. 나는 그 이름을 잊어버릴 거니까 이제 당신이 기억하세요. 참, 여기 또 와도 되겠죠?"

"오지 말라면 안 올 겁니까?"

반쯤 포기한 투로 쓴웃음 짓는 내게 그녀는 유쾌한 쐐기를 박는다.

"그러게요, 실은 이 도시로 전근 왔으니까요. 당분간 잘 부탁합니다."

추억이 없는 따뜻한 곳이라니. 살아온 날만큼 누적된 수많은 기억을 뒤로하고, 아무 추억도 없는 낯선 곳이란 얼마나 새롭고 무해한 장소일까. 나에 관한 어떤 일도 일어나지 않았기에 아무렇지 않을 수 있는 어딘가에 대해서.

4장

추억이 없는 따뜻한 곳

추억이 없는 따뜻한 곳

영화 「쇼생크 탈출」에서 누명을 쓰고 긴 세월 교도소에 갇혔던 앤디는 탈옥을 계획하며, 유일하게 마음을 터놓고 지냈던 죄수 레드에게 말한다.

“언젠가 당신이 가석방으로 나온다면 전에 얘기했던 남쪽 바닷가로 나를 찾아와요. 추억이 없는 따뜻한 곳에서 다시 만납시다.”

그 대사가 잊히지 않았다. 추억이 없는 따뜻한 곳이라니. 살아온 날만큼 누적된 수많은 기억을 뒤로하고, 아무 추억도 없는 낯선 곳이란 얼마나 새롭고 무해한 장소일까. 나에 관한 어떤 일도 일어나지 않았기에 아무렇지 않을 수 있는 어딘가에 대해서.

교도소에서 억울하게 19년을 보냈던 앤디는 지난날의 배신감과 고통, 슬픔에 사무쳐 모든 추억이 지긋지긋했던 것이다. 그가 꿈꾸는 따뜻한 곳은 추억할 일이 아무것도 없는 장소였기에, 차라리 존재하지 않은 시간과 가보지 않은 공간을 갈망하는 그리움을 이해하게 만든다.

한 시절의 시작과 끝은 겨울일 때가 많았다. 졸업과 입학, 취업 시즌이기도 했고, 다른 곳으로 이사하거나 환경을 바꾸는 시점이 대부분 추운 계절이었기에 영화 속 대사가 더 사무쳤던 것 같다. 쇼생크의 두 남자는 따뜻한 남쪽 바닷가에서 기어이 재회한다. 소설과 영화는 편집된 세계라서 엔딩은 거기서 멈추지만, 만약 속편이 있었다면 그들은 그 바닷가에서 또 다른 추억들을 만들며 살았겠지.

그러니 아이러니한 것은 기껏 추억이 없는 따뜻한 곳으로 가 우리는 또 추억을 만든다는 사실이다. 살아가는 건 끊임없이 기억을 쌓는 일이고 때로 그 기억이 힘이 되어주기도 하지만, 어느 순간 누적된 무게에 피로해질 때 한 번쯤 스스로 리셋 버튼을 눌러 아무도 나를 모르는, 추억이 없는 곳에서 새로 시작하고 싶은 마음이 된다. 쉽게 잊지 못하고 기쁨도 슬픔도 오래 간직하는 유형의 인간이다 보니 나 자신을 자책할 때가 많아서일까.

몇 해 전 필리핀에서 두 달을 지낸 적이 있었다. 그곳에 사는 지인이 쉬러 오라고 너그러이 말해주어서, 뚜렷한 목적도 없이 그저 쉬다가 왔다. 두 달 동안 책을 한 권도 안 읽었는데, 헌책방에서 문고 몇 권을 샀지만 읽지 않고 내버려둬도 아무렇지 않았다. 읽고 쓰기에 대한 강박이 사라지니 좋았고 이대로 글을 안 읽고 안 쓰고 살아도 괜찮겠다 싶었는데, 한국에 돌아오니 그 마음이 사라져 두 달 사이 나온 신간을 한꺼번에 찾아 읽게 되었다.

무더운 남쪽 나라가 내게는 추억이 없는 편안한 곳이었던 셈이지만, 거기 머물렀던 탓에 역시 추억이 생겼다. 세상 어느 낯선 곳을 가더라도 또 기억을 쌓고 과거를 만들겠지.

결국 영화 속의 인물들이 소망했던 '따뜻한 곳'은 물리적인 장소를 의미하는 건 아니었을지도 모른다. 아팠던 기억을 잊어버리거나, 적어도 그 기억과 화해할 때만이 진정 따뜻한 장소와 만날 수 있다는 것. 애증은 고되니 너무 오래 묵히지 않고 자주 바람에 놓아버리며 살고 싶다. 마침내 모든 추억이 아무렇지 않아 따뜻해지도록….

사어死語를 배우고 싶은 마음일 때

요즘 주변 지인들이 취미 삼아 라틴어를 배운다. 어렵기로 유명하고 더 이상 보편적으로는 쓰지 않는 언어이지만, 수학이 기초 학문이듯 라틴어는 서양 문명의 근원을 품고 있다는 점에서 여전히 매력적인가 보다.

꼭 라틴어가 아니더라도 나 또한 내 생활 반경에서 도무지 쓰일 일 없는 먼 이방의 언어를 배우고 싶을 때가 있다. 마치 전설처럼 들리는 '죽은 언어'라는 사어를 배우고 싶은 마음일 때가. 멸망한 나라의 언어, 주문과도 같은 옛말들, 백과사전에서나 만나는 발음도 기호도 모호한 수메르어 같은 것들.

언젠가 핀란드어가 '조용한 언어'라는 말을 듣고, 어떻게 들리길래 그럴까 궁금해 위키백과를 찾아본 적이 있다. 성조나 악센트가 거의 없어서 핀란드인의 대화는 요란하지 않고 조용조용하게 들린다고 했다. 배워보고 싶다고 생각한 것도 잠시, '음성적 특징은 모음과 자음에 장단의 구별이 있고, 수가 얼마 안 되는 자음에 비해 모음이 쓰이는 비율이 크다. 어두語頭에는 하나의 자음만이 허용된다.' 같은 설명을 읽고는 뭐라고? 아, 총체적으로 어렵겠구나 싶었다. 그러니 사어는 무슨, 지금도 활발히 쓰이는 언어라도 외국어를 배운다는 자체가 쉬운 일이 아니다.

낯선 언어로 내 숨은 마음을 표현하고 싶지만 그런 언어를 알지 못할 때는 차라리 침묵하고 싶어진다. 아니면 양치기의 요들송처럼 나직하게 읊조리거나.

어린 시절 나는 요들송이 발랄하고 상큼한 스위스 민속 음악이라고만 생각했는데 그런 흥겨운 노래들을 듣고 배웠기 때문이었다. 아름다운 베르네, 맑은 시냇물이 넘쳐 흐르네. 오 브리넬리, 당신 집은 어디입니까…. 나중에 알프스 목동들의 요들을 채록한 음반을 듣고는 무척 놀랐다. 뭐랄까, 우리 평시조만큼이나 느리고 한없이 구슬펐던 탓이다. 노랫말은 처음부터 끝까지

요오오오우우우- 요오올루우우우-
요오오오우우우- 요오올루우우우-

이런 목울림뿐이다. 드문드문 반주처럼 녹음된 뗑그렁-양의 목에 걸린 방울 소리. 순전히 양 떼와 대화하려고 흉내 내어 읊조린 게 아닐까 싶게 고적하고 쓸쓸한 멜로디였다. 몇 달을 산에서 양들과 양치기 개 한 마리와 지내는 목동도 아니건만, 살다 보면 바닥없는 우물 같은 마음이 될 때가 있다. 그럴 땐 나도 양 떼나 알아들을 낯선 음절을 중얼거리고 싶다.

언어에 관해서 사랑하는 또 하나의 전설은 말이 얼어붙는 추운 마을 이야기이다. 『플루타르크 영웅전』에서 농담처럼 처음 접했지만, 말이 얼어붙는다는 민담은 러시아를 비롯한 여러 북쪽 나라에 전해진다. 어느 먼 곳의 추운 마을은 겨울이면 사람들이 말을 꺼내자마자 그 자리에서 얼어붙어 아무도 듣지 못하다가, 봄이 오면 허공에 얼었던 말들이 녹아 비로소 들려온다는 것이다.

『잠옷을 입으렴』에서 윤이 삼촌은 이 전설에 살을 붙여 소녀들에게 이야기를 들려준다. "한 여자가 죽기 전 연인에게 남긴 유언이 얼어붙었는데, 그 얼음 알갱이는 마을의 부자에게 팔려갔어. 뒤늦게 돌아온 청년은 몹시 슬퍼했지만 유언을 돌려받진 못했어. 봄이 와 허공의 말들이 녹기 시작하자 여자의 말도 메아리쳐왔지. 그건 그저 사랑한다는 말이었다….”라고.

말과 침묵은 쌍둥이처럼 함께 가는 거라 생각한다. 나는 긴 수행을 할 수 있는 성정의 사람도 아니지만, 꼭 한번 수행이란 걸 해볼 수 있다면 묵언을 택하고 싶다. 말하지 않는 것. 가족과 더불어 살 때는 그럴 수 없고 어딘가 낯선 곳에 글을 쓰러 가게 된다면 한동안 해보고 싶다. 의외로 쉬울지 너무나 힘든 일일지 짐작도 안 된다. 다만 그 기간에는 하고 싶은 말들이 얼음 알갱이가 되었다고 생각하며 지내고 싶다.

봄이 와 얼음 알갱이가 녹았을 때 고요한 침묵이 흘러나오는 장면을 상상해본다. 그게 가능한지는 모르겠지만 묵언에도 말씀 언言이 들어 있으니 ‘말하지 않음’으로써 언어를 표현하는 하나의 방식이라면. 그렇게 녹아 허공에 번지는 침묵은 아름답겠지.

귓가에 소라고둥

가끔 한쪽 귀에서 이명이 들리는데 피곤하면 소리가 커졌다가 좀 쉬면 사라진다. 윙윙 부는 바람 같기도 하고 모래알을 사각사각 쟁반에 굴리는 소리 같기도 하다. 그럴 땐 소라고둥이 생각난다. 귓가에 대고 있으면 남에겐 안 들리고 내게만 들리는 파도 소리를 보내는 소라 껍데기 같아서. 그리고 밀려오는 물결처럼 아주 오래전의 동화가 떠오른다.

한 청년이 바다에서 인어 아가씨를 만나 사랑에 빠졌다. 인어는 그와 함께 있고 싶어 사람이 되길 원하고, 땅에서 피는 꽃의 씨앗을 먹고 두 다리를 얻는다. 그들은 바다가 보이지 않는 산 근처에 집을 얻어 살았다. 아기가 태어나고 둘은 여전히 사랑했지만, 여자는 문득문득 하늘색이 좋다며 한참 올려다보곤 한다. 그러다 어느 집 빨랫줄에 푸른 헝겊이 매달려 펄럭이는 걸 보았던 날, 여자는 남편과 아이를 두고 영영 사라진다.

남자는 그녀가 바다로 돌아간 것을 안다. 찾아도 소용없다는 것도. 혼자 아이를 키우며 온갖 장난감을 사주지만, 아이는 다른 아이가 가진 소라고둥을 보더니 자기 장난감과 바꾼다. 소라고둥을 입에 대고 뿌- 불기도 하고, 귓가에 갖다 댄 채 파도 소리를 듣기도 하면서. 아이는 자꾸 장난감을 주고 조개껍데기를 받아온다.

> "애야, 우리 이번 여름엔 바다에 갈까?"
>
> "바다가 뭔데요?"
>
> "소라와 조개와 물고기들이 사는 곳이 바다란다."
>
> "아이 좋아."
>
> 내 아이는 기절이라도 할 듯이 좋아 날뛰는 것이었습니다. 나는 그만 정신이 아찔했습니다.
>
> - 강소천 「인어」(1957년 작)

그렇게 끝나는 마지막 단락을 잊을 수가 없다. 내가 태어나기도 한참 전에 쓰인 작품. 이 동화가 나온 지 60년이 넘었다는 것도 잘 안 믿긴다. 전쟁 후 피폐했던 한국 땅에서 이렇게 환상적인 이야기를, 아이와 남편을 버리고 바다로 돌아가는 여성상을 그려냈던 아동문학가 강소천은 마흔여덟 살에 세상을 떠날 때까지 「꿈을 찍는 사진관」「꼬마 눈사람」 등 많은 동화와 동시를 남긴 분이기도 하다. 어린 시절 나는 안데르센의 인어공주보다 그의 '인어'가 더 강렬했다.

귓가에 소라고둥 소리를 들으며 사는 사람들이 있다. 바다로 돌아오라는 먼 해안동굴 같은 속삭임. 그 속삭임은 때로는 기차 소리이기도 하고, 금빛 먼지들이 키득키득 웃는 소리, 밤하늘 유성우가 떨어지는 모습이거나 하늘 높이 포플러 이파리들이 물결치는 소리일지도 모른다. 사랑하는 이들을 두고 사라지는 사람은, 그들을 덜 사랑해서만은 아닐 거라고 오래 생각했다. 소라고둥 소리가 너무 크게 울리고 그걸 이길 수가 없었을 거라고.

옛 친구 가운데 자주 소식이 끊겨 가족과 지인들 사이 수배 아닌 수배령이 내려지던 사람이 있었다. 제주도 암자에가 있기도 하고 귤 농장에 있기도 하고, 그러다 한번은 주민등록 말소가 되어 행방을 수소문하다 가까스로 찾아 인적사항을 복구하기도 하고. 그 친구 속에서 불던 바람 같은 마음은 무엇이었을까. 그 후로는 오래 소식이 끊겨도 아, 소라고

둥 소리를 또 들었나 보다 생각하고 더 찾지 않기로 했다.

『사서함 110호의 우편물』 진솔이 '내가 쓰는 소설에 이름 빌려줄래요?' 하고 물었을 때 선우가 했던 말이 기억난다.

"뭘 빌려줘요…. 그냥 가져가요, 무명씨로 살게."

무명씨의 자유로움을 이번 생에서 알고 싶기도 하고, 모르고 싶기도 하다. 세상에는 여러 모습을 보여주며 반짝반짝 빛을 내는 스타와 같은 사람도 있지만, 태어나서 얻은 하나의 이름조차 버겁게 느껴지는 사람도 있는 거니까. 그들은 무명씨가 되는 걸 두려워하지 않는다.

사랑하는 이들을 많이 만났다. 귓가에 속삭이는 소라고둥이 내게도 있을지 모르지만, 가끔 귓가에 대고 파도 소리를 듣다가 가만히 내려놓고 싶다. 서랍 속에 넣어두고 언젠가 그리우면 꺼내어 귓가에 대보면 되니까.

누구에게나 숨겨놓은 소라고둥 하나가 있겠지만, 그렇다 해서 모두가 떠나는 것은 아니다. 인연 맺은 사람들과의 평범하고 소중한 일상과 파도의 속삭임 사이에서 애써 균형을 잡고 살아가는 것일 뿐. 묵묵히 주어진 이름을 지키며 사는 이들이 아름다운 순간과 자주 만나며 살아가면 좋겠다. 바다로 가버린 이들은 바다에서 행복할 테니….

금요일 밤의 뜨개질 클럽

동네 상가 1층에 자투리 공간이 있는데 입주하는 가게마다 번번이 문을 닫는다. 처음엔 구멍가게였다가 이듬해 미술학원이 되고, 다시 뷰티숍이었다가 아동복을 팔다가 요즘엔 또 비어 있다. 어지간히 불황이구나 싶기도 하고, 개인적인 바람으로 이런저런 가게가 들어왔으면 좋겠다 생각해보기도 한다. '금요일 밤의 뜨개질 클럽' 같은 건 어떨까. 이건 케이트 제이콥스의 소설 제목이기도 하다.

뉴욕에 사는 조지아는 딸을 키우며 작은 수예점을 운영한다. 털실을 팔고 수예점을 드나드는 손님들에게 손뜨개 기술도 가르칠 겸 금요일 밤마다 함께 모여 뜨개질을 한다. 예상할 수 있듯이 소설은 인물이 저마다 안고 살아가는 평범하고 소소한 사연들을 한 올 한 올 풀어내며 스토리를 이어간다. 뉴욕이란 복잡한 대도시에서 외로움을 느끼던 여인들에게 조지아의 수예점은 따뜻한 아지트인 셈이다.

내게도 한때는 그런 장소가 있었다. 마음 맞는 친구들과 매일 출근하듯 모였던 단골 카페와 누군가의 자취방이 그랬다. 생각해보면 찻값을 내고 머무르는 상업적인 장소였고, 성격 좋은 친구의 배려로 함께했던 공간인 만큼 백 프로 순수한 아지트는 아니었을지도 모른다. 어떤 거래나 폐를 끼치는 일 없이 평등하게 공유하는 근거지가 되려면 영화 「죽은 시인의 사회」처럼 한밤에 숨어 들어가는 숲속의 동굴 같은 장소여야 하겠지만, 한 시절 모여서 열정을 쏟았던 곳이라면 어디든 아지트라 불러도 틀리진 않을 터이다. 그리고 그 모든 아지트의 결말은 안타깝게도 정해진 수순처럼 분열과 내리막이다.

어떤 클럽도 구성원들의 충성도는 영원하지 않다. 의기투합의 정점을 찍고 나면 갈등과 이별이 따르고, 견고한 유대감을 공유했던 이들의 내리막길 추억담은 애증 없이는 이야기할 수 없다. 그래서 스티브 브래드쇼의 『카페 소사이어티』라는 책을 좋아했었다. 19세기 파리의 카페 풍경으로 시작해 여러 시인과 화가의 사연을 풀어나가는 보헤미안 문화에 관한 에세이였는데, 그 속에서 만난 이 문장이 애틋했다.

그 후 이 모든 공허한 모임들은 사라져버렸다.

클럽을 결성하는 첫 마음은 공동 작업에 대한 낙관이다. 그들은 둘러앉아 다양한 일을 도모하며 의견을 나누고 행복하게 교감한다. 때로는 영혼의 친구를 만난 듯한 확신에 사로잡혀 순수한 기쁨과 전율도 느낀다. 아지트에 꽂히면 자신의 주된 주거 공간보다 그곳을 더 사랑하게 된다.

구성원들 중에는 유독 그들만의 리그에 충성도가 높은 사람들이 있고, 나는 그런 이들을 좋아했다. 예전에 친구들과 모여 살았던 배나무 과수원 집이 그러했듯이. 하지만 시간이 흐르면 공동체를 바라보는 낙관주의가 의심스러워지고 실망과 회의를 느끼는 날이 온다. 그래서 저 책의 구절이 참 사무쳤다.

언젠가 찾아올 와해와 이별을 예상하면서도 아지트를 찾는 이유는 어쩌면 모두가 외롭기 때문. 그곳에 찾아가도 변함없이 외로운 존재들이지만, 그렇게 닮은 서로가 테이블마다 앉아 있는 탓이 아닐까. 혼자만의 공간에서 외로운 것과 나와 같은 이들이 눈앞에 자리한 풍경을 바라보며 외로운 것은 조금은 다르니까.

그래서 나는 여전히 클럽을 이야기하는 책 읽기를 그만두지 않는다. 책 속의 그들은 카페 탁자에서 펜으로 무언가를 쓰며 압생트를 마시거나, 둘씩 짝을 지어 뜨개질을 한다. 깊은 밤 몰래 모여 '건지 아일랜드 감자껍질'을 핑계로 찰스 램의 책을 토론하고, 풀리지 않는 미스터리를 이야기한다.

밤에 동네 상가 앞을 지나다가 눈동자 없는 퀭한 눈처럼 한 곳만 어둡게 불이 꺼진 공간을 보면 한 번도 존재하지 않았던, 그러나 왠지 있었다가 와해된 듯한 모임들이 그려진다. 주변 네온사인이 꺼지고 그곳에만 조용히 불빛이 들어오는 것처럼. 한때 그 유리문 안에서 주인이 손님들과 차를 마시며 웃었지. 좋은 향기가 흘러나오던, 유쾌하고 생생한 다정했던 나날이었어. 그들은 다 어디로 가버렸을까.

아지트를 사랑하는 이들의 이름은 영원히 보헤미안이다. 이제는 사라져가는 낡아버린 이름. 하지만 어떤 이들에겐 아직도 유효할지 모를 그들의 모임 이야기를 오래 사랑하고 싶다.

1월의 해시태그

1월의 해시태그 | 자유게시판 다락방 독서 모임

 **afterglow**

여러분, 잘 지내시나요, afterglow입니다. 새해 처음 글을 남기네요. 제가 독서 모임에 들어온 지도 만 1년이 됐어요. 작년 2월 밸런타인데이 즈음이었는데 매니저 곤파스 님이 '사랑에 실패한 뒤 읽고 싶은 책'을 들고 모이자는 공지를 올리셨죠. 좀 당황스러웠어요. 당장 실연한 사람한테 책이 무슨 소용이람. 그러면서도 책장 앞을 서성거리며 한 권을 골랐죠. 기억하시는 분들도 있겠지만 그날 제가 들고 나간 책

은 『여자는 사랑보다 우정이 더 아프다』라는 에세이였어요. 각자 책을 선정한 이유를 설명할 때 저는 이렇게 말했죠. 사랑은 영원한 테마이고 지나칠 수 없는 정거장이지만, 때로 종착역에서 상처받은 우리를 기다려주는 건 우정이라는 이름의 친구일 때가 있다고.

무슨 핀트 나간 소리냐 생각할까 봐 긴장했는데 다들 좋은 표정으로 들어주셨죠. 그 후로 매달 한 권씩 독서 모임 선정 도서를 읽는 것도 좋았고, 곤파스 님이 온라인 게시판에 올려주는 해시태그 글감을 활용해 각자 짧은 글을 써보는 활동도 즐거웠어요. 저는 특히 물속달 님과 salty 님의 글을 재미있게 보았답니다.

그런데 며칠째 들어와 봐도 늘 첫째 주에 올라오던 이달의 글감이 안 보이더군요. 대신 곤파스 님이 장문의 글을 남기셨습니다. 아무래도 의욕을 잃은 것 같다고, 운영자로서 능력이 부족한 것 같다고 쓰셨더군요. 한동안 모임을 중단하는 게 어떨지, 그러다 자연스럽게 해체해도 무방할지 시간을 두고 함께 고민해보자고 조심스러운 의견을 내셨습니다. 좀 놀라기도 했고 걱정스럽기도 했습니다. 그동안 운영진에게만 맡기고 저 역시 수동적인 활동을 했다 싶어 미안하기도 했고요.

지난 연말 송년회 때 있었던 일은 저도 마음이 편치는 않았어요. 같은 모임 안에서 누군가 사랑에 빠지고 커플이 되고… 그러다 결국 깨져서 모임 전체에 타격을 준 것 같다고 미안해하셨던 두 회원님들. 한 분은 사흘 전 모임을 나가셨더군요. 미안하지만 여기에 더 있을 수가 없다고 마지막 글을 남기고 탈퇴하셨네요. 회원 수가 한 명 줄었어요. 송년회 때 어색했던 분위기보다 회원 수가 줄어든 요 며칠이 더 어색해 보여요.

충분히 이해는 됩니다. 떠난 분과 남은 분, 또 그분들과 친했던 다른 회원들의 관계도 있으니까요. 다들 말을 아끼시는데 저 혼자 눈치 없는 역할을 하는지도 모르지만, 아마도 제가 제일 엉뚱한 소리를 할 수밖에 없는 이 모임 끝자리 사람인 탓일 거예요. 그저 이런 말을 하고 싶었어요. 언젠가 겨울에 누가 외국 여행을 갔다가, 작은 서점 앞에서 입간판을 찍었는데 이렇게 적혀 있더군요.

Cold?

Buy a book!

You'll still be cold,

But you'll have a book!

'추운가요? 그렇다면 책을 사세요. 당신은 여전히 춥겠지만 책이 남겠죠.' 날씨가 추워지면 그 글귀가 가끔 생각나더군요. 인생이 그런 거 아닐까요. 추워도 책이 남듯이, 사랑이 떠나도 읽었던 책은 남죠. (미안합니다. 제가 위트 있는 말을 잘 못 해서.)

다들 괜찮으시다면 곤파스 님 대신 1월의 해시태그 글감은 제가 올릴까 해요. 제 방 책장에 꽂힌 책들의 제목을 이어 붙여서 짧은 글쓰기를 했거든요. 보실래요?

빨간 기와 외딴집 마당에서 붉은 낙엽이 말라가네.

시린 발을 감싸고 우리가 고아였을 때를 생각하네.

먼 북쪽 지푸라기 여자가 사는 섬까지

눈먼 올빼미가 강을 건너며 묻네. 너의 이름은?

한밤의 아이들이 대답하네. 부끄러움, 부끄러움.

그래서 우리는 떠났어.

쑥스러우나 여러 책들의 제목이 저 속에 타일 조각처럼 숨어 있습니다. 빈약한 책장이지만 살아오면서 읽었던 책들이에요. 그러다 다른 분들의 책장이 궁금해지기도 했고요. 우리는 매달 모이지만, 서로를 어느 정도 안다 싶으면서도 실은 또 잘 모르는 사람들이겠지요. 그래서 이달의 해시태그는 '#나의 책장에서'로 하겠습니다. 두서없는 글 읽어주셔서 고맙습니다. 아직은 이 모임을 중단하거나 해체하진 않았으면 좋겠어요. 여기다 말해보고 싶었습니다. 그럼 또 뵙기로 해요.

늦가을의 거미줄gossamer

어떤 낱말에 관해 이야기하려 해요.

gossamer

'고서머'라고 불러야 할까요. 이 낱말을 만나게 된 이야기입니다.

늦가을에 비정상적으로 잠깐 따뜻해지는 시기를 미대륙에선 인디언 서머라 부른다지요. 그렇게 유난히 따뜻한 늦가을을 옛날 영국에선 '고서머'라 불렀대요. 겨울로 가는 길목에서 난데없는 여름이라니 살짝 끼어든 13월 같기도 하네요.

애초 그 단어는 goose와 summer를 합친 말이었다고 합니다. 그러니까 거위 여름이었죠.

저는 이 말을 로이스 로리의 청소년 소설 『Gossamer』에서 처음 만났습니다. 로이스의 책을 좋아해 또 어떤 작품들이 있나 아마존을 구경하다가 제목에 끌렸는데, 번역본이 안 나왔던 때라 원서를 사보았어요. 그녀의 글은 어린이와 청소년을 위한 문장이어서 어려운 단어도 거의 없고 쉽고 간결하게 쓰거든요. 그 쉬운 문장들이 모여 은근한 노래 같은 리듬과 분위기가 생겨나 로이스 로리와 엘리너 파전의 글을 좋아합니다.

그렇게 gossamer를 사전에서 찾으니 첫 번째 뜻은 '거미줄'이었습니다. 흔히 아는 거미줄은 spider's web일 텐데 어떻게 다른 거미줄이길래 고서머일까…. 그 밖에도 비단실로 짠 곱고 부드러운 천, 잠자리 날개처럼 섬세하고 얇은 어떤 것, 사라질 듯 투명하고 희미하다는 의미도 있더군요. 결혼식에서 신부가 쓰는 베일을 고서머라 부르기도 하고요. 그런 단어가 중세 영국에선 거위 여름이란 뜻으로 쓰였다고 하니까 의아했습니다.

더 찾아보니 11월 초 성 마르틴 축제 때 거위구이를 먹는 풍습이 있었는데, 그 무렵이 잠시 따뜻해지는 시기여서 거위 여름이라 불렀다는 거예요. 공교롭게도 거미가 따뜻한 가을바람을 타고 이동하는 시기도 그 무렵이고요. 분명 날개가 없는데도 하얗고 긴 거미줄을 바람에 날리면서 때로는 몇백만 마리의 거미가 한꺼번에 날아가며 장관을 연출한다고 합니다. 허공을 날아가는 무수한 거미의 실을 '천사의 머리카락'이라 부르기도 하다가 세월이 흐르는 동안 그 역시 고서머라고 불리게 되었다는 거예요.

로이스 로리의 소설은 몇 년 뒤 『꿈 나누미 요정』이란 책으로 우리나라에 출간됐습니다. 익숙해진 제목과 달라져서 처음엔 낯설었지만 아이들이 읽기에 더 친근하고 상냥한 제목이겠구나 싶었어요. 작가는 책 속에서 잠자는 아이들에게 꿈을 나눠주는 요정을 고서머라고 불렀고, 번역가는 그 이름을 신중히 고민하다 '꿈 나누미 요정'으로 옮긴 거지요. 여기서 한 번만 만났으면 그 낱말을 잊었을지 모르는데, 에밀리 디킨슨의 시에서 고서머는 다시 등장합니다.

> 내가 죽음을 위해 멈출 수 없었기 때문에
>
> 친절하게도 그가 나를 위해 멈추었지
>
> 마차에 타고 있는 건
>
> 우리와 불멸뿐이었네

'Because I could not stop for death'로 시작하는 이 시는 갑자기 죽음이 마중을 나오자 그와 함께 마차를 타고 어딘가로 가는 '나'에 관한 이야기입니다. 저녁 무렵 도착한 곳은 땅에서 부풀어 오른 듯한 집. 처마는 거의 땅속에 묻혀 있는 곳이죠. '나'는 얇은 가운For only Gossamer, my gown만을 걸치고 그 집에서 몇백 년을 보냅니다. '나'는 영혼이 되었는지 아닌지 드러내지 않지만, 시는 언제나 해석의 여지가 있는 장르이니까요. 거미줄처럼 섬세한 고서머 가운을 걸치고 영원의 세계로 들어가는 듯한 이미지입니다.

로이스와 에밀리, 두 작가의 고서머가 다 아름다워서 좋았어요. 어쩌면 잠과 죽음은 쌍둥이 자매이기도 하니까. 그들은 다른 톤으로 다른 이야기를 하는 것 같지만, 결국은 같은 이야기를 했는지도 모릅니다. 하나는 아이들을 위해 사랑스럽고 친절하게, 하나는 자기 내면을 향해 고독하고 시적으로.

인디언 서머를 가리키던 '거위 여름'이 몇백 년 뒤 가을 공기에 떠다니는 거미줄을 부르는 이름이 되었다는 게, 왠지 아련한 이미지로 남았습니다. 한 낱말의 의미가 변해오기까지 많은 시간이 걸렸다는 것. 그 몇백 년과, 의미를 찾아 책과 구글과 시와 사전을 뒤적이며 알게 된 하룻밤을 비할 바는 아니지만, 제겐 나름 길고도 짧은 미묘한 시간이었어요.

쉽게 보이진 않아도 찾으려 하면 하나하나 가르쳐주는 곳곳의 힌트들. 어떤 것들은 느리고 끈기 있게 이 세상을 바람처럼 떠다니며 이어진다는 것이 이토록 사소하면서도 아득해 보입니다.

한 시절에 이별을 고한다는 것

지난해 넷플릭스에서 가장 많이 스트리밍된 작품이 시트콤 「프렌즈」였다고 한다. 나도 좋아한 90년대 추억의 미드였는데, 날이 추워지면 그들이 사는 아파트에 커다랗게 장식하던 반짝이는 트리가 다시 보고 싶다. 크리스마스 시즌에 따뜻한 로맨스와 가족 영화가 주목받듯이 내게도 그맘때마다 되돌려보는 영화들이 있다. 하얗게 눈이 내린 배경이라 더욱 좋은 「뷰티풀 걸」이 그렇다.

고교 동창회에 참석하려고 고향에 내려온 윌리. 곧 서른 살이 되는 동네 친구들과 안부를 주고받는데, 다들 고만고만

한 일상을 살며 아무도 꿈꾸던 이상과 목표에 가닿지 못했다. 윌리는 도시에서 만난 여자친구가 있지만 그녀와 결혼해야 할지 확신이 서지 않는데, 올겨울 집에 돌아오니 옆집에 사는 당돌하고 깜찍한 소녀가 어쩐지 신경 쓰인다. 조숙하고 똑똑하고 예뻐서, 풋풋한 시절이 가버린 윌리가 봐도 질투가 날 만큼 반짝거리는. 어느 날 옆집 소녀는 얼음판에서 스케이트를 타며 그를 향해 춤추듯 당돌하게 말한다.

"아저씨가 내 남자친구가 되면 좋겠어요."

"뭐라고?"

"그러니까 아저씨도 감정이 진실하다면 기다리세요."

"기다려?"

"네, 5년만요. 그럼 전 열여덟 살이 되고 우린 이 세상을 함께 걸어갈 수 있죠."

어이없어하던 윌리는 씁쓸히 웃으며 대답한다.

"5년 후면 넌 날 기억도 못 할걸. 난 다 컸지만 넌 아냐. 네겐 많은 미래가 올 거고 넌 변할 거야. 넌 크리스토퍼 로빈이지만 난 곰돌이 푸야."

"문학을 인용하려면 해석이 필요하죠. 푸를 어떻게 생각하는데요?"

"크리스토퍼 로빈이 푸보다 더 크게 자라버렸어. 그렇게 끝이 나. 어릴 땐 푸와 같이 있었지만 로빈이 크면서 푸는 필요 없어졌지. 그러면 난 너의 푸가 못 돼."

"흠… 들어본 얘기 중에 가장 슬프군요."

소녀는 생긋 웃고는 쿨하게 손을 흔들면서 가버린다.

"이제 스케이트를 탈래요, 푸."

"그래, 안녕. 크리스토퍼."

윌리는 얼음판을 떠나 현실에 만족 못 하며 고민만 많은 친구들의 아지트로 쓸쓸하게 걸어간다. 동창회가 끝나고 그는 도시에서 찾아온 여자친구와 만나 그녀를 사랑하고 있음을 다시 깨닫고, 영원히 철들지 못할 것 같던 친구들도 가까이 있는 소중한 존재들을 인정하기 시작한다. 이 영화에서 특히 좋아하는 장면은 눈 오는 날 밤 친구들이 술집에 모여 고래고래 노래 부르던 신이다. 윌리의 피아노 반주로 다 같이 온갖 허세를 떨며 부르던 「스위트 캐롤라인」. 'Sweet Caroline, good times never seemed so good!' 외치는 노랫말이 가슴에 와서 박혔던 것 같다.

좋은 시절은 결코 좋아 보이지 않는다는 것. 정말 지겨운 나날이고 사는 게 엉망진창이라고 투덜대지만, 이상하게도 사람들은 그때가 지나면 비로소 알게 된다. 돌아보니 참 좋은 날들이었구나, 그땐 왜 몰랐을까 라고. 좋았던 시절은 그 무렵엔 느낄 수가 없지만, 한 시절에 이별을 고하려는 순간 새삼 좋은 날이었음을 알려주어 고맙고 서글프게 한다.

또 하나 애정할 수밖에 없는 겨울 신은 역시 「프렌즈」 마지막 시즌의 '피비의 웨딩' 편이다. 이 시리즈는 피비의 결혼을 마지막으로 사실상 끝난 거라고 생각하는데, 웨딩드레스를 입은 피비가 카페 앞 눈 쌓인 거리를 챈들러의 팔짱을 끼고 입장할 때, 그때가 그들에겐 한 시절의 종말이었다. 그 친구들은 스토리 안에서 수없이 애인들을 사귀었지만, 애인들은 누구도 여섯 명의 어깨동무로 짜인 단단한 아성을 깨지 못했고 그 틈에 낄 수 없는 이방인들이었다.

조이가 한때 사귀었던 룸메이트 제닌이 있었는데, 모니카와 챈들러가 그녀와 사이가 좋지 않았다. 그랬더니 조이가 제닌에게 말한다. '내 친구들과 잘 지내지 못한다면 미안하지만 나도 당신과 사귈 수 없어.' 당연히 두 사람은 헤어진다. 코믹하고 유쾌하게 그려졌지만 현실로 옮겨와 내가 제닌의 친구라면 그녀에게 이렇게 말해주게 될 거다.

"친구들 때문에 너와 사귈 수 없다고? 그런 남자, 네 쪽에서 먼저 차. 이상한 친구들이잖아!"

견고한 공동체는 그들끼리는 행복하고 다정하지만, 그 주변을 맴돌며 돌아봐 주기를 기다리는 타인에겐 의도치 않은 상처를 주기도 한다. 몹시 친밀했던 친구들이 하나둘 소원해지고 멀어지는 것도, 그렇게 주변에 다가와 있던 새로운 인연을 깨닫고 돌아보게 된 이유가 컸을 것이다. 전 세계 수많은 시청자들이 「프렌즈」가 끝나지 않기를 바랐던 것도 그들과 함께 청춘을 좀 더 유예시키고 싶었던 마음은 아니었을까. 친구와 공동체를, 대안가족을 더 꿈꾸는 때는 청춘이니까.

모니카와 챈들러의 결혼은 프렌즈 안의 결합이라는 점에서 타격이 없었지만, 로스의 결혼은 두 번 다 실패했고 다른 캐릭터의 연애도 번번이 해프닝으로 끝나버린 건 그들을 프렌즈 바깥으로 내줄 수 없었기 때문이다. 인간관계는 아무리 방향이 다르다고 해도 결정적인 순간 '우선순위'란 게 있어서, 서로에게 프렌즈보다 더 소중한 존재를 붙여줄 수가 없었기에.

그래서 마지막 피비의 결혼은 코끝이 찡한 데가 있었다. 그 결혼은 한 시절의 끝을 모두가 인정하는 순간이었고, 곧

이어 모니카와 챈들러도 아기를 입양하면서 모두 이별할 때가 왔음을 받아들인다. 서로가 다른 길을 선택해 가게 된 것을 축복해줄 수 있었으므로 이 시리즈는 고마웠다.

나이 앞자리 수가 바뀌는 연말연시엔 유난히 더 한 시절과 이별하는 기분이 된다. 새 페이지를 넘기는 마음이 설레기도 하고 암담하기도 하다. 그럴 때 변함없이 돌려보았던 겨울 풍경들이 내겐 위로가 돼주었다. 어느 해 생일에 조이가 소리쳤던 것처럼 '오, 신이시여. 왜 이런 시련을 내리시는 겁니까!' 같은 마음도 들지만, 인정할 건 인정해야지.

우리는 더 이상 빛나는 미래를 가진 크리스토퍼 로빈이 아니라 다 커버린, 그래서 헌드레드 에이커 숲에서 작고 몽땅한 벗들과 오손도손 살아야 하는 푸 곰돌이겠지만 대신 이런 말을 들려주리라. 굿 타임즈 네버 심드 소 굿- 좋은 시절일 땐 그걸 몰라. 그러니 참 좋은 날들이었고 지금도 좋은 나날이며, 앞으로도 그러리란 걸 알아주리라고. 우리 곁을 스쳐가는 아무렇지 않은 나날들이 좋은 날임을 잊지 않고 알아봐주면 되는 것이라고.

너에겐 그 말 그대로

희곡 창작 수업 시간에 어떤 대화를 두 가지 버전으로 써오라는 과제가 있었다. 같은 상황에서 같은 인물들이 대화하는데 A대본은 액면 그대로 느껴지도록, B대본은 숨은 의도가 느껴지도록 쓰는 것이었다. 곰곰 생각하다 자취하던 집의 주인 할아버지와 나눈 대화를 옮겨보았다.

[A]

할아버지 : (쪽지를 내밀며) 학생, 두 달치 전기세, 수도세, 연탄값이 나왔어. 이만큼이야.

나 : (쪽지를 받아들며) 아, 매번 저희 방 연탄불까지 갈아주

셔서. 제가 직접 갈아도 되는데 죄송해요.

할아버지 : 아냐 아냐, 수업 다니느라 연탄불 꺼뜨리기 십상이니까. 방이 차가워지면 딱하잖어. 나야 집에 늘 있으니.

나 : 감사합니다. 참, 아드님이 서울에서 내려오셨나요? 요즘 문간방에 누가 계시던데.

할아버지 : 응, 직장 관두고 고향이라고 내려와 있어.

나 : 네, 인사도 못 드리고…. 아무튼 고맙습니다. 연탄이 좀 많이 들어가나 봐요.

할아버지 : 날이 추워져서 한 장씩 더 들어가. 아궁이를 자주 들여다보지.

[B]

할아버지 : (쪽지를 내밀며) 학생, 두 달치 전기세, 수도세, 연탄값이 나왔어. 이만큼이야.

나 : (쪽지를 물끄러미 보며) 아… 매번 저희 방 연탄불까지 갈아주셔서. 제가 직접 갈아도 되는데 자꾸만….

할아버지 : 아냐 아냐, 수업 다니느라 연탄불 꺼뜨리기 십상이니까. 방이 차가워지면 딱하잖어. 나야 집에 늘 있으니.

나 : 아무튼 감사합니다. …요즘 연탄이 좀 많이 들어가나 봐요.

할아버지 : 날이 추워져서 한 장씩 더 들어가. 아궁이를 자

주 들여다보지.

나 : 네에… 참, 아드님이 서울에서 내려오셨죠? 두 달 전부터 문간방에서 지내시는 것 같던데.

할아버지 : (슬쩍 외면) 응, 직장 그만두고 고향이라고 내려와 있네.

한 달 생활비가 빠듯하기는 다들 마찬가지였는데 주인 할아버지가 안채에서 쓰는 전기세, 수도세와 연탄값까지 번번이 학생들에게 부담시키는 걸 모르지 않았던 터였다. 자취생들은 항의하고 싶었지만, 노인이 굳이 여러 아궁이를 들락거리며 미리 연탄을 갈아놓고 종이에 서툰 글씨로 쓴 숫자를 내미는 것을 차마 따지지 못하던 무렵이었다. 그렇게 언짢던 마음을 두 가지 버전의 대사로 바꿔놓으니 후련해져서 피식 웃음이 났다. 대나무숲에 가서 혼자 소리친 기분이었나.

그 과제를 계기로 언뜻 평범해 보이는 대화를 숨은 의미를 품도록 바꾸어 노트에 적어보곤 했다. 캐릭터들의 성격과 대사에 층위가 생겨서 흥미로웠는데, 반복적으로 그런 글쓰기 연습을 하니 살짝 강박이 생기는 거였다. 주변 대화들이 어느새 그렇게 들리는 부작용. 저 말에 행간이 있나? 숨은 뜻이 있나? 나도 모르게 들여다보면서 피곤해진 것이다.

누군가와 대화하다 보면 처음엔 무슨 뜻인지 헷갈려 갸웃하다가, 뒤돌아 스무 걸음 걷고 나서야 그의 말에 미묘한 의미가 있었음을 깨달을 때가 있다. 그렇다고 다시 돌아가 항의하기엔 뚜렷한 확증은 없고, 그냥 듣고 넘기려니 찜찜해지는. 자국은 보이지 않지만 분명 바늘 끝 같은 공격이 있었다는 걸 한 박자 늦게 깨닫고 나면 서글프다.

넌지시 돌려 말하는 수동적인 비난의 화법을 자주 쓰는 사람들이 있다. 직접 갈등을 일으키기 싫어 그러기도 하고, 복잡한 세상을 살아가려면 말에 뼈와 가시를 숨겨야 할 때가 많지만 그런 언어가 반복되는 관계는 어쩔 수 없이 피로하다. 미세한 상처의 언어는 언젠가 실망과 환멸을 가져오기에, 부정적인 애매한 말을 모른 척 던지는 이들과는 오래 벗이 되지는 못할 것 같다.

그래서 나는 소설 속의 인물 은섭에게 이 말을 주고 싶었나 보다.

"그 말 그대로야. 항상 너한테는."

은섭이 사랑하는 해원은 사람에게 받은 상처가 많은 이였다. 해원은 겨울밤 뒷산 오두막으로 그를 찾으러 가다가 길을 잃는데, 은섭이 그녀를 찾아서 함께 산을 내려가려 하자

순간 오해한다. 그녀가 오두막에 가는 게 싫어서 그런 거냐고. 그의 공간에 들여놓지 않으려는 것 같다고. 은섭은 해원을 감싸며 말한다. 지금 오두막은 춥고, 그게 유일한 이유라고. 그 말에 다른 뜻은 없다고.

은섭이 그런 말을 할 수 있는 캐릭터여서 고마웠다. 이 대사를 쓰고 싶어 두 사람이 숲의 오두막에서 함께 밤을 보내는 어쩌면 로맨틱할지도 모를 설정을 포기했다. 하룻밤 더 같이 있지 못하더라도 '그 말 그대로야'라는 말을 해원에게 들려주고 싶었다.

애정이 있는 가까운 이들에겐 언제나 그 말 그대로, 어떤 함의나 간접적인 가시가 없는 담백한 언어를 건네고 싶다. 숨은 뜻을 요령 있게 내비치는 이들이 복잡한 내면을 가진 듯 멋있게 느껴지던 시절도 있었고, 함의와 행간은 여전히 흥미로운 문학적 텍스트이지만, 그것이 일상을 잠식하게 두고 싶지는 않다. 살아갈수록 그 말 그대로, 그 마음 그대로인 이들이 곁에 남는다. 나도 그들에게 그런 사람이고 싶다.

세상이 버린 폐허

한 마을이 겪는 재개발이나 어떤 변화 가운데, 가장 혹독하고 극적인 것은 역시 수몰 마을 아닐까. 나는 그에 관해 찰칵 한 점 풍경처럼 뇌리에 찍힌 이미지가 있다. 춘천 소양호에서 만난 검은 당산나무 모습이다.

어느 해 여름 춘천에 일이 있어 갔다가 오랜만에 소양호를 볼까 해서 들렀더니, 호수 수위가 낮아지다 못해 바닥이 드러나 갈라져 있었다. 찰랑찰랑 물결이 빛나는 소양호만 상상하다 낯선 광경에 묘한 충격을 받았는데, 그제야 여름 가뭄이 극심했음을 깨달았다. 물밑에 가라앉았던 옛 마을 터가 군데군데 보이고, 굵고 검은 나무가 둥치까지 드러난 모습.

지나던 관광객들이 수군거리며 멀리서 사진을 찍었다. 당산나무라고 했다.

40년 만에 물 위로 나온 나무의 시신은 여전히 꼿꼿했다. 원래 있을 곳이 아닌 호수 아래서 긴 시간 무엇을 기다렸을지는 알 길 없지만, 언젠가 가뭄이 와 머리를 내밀 거라고, 이파리 하나 없는 검은 뼈와 힘줄 같은 둥치를 다시 내보일 날이 있을 거라고 나무는 알았을까.

친구들과 같이 살았던 시절, 우리는 안성 고삼저수지 좌대 낚시에 단단히 빠져 있었다. 고즈넉한 호수에서 이틀 사흘 머물다 보면 낚시는 핑계일 뿐, 그저 이렇게 청춘을 허비하고 있구나 싶었지만 멈출 수가 없었다. 과수원집으로 돌아와 한숨 돌리다 누군가 불쑥 '에이, 다시 낚시터로 갈래?' 했을 때 다들 '그래!' 짐을 그대로 들고 저수지로 가는 버스에 올랐던 날도 있었다.

왜 그리 그 호수에 중독됐었는지 모르겠다. 사실 처음에만 물고기를 잡아 매운탕을 끓이고 밥을 지어 먹었지 나중엔 그냥 물을 바라보며 서로 이야기하는 게 좋았던 것 같다. 다른 낚시꾼들에게 방해될까 소리를 낮춘 채 소곤소곤.

밤이 오면 호수에 비둘기집처럼 떠 있는 좌대에 랜턴이 켜지고, 수면에는 주황빛 연둣빛 케미 찌가 어른거렸다. 불빛 아래 가져간 책을 읽다 담요를 덮고 설핏 잠이 들면 물결이 흔들리는 대로 몸도 따라 가볍게 흔들리던. 그러다 어슴푸레한 새벽에 깨어 물안개 낀 산과 호수를 보고 있노라면, 이대로 시간이 멈추거나 사라져버려도 좋겠다고 생각했었다.

호수 아래 수몰 마을이 있다는 것은 낚싯배를 내주던 가게 주인에게서 들었다. 주인은 마치 물밑이 보인다는 듯이 손가락으로 수면 여기저기를 가리키며 '저기는 길이었고 저기는 집터였고…'라고 했다. 내가 앉아 있는 물 아래가 마을이었다고 생각하면 기분이 이상했다.

마치 다른 세계로 건너가는 곳에 앉아 있는 듯한 이미지였기에 그 부질없는 순간들을 사랑했다. 이것도 촛불 냄새가 나는 밤에 쓰는 이야기이고 해가 뜬 뒤 다시 읽으면 후회할지 모를 고백이지만, 그때 내 마음은 그랬다. 참 사라지고 싶었다.

지금 사는 파주 인근에는 거의 폐허가 된 낡은 유원지가 있다. 아이가 꼬마였을 때 그곳 놀이기구와 호수 오리배를 타며 같이 놀았는데, 점차 한적해지고 낡아가더니 폐업한 지 오래되었다. 차를 타고 지나다 적막하게 녹슬어가는 유원지를 보면 언젠가의 그 호수들 같다.

화창한 날 풍선을 손에 들고 입가에 아이스크림을 묻힌 아이들이 엄마 아빠의 손을 잡고 뛰어다니는 풍경은 다 사라졌지만, 없었던 일은 아니었다. 언제나 시공간에는 겹쳐 보이는 것들이 있다. 환청 같은 웃음소리, 이름을 부르는 소리. 그것들이 사라진 자리는 아득하지만, 나는 그 아득함만 남은 자리에서 이야기가 솟아난다고 생각하나 보다.

가뭄이 끝나면 호수의 수위는 제자리로 돌아오고 검은 당산나무의 흔적은 자취 없이 사라지지만, 수면 아래 그 나무가 있다는 것을 여전히 안다. 마을 길과 허물어진 담벼락도, 부서진 지붕들이 있다는 것도. 그 가라앉은 마을들은 누군가의 무의식, 숨겨놓은 기억의 폐허처럼 느껴진다.

그게 애잔한 까닭은 그 속에 많은 이들이 남기고 간 추억이 있기 때문. 폐허는 아무것도 없는 곳이 아니다. 한때 뚜렷이 있었다가 무너진 곳이고 많은 것들이 빠져나가 비어버린 곳, 큰 물길이 덮어 숨어버린 곳이다. 애초 없었다면 아무렇지 않겠으나, 폐허는 너무나 있었던 장소이기 때문에 폐허라고 불린다.

추억이 없는 따뜻한 곳의 대척점에 실은 쓸쓸하고 아름다운 폐허가 있다.

굿나잇 라디오 레터

#

라디오에 처음 매력을 느낀 계기는 영화 「볼륨을 높여라」였다. 미국의 지방 고등학교. 내성적이어서 눈에 띄지 않는 외톨이 남학생이, 밤마다 아마추어 무선통신기를 켜고 속사포처럼 말을 쏟아낸다. 거침없이 반항적인 멘트, 강렬한 음악. 게릴라처럼 한밤에 나타나는 이 해적방송을 들으려고 인근 십 대 아이들은 전파가 잘 잡히는 공터에 모여 떠들고 열광한다.

불온한 불법 방송이란 소문이 퍼지자 경찰은 문제의 디제이를 잡으려 하고, 같은 반 소녀는 소년의 정체를 눈치채고 그를 돕기 시작한다. 집 주소가 노출된 날 그들은 고물 자동차에 장비를 싣고 밤새 전파가 닿는 지역을 구석구석 달리며 방송을 내보낸다. 하고 싶은 말 다 토해내고 결국은 붙잡히지만, 과감하게 내면의 말을 쏘아 보내는 시도가 꽤 근사해 보여서 덩달아 해적방송 로망이 생길 정도였다. 물론 영화 속 주인공만큼 실행력이 있을 리는 없었지만.

그러다 FM 라디오에서 영화음악이나 「노래 싣은 꽃마차」 같은 프로그램 구성작가를 하다 보니 일상의 리듬에 젖어 해적방송 로망 따위는 희미해지고 말았는데, 언제부턴가 세상이 바뀌기 시작했다. 유튜브, ○○TV 등 수많은 플랫폼에서 1인 미디어가 뜨고, 팟캐스트로 저마다 다양한 목소리를 띄우는 일이 가능해진 세상. 어쩌면 이제야말로 굿나잇 라디오 채널을 만들어 해적방송을 할 수 있겠구나 싶었다.

나는 우선 몇 달간 지역 공동체 라디오 강좌에서 연습을 해보았다. 디지털 방송 장비 다루는 법을 배우고, 라디오 프로 형식으로 녹음해 파일을 업데이트하는 과정을 반복했다. 이제 1인 방송을 적절한 플랫폼에서 시작하면 되는 시점이었는데… 뜻밖에도 선뜻 시작할 마음이 들지 않는 거였다. 하고 싶은 줄 알았는데 어째서 내키지 않을까 한참 생각해보니 이유를 알 것 같았다. 내가 원하는 건 '굿나잇 라디오'였지만 그 디제이는 굳이 내가 아닐지도 모른다는 것.

그러니까, 북현리에서 방송하는 임은섭이거나 혜천시청 스튜디오에서 마이크를 켜는 이장우, 또는 책방 회원들이 난롯가에 모여 앉아 떠들썩 그들의 소식을 유튜브에 알리는 콘텐츠이길 바랐던 것이다. 라디오나 팟캐스트를 통해 풀어내고 싶었던 건 실은 그들의 이야기라는 것을. 나는 스튜디오 바깥에서 거드는 스태프일 뿐, 마이크 앞에 앉는 디제이일 수가 없지 않을까 하고.

#

『날씨가 좋으면 찾아가겠어요』 드라마가 방영될 때 기념으로 소책자 「굿나잇책방 겨울 통신」을 만들었다. 소설 엔딩 이후의 일상을 블로그 일지 형식으로 써 내려갔는데 작업하는 동안 행복해서 조금 놀랐다. 부록에 알맞은 분량으로 짤막한 스물다섯 개 에피소드를 썼지만, 지면이 허락했다면 1년 365편이라도 쓰고 싶었다. 은섭의 목소리로 굿나잇책방을 상상하며 일지를 기록하는 건 마감에 쫓기는 집필 노동이 아니었다. 그저 작고 평화로운 이야기가 끝나지 않았으면… 하는 마음이었다.

실은 평소 속편이나 외전, 스핀오프를 좋아하는 편은 아니다. 그래서 이런 부수적인 에피소드를 소책자로 만들어도 될까, 작품에 대해 덜 진지해 보일 수도 있지 않을까 생각도 했지만, 이 소설을 아는 이들과 '인 조크'를 나누는 게 좋아서 쓰고 싶었다. 같이 알아듣고 웃을 수 있는 농담 같은 이야기들. 책방지기 은섭이 건네는 농담은 커다란 폭소보다는 피식 웃게 하는 위트 정도겠지만, 나 또한 가볍게 스쳐가는 웃음이 좋다.

"내가 가장 두려운 건, 하는 일이 잘 되지 않거나 실패하는 게 아니야. 농담할 수 없는 상황이 오는 게 제일 두려워. 왜 말을 하지 않느냐고? 농담이 안 나와서 그래. 너를 웃겨줄 말이 생각이 안 나서."

그렇게 말하던 은섭의 마음은 지금도 여전하다. 어떤 실패나 어려움은 어떻게든 이겨낼 것 같은데, 농담이 안 나오는 상황이 되는 건 두렵다. 언제나 휘파람 한 줄기 같은 유머를 잃고 싶지 않은 건 그 때문인가 보다.

소설 속의 작은 세상을 한동안 간직하고 싶을 때. 그들의 이야기를 그 뒤로도 궁금해하는 이들이 어딘가 존재한다면, 이따금 굿나잇책방 겨울 통신 책자를 만들어 그분들에게 발송하고 싶다. 그 속에 담길 콘텐츠도 상상해본다. 책방지기 나뭇잎 소설, 솜씨 좋은 매니저가 그린 일러스트 엽서, 회원들의 일상이 담긴 글, 시청 공무원이 발로 뛰어다니며 준비한 축제 이야기….

군데군데 사진을 넣은 작은 독립출판물을 보내고 싶다고 생각하니 슬그머니 행복하다. 어쩌면 이런 것이 내가 할 수 있는, 전파 없이도 활자로 날아가는 '굿나잇 라디오 레터'가 아닐까. 허구의 세계이지만 그들을 기억해주는 이들이 있다면, 그들은 곁에서 숨 쉬며 존재할 수 있을 테니.

어둠 속의 대화

소현 언니. 얼마 전 언니가 일하신다는 전시장 소식을 우연히 들었어요. 기숙사 같은 방을 썼던 민지한테서요. 그 방은 네 명이 쓰는 공간이었는데, 신입생 침대는 허공에 캡슐처럼 떠 있어서 너무 이상해 잠이 안 왔어요. 그걸 눈치챈 언니가 "나는 높은 곳이 좋아." 하며 침대를 바꿔주었죠. 저는 지금 언니를 만날지도 모르는 전시장으로 찾아가고 있답니다. 북촌이에요. 처음엔 서울에도 '촌'으로 끝나는 동네가 있네? 생각했죠. 아, 찾은 것 같아요. 빌딩 간판을 올려다봅니다.

어둠 속의 대화

안내 직원 두 분이 밝은 얼굴로 맞아주었습니다. 예약 명단에서 이름을 확인하고 사물함 열쇠를 받았어요. 모든 소지품, 특히 빛이 나는 휴대폰은 전시장에 절대로 가지고 들어가면 안 된다는군요. 입장까지 시간이 남았길래 로비 의자에 앉아 기다려봅니다.

그 무렵 언니가 가장 빛나 보였다고 하면 믿으시려나요? 막걸리를 마셔도 춤을 추어도, 같이 도서관까지 걸어가면서도 늘 멋있었어요. 언니는 잘 넘어지고 팔다리가 자주 멍들었지만 워낙 낙천적이라 번번이 웃고 말았습니다. 툭하면 부딪혀 넘어지는 것도 언니가 가진 재미있는 면모라고 생각했으니 저는 정말 철이 없었어요.

하지만 대식당 의자에 크게 넘어져 국물에 팔을 데었을 때는, 나도 너무 놀라 보건실까지 눈물을 흘리며 따라갔지요. 정작 화상은 심하지 않았고 대신 언니는 곧 실명할 것 같다는 이야기를 덤덤히 들려주었습니다. 울고 있던 애가 눈물이 쏙 들어가는 걸 보고는 또 하하 웃었어요. 너무한 거 아니냐? 조금 데었다고 엉엉 울어주더니, 시각장애인이 된다니까 눈물을 뚝 그쳐? 선천적으로 천천히 시야가 좁아지다가 결국 실명하는 질환이라고 했던가요. 요즘은 대나무통으로 세상을 보는 것 같아, 사각지대가 많네…. 언니는 좀 쓸쓸하게 말했지요.

이제 입장하나 봐요. 신청자는 저까지 다섯. 암막 커튼 앞에 한 줄로 서서 흰 지팡이를 받았습니다. 전시장 내부는 위험하지 않으니까 지팡이는 가볍게 안심하는 차원에서 들고 다니면 된다는군요. 우리는 한 발자국 안으로 들어갔습니다. 등 뒤에서 커튼이 닫히자 다들 조그맣게 헉 숨소리를 내었습니다. 암흑 체험이라더니, 정말 등줄기가 쭈뼛 설 정도의 어둠입니다. 순도 백 퍼센트 검정색이 이럴까요. 온통 검은 물감 속에 빠진 듯한 암흑.

"자꾸 눈을 크게 뜨고 보려고 노력하지 마세요. 어차피 안 보이기 때문에 피로해지기만 합니다. 차라리 눈을 가볍게 감고 다니시는 게 편안할 거예요."

로드 마스터라 부르는 안내자가 가까이에서 말했을 때 나는 심장이 쿵- 두근두근 빠르게 뛰기 시작했습니다. 소현 언니? 하마터면 부를 뻔했지만, 곧 아닐지도 모른다는 생각이 들었습니다. 다정하고 약간 허스키한 목소리. 언니와 비슷하지만 지금은 아무것도 안 보이니까요. 키는 어느 정도인지, 얼굴형은? 어깨선은? 약간 팔자걸음을 씩씩하게 걷던 걸음걸이도 전혀 알 수가 없으니까요.

두 명씩 짝을 지어야 했는데 동행들끼리 맞추니 저 혼자 남았어요. 로드 마스터가 "저와 짝이 되셔야겠네요." 하면서 정확히 제 손을 찾아 가까이 당겼습니다. 손이 차가워서 또

한 번 가슴이 쿵 해요. 언니 손도 늘 차가웠잖아요, 안 그랬나요? 저의 착각일까요?

우리는 로드 마스터를 따라 첫 번째 장소로 걸어갔습니다. 어디선가 새소리가 들리네요. 청아하게 지저귀는데 진짜 새는 아니라는 걸 금세 깨닫습니다. 물소리도 들려오고요. 이것도 녹음된 사운드겠지? 생각한 순간 차가운 물방울이 뺨에 튑니다. 흠칫 놀라자 로드 마스터가 미소 짓는 기척이 느껴집니다.

"여러분 곁에 분수대가 있어요. 손을 뻗으면 만질 수도 있습니다. 벤치에 앉아 물을 느껴볼까요?"

어둠뿐이지만 소리와 감촉, 허공에 맴도는 풀향기로 그곳이 공원이라는 걸 느꼈습니다. 나는 이제 뭔가를 보려는 시도를 접고 가볍게 눈꺼풀을 닫았습니다. 소리와 촉감에 조금 더 집중되는 기분. 다시 지팡이를 짚고 암흑 속을 이동합니다. 분명 빌딩 한 층을 꾸며놓은 세트일 텐데, 상황 탓인지 도심 한가운데 둥실 떠 있는 공간 같습니다.

"자동차 소리가 시끄럽죠? 이제 녹색불에 횡단보도를 건널 거예요."

로드 마스터는 거기까지 말하고 침묵합니다. 마치 알아서 건너보라는 듯이. 차들이 빠르게 달리는 소음, 빠앙 울리는 경적. 당장 앞으로 뛰어가도 아무 일 없을 줄 알면서도 발을 내밀 수가 없더군요. 지팡이로 바닥을 더듬으니 요철이, 횡단보도와 전철 승강장 입구에 만들어놓는 올록볼록한 안내선이 느껴집니다. 언니는 이미 익숙해진 거겠죠. 누군가 팔을 뻗어 더듬더듬 기둥에 매달린 버튼을 눌렀나 봐요. 10초 후 녹색 신호로 바뀐다는 안내가 흘러나옵니다.

수수께끼를 푼 사람들처럼 사소하게 기뻐하며 캄캄한 횡단보도를 건넙니다. 시끌벅적한 소리가 흘러나오는 쇼핑몰에 들러 저마다 옷과 가방도 골라봅니다. 나는 손끝으로 디자인과 재질을 확인하고, 가느다란 술이 달린 스웨이드 조끼를 걸쳐봅니다. 마음에 들어요. 제멋대로 인디고블루 색일 거라 상상해버립니다.

전시장에 들어온 지 한 시간이 지나 서서히 긴장이 풀린 우리는 어둠 속에서 간간이 웃기도 하고, 바짝 달라붙었던 서로의 거리도 약간 헐거워집니다.

"다시 이동할까요? 이번엔 왼쪽 벽에 붙어서 왼손으로 벽을 터치한 채 따라오세요. 손을 떼지 마세요."

로드 마스터의 말대로 왼손으로 벽을 짚은 채 완만한 언덕을 올라가다 크게 커브길을 꺾으며 나아갑니다. 미로 같은 통로여서 만약 벽에서 손을 뗀다면 금세 방향 감각을 잃을 것만 같았어요. 모두 새삼 긴장한 채 이동합니다. 마침내 도착한 곳은 시원한 바람이 불어오는 선착장이네요.

구명조끼를 찾아 입고 모터보트에 올라탑니다. 갈매기 울음소리가 바람에 섞여 보트가 달리기 시작해요. 멀미가 날 것처럼 울렁울렁 파도를 타는군요. 물이 튀어 연신 뺨과 머리카락을 적셔요. 마침내 반대편 선착장에 내리면서 누군가 재밌다는 듯이 말했어요.

"그냥 제자리에서 통통 튀었을 거야. 선풍기 바람 막 돌리면서."

그는 다른 사람들은 아무것도 모른다고 믿는 걸까요? 로드 마스터가 듣지 않았으면 좋겠다 생각하며 마지막 장소로 이동합니다. 그곳은 커피향과 잔잔한 음악이 흐르는 암흑 카페였어요. 각자 커피와 음료를 주문하고 테이블을 구분해 둘러앉았죠.

"이 체험형 전시는 어떻게 오시게 되었나요?"

로드 마스터의 질문에 커플은 왠지 데이트 코스로 색다를 것 같아서라고 했고, 친구인 두 사람은 먼저 다녀온 지인이 추천해서 왔다고 해요. 나도 대답합니다.

"저는… 아는 사람이 시력을 잃었어요. 그 사람이 어떤 느낌으로 지내는지 잠시나마 알고 싶었던 것 같아요."

로드 마스터가 '그랬군요.' 하며 희미하게 웃는 소리가 건너옵니다. 어쩐지 불편해졌어요. 나를 누군가에게 쉽게 공감해보려는, 순진한 자기 만족감으로 찾아온 사람으로 본 것은 아닐까요? 그럴 리 없는데도 마음이 쓰였습니다.

"근데 마스터 님은 특수 안경이나 렌즈를 끼고 계신가요?"

커플인 남자가 물었고 로드 마스터는 익숙하게 대답합니다.

"사전 정보 없이 오셨군요. 이곳의 로드 마스터들은 다 시각장애인들입니다. 똑같이 맨눈으로 전시장에 들어오지만, 우리 일상은 이곳과 크게 다르지 않기 때문에 자연스럽게 여러분을 안내할 수 있는 거죠."

아아…. 보이지 않아도 아아, 하는 목소리가 위아래로 진동하니까 다들 끄덕인다는 걸 알 수 있었어요. 커피와 음료를 마시고 우리는 밖으로 가는 길을 걷습니다. 로드 마스터는 갑작스런 빛에 적응하려면 커튼 뒤편에서 잠시 쉬었다 나가라고 했습니다. 그렇게 쉬었다 나와도 로비 불빛은 정말 눈부시더군요.

우리가 마지막 체험단이었는지 직원들도 퇴근을 준비하는 분위기입니다. 지팡이를 반납하고 사물함에서 가방과 휴대폰을 꺼냅니다. 테이블 방명록이 눈에 띄어 펜을 듭니다. 잠시 생각하다 '로드 마스터 소현 언니, 저는…'까지 썼을 때 스태프 전용문이 열리고 누가 흰 지팡이를 짚고 나오더군요. 무심코 시선을 거두고 마저 메모를 적어가는데 그 사람이 말했습니다.

"퇴근하겠습니다. 다들 수고하셨어요, 내일 뵐게요!"

그 목소리, 로드 마스터. 얼른 고개를 들어 쳐다보니 그녀는 막 엘리베이터에 올라 버튼을 누르는 참이었어요. 미처 얼굴을 보기도 전에 문은 닫히고, 나는 빌딩 창가로 가서 밖을 내려다봅니다. 현관이 열리고 그녀가 나와요. 갈색 배낭을 메고 카키색 바지와 체크무늬 남방셔츠를 입은. 검은 선글라스와 모자를 눌러쓴 채 흰 지팡이로 땅을 훑으며 걸어갑니다.

얼굴은 그림자에 가려져 보이지 않고 그녀도 금세 거리로 사라졌지만, 나는 괜찮습니다. 그날 민지는 "소현 언니 곧 복학한대. 조교님한테 들었어."라고도 했으니까요. 생일 케이크에 꽂은 스물다섯 개 초를 성냥불로 밝히는 기분이었지요. 며칠 뒤면 언니 생일이라는 거, 잊지 않았어요. 저도 다시 만날 준비를 마쳤답니다. 함께 축하해요.

2060년 오리온

#

밤이 되어 아들 녀석을 재우러 방에 들어가 눕히니
어둠 속에서 졸려하던 녀석이 문득 묻는다.
"2000년은 몇 년까지 있어요?"
"응? …2099년. 아, 아니다. 2999년."

잠시 말 없던 녀석은 하아-
한숨을 쉬더니 졸립게 중얼거린다.
"지금은 2004년인데. 작년엔 2003년이었구."
그러곤 금세 잠이 든다.

순간 왠지 아득하고 쓸쓸해서…

아득하고 아득하고 쓸쓸해져서

잠든 아이 손을 잡고 이마를 대고 울고 말았다.

– 그해 일기에서

아이를 키우며 서로 주고받았던 말들 가운데 저 일기를 썼던 날의 대화가 잊히지 않는다. 별것도 아닌데 그게 뭐라고 안 잊히는지 모르겠다. 생각해보면 멀고 아득한 2999년이란 연도 역시 시간을 헤아리는 인간의 기표일 뿐, 영원히 흐르는 무한 속에서 찰나에 불과한 지점일 것이다.

가끔 연도가 포함된 제목을 만날 때면 기묘한 느낌을 받는다. 현실의 흐름에서 벗어나 이미 다른 차원의 시공간이 된, 그 자체로 고유명사가 된 제목들. 「서울, 1964년 겨울」이라거나 『1984』 『1973년의 핀볼』 『2001 스페이스 오디세이』 등. 이 숫자들의 해는 이미 과거가 되었지만, 동시에 언제까지나 과거가 아니기도 하다.

지난날 몇몇 미래 소설과 SF 영화 속 특정 연도는 실제로 인류가 맞이한 해당 시점과는 몹시 다른 풍경이었는데 (픽션들이 대부분 앞서갔던) 그렇다고 작품들이 아우라를 잃은 것은 아니다. 『2001 스페이스 오디세이』는 여전히 내겐 먼 별빛 속을 항해하는 미래의 우주선 같은 느낌이고, 『1984』는 언제 도래할지 모를 가까운 훗날의 디스토피아로 다가온다. 신일숙 작가의 만화 『1999년생』도 이제 스무 살을 넘긴 실제 1999년생 중에 초능력과 텔레포트가 가능한 청년들이 있을 리 없지만, 그렇다고 스토리가 일시에 난센스가 되지는 않는다.

영원과도 같은 시간 속에 사실 몇백 년 오차는 극히 미미한 범위. 그래서 그 연도들은 물리적인 흐름에서 이탈해 다른 궤도를 도는 고여 있는 시간이 된다. 나는 1960년의 겨울을 살지 않았고 그래서 알지 못하지만, 들국화의 노래 「1960년 겨울」을 듣고 있노라면

밖에는 눈
눈이 오네
조용히 마당으로
흰 눈이 내리네
밖에는 눈
눈이 오네

그렇게 마당으로 조용히 내리는 흰 눈이 낯익기만 해서 그 해 겨울을 지나온 느낌이 들고 만다. 나는 1960년의 겨울을 알아. 아는 게 틀림없지 하고.

#

언제부턴가 내 다이어리에는 '2060년 오리온'이란 글귀가 적혀 있다. 뭘 끼적거리다 잠시 딴생각을 하고 문득 내려다보면, 내 손이 여백에 그렇게 써놓은 걸 보기도 한다. 대체 이건 뭘까. 1960년 겨울로부터 백 년이 흐른 뒤 2060년 밤하늘 오리온 성좌라는 걸까. 나중에 이 제목으로 뭐라도 쓰는 걸까. 무슨 예지몽처럼.

잊을 만하면 불쑥불쑥 떠오르는 낙서 같은 구절. 아마 그건 연도도 시간도 미래도 아닌 그저 스쳐가는 이미지일 것이다. 다이어리 밖으로 나와 저절로 흘러갈 날이 있을지 영영 그럴 날이 없을지는 모르겠다. 다만 2060년 오리온… 입속으로 중얼거리면 어디서 하모니카 소리가 들릴 것 같다.

연도가 붙은 제목의 글은 왠지 쓸쓸하지만 그렇다고 디스토피아 정서로만 헤아리고 싶지는 않다. 그건 어쩌면 시일 것이다. 어느 시인이 쓰는 2060년 오리온이라는 쓸쓸한 시. 또 어쩌면 폭죽일 것이다. 가느다란 대롱 속에 압축해 넣은 화학 공식이 축제 밤하늘에 팡팡 터지며 반짝일 폭죽의 이름. 어쩌면 소설이거나 돌림노래일 것이다. 다섯 조로 나누어 차례차례 즐겁게 부르는 두터운 화음의 노래.

2060년 오리온은 무엇이든 될 수 있다. 그러니 아이야, 너도 2000년대 마지막 연도가 궁금하다면 그것으로 무엇이든

되게 하렴. 그러면 너는 그 끝을 알게 되지. 그해를 살지는 않겠지만 틀림없이 알게 될 거라고, 그날 밤의 네 질문에 답하는 지금.

나는 2060년 오리온이나 마저 찾아보고 싶다. 그때는 내가 세상에 없겠지만 늙은 네가 사랑하는 누군가와 그 별자리를 보는 순간일지 모른다고 상상한다. 오리온 성좌가 가장 잘 보인다는 겨울밤 남쪽 하늘을 향해. 내가 보지 못한 얼굴을 하고 있을 너를. 그러면 나는 그해를 알지, 그해를 알았던 게 틀림없지 하고.

울타리들이 말하는 것

#

어른이 되고부터는 사람을 사귀는 일이 쉽고도 어려워졌다. 처음 만나는 자리에서 아무렇지 않게 대화를 나누는 사회인의 모습이지만, 그 후로 서로가 한 발자국 더 가까워지는지 생각해보면 그렇지도 않으니까. 사람들 사이에 울타리가 있다는 것만을 절실히 깨닫는다. 그런 '어른의 관계'가 싫은가? 하고 묻는다면 바로 대답이 나오진 않는다. 서로가 타인으로 살아가며 지키고 받아들여야 할 자연스러운 자세인 것 같아서.

논리적인 표현은 아니지만, 누군가와 조금씩 가까워지다

보면 '아, 이 사람의 울타리는 싸리나무구나. 산사나무구나. 탱자나무구나. 돌담이나 벽돌이구나….' 하는 생각이 들 때가 있다. 순전히 개인적인 이미지라 큰 의미는 없지만, 늘 이미지에 기대어 살았던 내겐 타인을 느끼는 나름의 촉감 같은 것인가 보다.

어린 날 학교 가는 길가에 늘어섰던 탱자나무 울타리가 기억난다. 연둣빛 연한 새순이 점점 짙은 녹색으로 단단해지다 가을에 가시로 변하는데, 나는 노란 탱자열매도 좋았지만 가시로 변한 그 잎도 좋았다. 조심스럽게 가시를 꺾어 옷 주머니에 넣고 다니면 어쩐지 뿌듯하고 든든했다. 만지기 전엔 찌르지 않는 가시는 위험하지 않았다. 다만 조심스레 다가오라고 말하는 것일 뿐.

울타리는 다가오는 걸 막는 장치인 것 같지만, 알고 보면 꼭 그렇지만도 않다. 울타리가 있는 곳엔 출입문이 있고, 어쩌면 그 문을 내기 위해 빙 둘러 울타리가 필요했던 것인지도. 안에 있는 사람은 타인이 문으로 들어오는 것을 허락하지만, 처음부터 울타리가 없다면 어디로 접근해야 할지 안내받지 못할 것만 같다. 서로가 가까워지는 과정은 그렇게 공간을 존중하면서 천천히 한 바퀴 돌아 출입문을 찾는 노력이 아닐까.

#

가끔은 작품 속의 인물들에게도 울타리가 있다고 느낀다. 소설을 쓸 때는 내 앞에 등장인물이 앉아 있다고 상상하곤 하는데 주인공들과 조연들, 스쳐가는 엑스트라 비중의 인물과도 같이 이야기를 주고받는 풍경을 그려본다. 곁에 '진짜 사람'이 없을 때는 소리 내어 말을 걸어보기도 하고. 그렇게 인물들이 가깝게 느껴지다가도 어느 순간 턱 울타리에 가로막힐 때도 있다.

전지적 작가 시점이라고 해서 다 알지는 못한다고 생각한다. 아무리 펜 끝에서 나온 인물이라도, 소설이나 영화는 편집된 시공간을 다루는 탓에 그들이 태어나는 순간부터 떠나는 순간까지를 결코 다 알 수가 없다. 그저 지금 쓰고 있는, 아는 부분만 알 뿐이다. 전지적 작가 시점에서 자칫 빠지기 쉬운 함정이 그런 점이라고 느끼곤 했다. 이 인물들을 내가 다 안다는 착각.

『날씨가 좋으면 찾아가겠어요』를 읽은 누군가가 내게 '은섭의 아버지는 산의 오두막에서 살았는데, 과거 무엇을 했던 사람이었을까요?' 물은 적이 있었다. '음… 저도 잘 모르겠어요. 그 부분은 독자들 상상에 맡기고 싶어요.' 하고 대답했는데 솔직한 마음이었다. 인생에선 정말 영영 모르게 되는 일들이 있으니까. 아니, 실은 그런 일이 너무 많으니까. 은섭은 그의 아버지가 무슨 일을 했고 생애 마지막 몇 년을 어떤 사연으로 오두막에서 살았는지 알았을까? 그 질문을 굳이 그에게 하고 싶지 않았던 것 같다.

은섭은 해원을 생각하며 쓰는 일지에서 '나는 지금도 네게 묻지 않고, 네가 말하면 듣겠지만 굳이 알려고 하지 않겠어.'라고 독백한다. 내가 좋아하는, 사랑하는 지인들에 대해 느끼는 마음도 그렇다. '말해주시면 듣겠습니다. 하지만 굳이 말하지 않는 걸 먼저 묻지는 않겠습니다.'라고.

저마다 다가가는 걸음의 속도와 보폭이 다르다. 둘이 마주보고 열 발자국씩 가까워지자 약속해도, 막상 열 걸음 걸은 뒤 재보면 서로 똑같은 거리만큼 다가오진 않았을 것이다. 그래도 더 넓은 보폭으로 다가간 이가 좁은 걸음으로 다가온 이에게 서운해하거나 우정을 의심할 필요는 없다. 저마다 할 수 있는 보폭과 속도로 열 걸음을 걸었으면 된 게 아닐까. 그건 그 인물이 가진 재질이기에.

타인들이 나를 볼 때도 내가 가진 울타리의 재질을 느끼겠지. 어떤 울타리라고 여길까 궁금할 때도 있지만 역시 묻지는 않는다. 이미 손을 떠난 작품은 독자가 알아서 판단하는 것처럼, 자신을 이런 사람으로 생각해주면 좋겠다고 바랄 수는 있어도 뜻대로 되는 것은 아니니까. 다만 출입을 허락받고 싶은 울타리를 발견한다면 행여 놓치지 않고 그 신호를 기다리고 싶다.

울타리를 치워달라고 부탁할 수는 없어도 대신 온화하고 부드러운 경계를, 고개를 끄덕이는 웃음 같은 신호를 바라게 된다. 그러니까 그것은 울타리의 그린라이트. 둘레를 천천히 한 바퀴 돌다가 문 앞에 서서 '들어가도 되나요?'라고 말을 건네고 싶다.

아름다운 나그네여

소설이 나왔던 여름, 서울 연남동 독립책방에서 북토크를 했습니다. 하필 그날 태풍이 불었는데 스물다섯 분의 독자들이 빗속에 찾아와 도란도란 이야기를 나눴던 밤이었어요. 휴대폰 모드를 진동과 무음으로 바꿨지만 재난 문자는 아랑곳하지 않고 삐익 삑 세 번이나 울려댔습니다. 책방지기와 나, 담당 에디터까지 스물여덟 개 휴대폰에서 동시에 울리는 재난 문자는 쏟아지는 장맛비와 거센 바람 속에서 묘하게 비현실적인 기분도 들게 했습니다.

마침 '300년 클럽' 이야기를 하던 참이었습니다. 어느 독자분이 제게 '책을 너무 띄엄띄엄 내는 것 같다. 다음 책은 좀 더 빨리 만나고 싶다' 말씀하셔서 저도 대답하기를 '쓰고 싶은 이야기는 많고 계속 꾸준히 쓰긴 할 텐데 워낙 손끝이 느리다. 지금처럼 몇 년에 한 권씩 낸다고 계산해보니 원하는 대로 다 쓰려면 삼백 년쯤 더 살아야 하더라'고 말했습니다. 그러자 어느 분이 '그럼 같이 삼백 년을 살면서 읽을게요'라고 해서 모두 웃었습니다.

책방 유리문 너머 밤거리에 태풍은 몰아치고, 재난 문자는 연신 울리고. 만약 정전이 되어 촛불을 켠다면 그 마법이 이루어질 분위기라고 하면서요. 그날 밤 북토크가 기억에 많이 남습니다.

농담은 농담일 뿐, 현실로 돌아오면 결국 쓰고 싶은 이야기를 다 쓰지는 못하겠지요. 최선을 다하겠지만 느린 손을 가진 나는. 하지만 괜찮습니다. 우리는 버킷 리스트를 적어 보긴 해도 그걸 다 이루기는 무리라는 걸 아니까요. 일부라도 이룬다면 행복한 일일 겁니다.

인생은 지는 게임이라고 평소 생각해왔습니다. 기왕이면 잘 지는 게임, 아름답게 지는 게임이라고. 살아가는 건 마침내 행복해지기 위해서가 아닌 것 같아요. 결국 꿈을 이루려고도 아니고. 그저 순간 속에 있기 위해 살아가는 거라고 생각합니다. 반짝이는 한순간, 보석같이 소중하고 귀한 순간과 가끔 조우해 그 속에 잠시 눈을 감고 있으려고요. 마치 민들레가 무엇을 잃어버렸을까 상상해보듯이, 꿈꾸던 것들이 손에 잡히지 않고 다만 손등을 스쳐가는 걸 느껴보려고.

그렇게 인생에 잘 지고 돌아온 이들이 모여 따뜻한 티파티를 하고 싶습니다. 등나무 덩굴이 자라는 어느 집 마당이면 좋겠습니다. 그 집은 아마도 길눈이 어두운 사람들이 찾기 쉬운 곳일 거예요. 나뭇가지나 고장 난 트럭을 랜드마크 삼아 걷다가 뜻밖에 어느 골목에서 찾게 되겠지요.

이전에 서점 인터뷰에서 기자분이 '평생 쓰고자 하는 인생의 주제'가 있냐고 물으셔서, 솔직히 테마까지는 모르겠고 그냥 이번 생은 온통 트리뷰트 인생이라고 대답한 적이 있습니다. 좋아하고 사랑하는 것들을 끊임없이 사랑한다고 중얼거리는 인생일 거라고…. 애정을 고백하기에도 모자란 날들. 잡다한 것들을 껴안고 사는 기억의 호더증후군 같기도 하지만, 언젠가 그 많던 싱아의 방에서 생각했던 것처럼 많은 것을 기억했다가 쓰는 사람이고 싶습니다.

때때로 내겐 시간이 어느 시점에서 멈추었나 싶은 두려움도 있습니다. 스노우볼 같은 결계에 들어갔다가, 나오는 길을 잃어버린 사람처럼 영영 못 나오면 어떡하나 하고. 하지만 끝내 나오지 못한다면 그게 또 나예요, 라고 스스로에게 말하고 싶습니다. 결계 속에서 살아갈 방법을 다시 찾으면서요.

멋진 책과 영화를 보면 그 속으로 들어가고 싶었다고 했습니다. 책집사로 살고 싶은 건 나 자신인지도 모르겠어요. 피로한 얼굴로 찾아온 누군가에게 높은 사다리를 딛고 올라가 먼지 쌓인 책 한 권을 꺼내주며 '자, 여기 267페이지. 말씀하신 호숫가 벤치에서 한나절 쉬었다 가시기 바랍니다.' 같은 말을 할 수 있는.

신기루 같은 상상인 줄 알지만, 알면서도 혼란스럽지 않게 꿈꾸고, 회피하지 않으며 판타지를 사랑하고 싶어요. 결국 세상에 존재하는 스토리와 픽션이, 소설이 좋은가 봅니다. 책을 읽지 않고 살아도 아무런 무리가 없고 어떤 이들은 소설을 읽는 건 시간 낭비 같다고도 말하지만, 저는 소설을 읽지 않으면 한 겹의 인생을, 읽으면 여러 겹의 인생을 살게 될 것만 같습니다. 여러 겹의 생을 살아보는 일. 그건 세상에 나그네처럼 머물렀다 갈 사람들이 저마다 가질 수 있는 '나의 부피'일 겁니다.

읽히지 않는 책은 비치지 않는 거울 같다고, 그러니 무엇인가를 비추게 해주셔서 감사하다고 언제나 생각합니다. 이 책을 펼쳐 이야기를 읽어준 분들에게도 그 말씀을 전하고 싶습니다. 늘 행복할 수는 없지만 자주 행복을 누리시기를 바라요. 아팠던 일도 기뻤던 일도, 지나온 많은 나날이 고마워지면 좋겠습니다.

등나무의 꽃말은 '어서 오세요, 아름다운 나그네여'이고, 그렇게 등꽃이 핀 마당에서 함께 만날 때까지 모두 건강하시기를요. 좋은 소설로 돌아오고 싶습니다.

그럼 이만 총총

밤은 이야기하기 좋은 시간이니까요

초판 1쇄 발행 2020년 3월 31일 **초판 12쇄 발행** 2024년 6월 19일

지은이 이도우
펴낸이 최순영

출판1 본부장 한수미
라이프 팀
디자인 김준영

펴낸곳 ㈜위즈덤하우스 **출판등록** 2000년 5월 23일 제13-1071호
주소 서울특별시 마포구 양화로 19 합정오피스빌딩 17층
전화 02) 2179-5600 **홈페이지** www.wisdomhouse.co.kr

ISBN 979-11-90630-95-5 03810